바다 위의 주유소

최대환은 1970년 서울에서 태어나 서울대학교 불어불문학과와 같은 과 대학원을 졸업했다. 1997년『문학과사회』겨울호에 중편소설「화면 속으로의 짧은 여행」을 발표하면서 작품 활동을 시작했으며, 연작소설집으로『클럽 정크』, 중편소설로『새드마우스의 1920년대』가 있다. 헤럴드경제 등 신문사 기자로 일했고, 현재 한국정책방송 KTV에서 경제뉴스 데스크 겸 앵커로 일하고 있다.

최대환 소설집

바다 위의 주유소

펴낸날 2009년 9월 25일

지은이 최대환
펴낸이 홍정선 김수영
펴낸곳 ㈜문학과지성사
등록번호 제10-918호(1993. 12. 16)
주소 121-840 서울 마포구 서교동 395-2
전화 02)338-7224
팩스 02)323-4180(편집) 02)338-7221(영업)
전자우편 moonji@moonji.com
홈페이지 www.moonji.com

ⓒ 최대환, 2009. Printed in Seoul, Korea
ISBN 978-89-320-1845-4

바다 위의 주유소

최대환 소설집

문학과지성사
2009

|차례|

I. 고·양·이

II. 사일런트 광장

III. 주유소

1. 고양이

잠 못 드는 그녀

　그녀는 도대체 잠을 이루지 못한다. 초저녁부터 잠을 청해보려고 불을 끄고는 침대맡의 작은 등만 낮은 조도로 켜놓고 누웠지만, 이리저리 뒤척이며 시간만 보내다가 아직도 눈을 깜박이며 깨어 있다. 이따금 설레설레 고개를 흔들어대기도 하는 것은 자꾸만 떠오르는 어떤 생각을 애써 떨쳐버리려는 듯도 하지만, 어쩌면 다만 잠이 오지 않는 상황이 진저리 나서 그러는 것일 수도 있다. 그녀는 후우, 하고 긴 한숨을 내쉰다.

　따르릉.

　어슴푸레한 방 안에서 그녀가 침대맡의 수화기를 든다.

　"오늘도 잠이 안 와?"

　수화기 속의 남자가 묻는다. 자상하게 들리는 목소리다.

　"응, 어제와 마찬가진걸."

조금 걱정스러운 어투로 그녀가 대답한다.

"큰일이네, 벌써 며칠째야. 푹 좀 자야 할 텐데."

"너무 걱정 마. 이러다 보면 잠이 오겠지."

"갑자기 여러 가지를 준비하느라 신경 쓸 일이 많아서 그런 거 아닌가?"

"아니야, 신경은 무슨. 엄마가 다 알아서 챙겨주시는데."

"그럼 왜 잠을 못 잘까……"

"아마 며칠만 있으면 우리가 같이 살게 된다는 사실이 너무 놀라워서 그럴 거야."

"고맙네, 그렇게 말해줘서."

"자장가 좀 불러줘."

곧이어 수화기 속의 남자는 나직한 목소리로 모차르트의 자장가를 부르기 시작한다. 썩 좋은 목소리라거나 기교 있게 부르는 노래는 아니지만, 평온한 느낌이 배어나는 싫지 않은 노랫소리다.

"좋은데. 듣다 보니 조금 졸음이 오는 것 같기도 하고."

"야, 기쁘다. 빨리 전화 끊어야겠네, 어서 잠들게."

수화기 속의 남자가 정말로 기쁨이 담긴 듯한 목소리로 말한다.

"고마워, 노래 불러줘서."

"고맙긴, 잘 자."

다시 방 안은 조용해지고, 그녀는 여전히 잠 못 이룬다. 그렇게 또 한참을 뒤척이는데, 벽에 걸린 나무둥치 모양의 시계에서 뻐꾸기 한 마리가 튀어나와 열 번을 울고 들어간다. 시간이 갈수록 그녀의 뒤척임은 더해만 간다. 모로 누워보기도 하고, 엎드려보기도 하고, 옷을 다 벗어보기도 하지만 아무런 소용이 없는 듯하다. 그녀는 다시, 후우, 하고 긴 한숨을 내쉰다.

아무것도 걸치지 않은 채로 한동안 움직이지 않던 그녀는 힘없이 몸을 일으켜 오디오로 다가가서는 익숙한 동작으로 LP 음반 한 장을 턴테이블에 건다. 이윽고 나직나직 속삭이는 듯한 음색과 음량의 색소폰 연주곡이 흘러나오고, 그녀는 침대에 누워서 그 음률에 맞춰 몇 번인가 가볍게 고개를 끄덕이다가 곧 그 움직임마저 멈추곤 눈을 감는다. 방 안에 움직이는 것이라고는 아무것도 없고, 오직 빙글빙글 돌아가는 음반으로부터 풀어져 나오는 음악 소리만 낮게 흐르고 있다. 잠시 후면 음반이 다 돌아 음악 소리마저 그칠 것이고, 그렇게 되면 쌔근쌔근 잠자는 그녀의 숨소리가 방 안의 유일한 소리가 될지도 모를 일이다.

하지만 음반이 채 다 돌기도 전에 그녀는 다시 눈을 뜬다. 음반이 다 돌고 바늘이 제자리를 찾아가도, 그녀는 여전히 깨어 있다. 그녀가 침대맡의 노릇노릇한 작은 등마저 꺼버린다.

실내는 아까보다 훨씬 어두워졌지만 완전히 암흑이 된 것은 아니다. 비록 먼 거리이기는 하지만, 집 바깥 골목길의 외등으로부터 날아온 빛이 희미하게나마 창을 통해 방 안으로 흘러들고 있기 때문이다. 어두운 방 안, 아무것도 움직이지 않는다.

째깍, 째깍, 째깍.

오로지 시계 소리만 방 안을 자잘하게 메아리치고 있다. 그녀는 째깍거리는 소리가 몇백 번이 울리도록 반듯이 눈을 감고 누운 채로 미동조차 하지 않는다. 책상 위 벽면에 걸린 둥치 모양의 시계에서 뻐꾸기가 나와 열한 번을 울고 들어간다.

째깍, 째깍, 째깍.

어느 순간, 그녀가 침대에서 튀어 오르듯 벌떡 몸을 일으켜 앉는다. 앉은 채로 무언가 조금 생각하는 듯하다가, 이내 다시 침대 위로 푹 쓰러진다. 그렇게 또 얼마간 시간이 흐른다.

그러다가 다시 한 번 침대 위로 튕겨져 오르듯 일어나더니, 이번에는 방바닥으로 내려가 우뚝 선다. 열린 창밖으로부터 나풀거리는 실크 커튼을 통과해 스며드는 희끄무레한 빛이 아무것도 입고 있지 않은 그녀의 몸 윤곽을 그려내고 있다. 허리 조금 위까지 기다랗게 늘어지는 생머리, 잘록한 허리, 약간 통통해 보이는 듯하지만 그리 짧은 감을 주지는 않는 두 다리. 그러고 있으니 그녀는 꼭 누군가가 방 안에 덩그러니 놓고 간 마네킹처럼 보인다. 하지만 그녀는 진짜 마네킹처럼 완전히 굳어 있지만은 않다. 그렇게 우두커니 선 채로 몇 번인가 몸을 움찔거리며 무엇인가 망설이는 듯한 기색을 드러내고 있는 것이다.

이윽고 그녀는 천천히 한쪽 벽의 붙박이장으로 다가가, 어둠 속이지만 익숙한 동작으로 옷을 꺼내어 입기 시작한다. 하지만 헐렁한 박스형의 반소매 라운드 셔츠를 걸치고 청바지를 다리에 끼워 올리던 그녀는 이내 그것들을 다시 벗어버리고야 마는

데, 그건 아마도 자기가 속옷을 입고 있지 않다는 사실을 깨달았기 때문인 듯하다. 방바닥에 널브러져 있던 브래지어와 팬티를 주섬주섬 주워 입고 다시 옷 입는 일을 되풀이한 그녀는 지갑과 열쇠 꾸러미를 챙겨 넣은 뒤, 조심스러운 손동작으로 방문을 열고 거실로 나간다.

거실엔 환하게 불이 켜져 있긴 하지만 아무도 없다. 거실을 가로질러 그녀의 방 맞은편, 아마도 안방인 듯한 쪽에서 그녀의 아버지와 어머니가 나누는 얘기 소리가 희미하게 새어 나오고 있다. 그녀는 느릿느릿한 걸음걸이로 거실을 지나 현관문을 향하는데, 그건 밤늦은 시간의 외출을 누군가에게 들키지 않으려는 것 같기도 하지만, 어찌 보면 무슨 생각엔가 골똘히 빠져 있는 사람에게서 흔히 보이는 굼뜬 행동인 것 같기도 하다. 그렇게 보일 만도 한 것이, 방문을 열고 거실을 지나 현관문으로 다가가기까지 그녀는 주위를 둘러본다거나 하는 움직임이 전혀 없이, 오로지 몽롱한 시선을 발 아래로 향하고만 있기 때문이다.

위아래로 두 개의 자물쇠가 달려 있는 현관문을 열고 그녀가 밖으로 나선다. 풀었던 현관 자물쇠 구멍들에 소리 나지 않게 열쇠를 꽂아 다시 잠그고 마당으로 내려선다. 작은 마당은 밝지 않은 달빛과 담벼락 저 너머 외등으로부터 도달하는 빛이 섞여 엷은 노란색으로 물들어 있다. 마치 몽유병 환자처럼 마당을 가로질러 걸어가는 그녀를 보고, 혹은 땅바닥을 스치는 그녀의 발걸음 소리를 듣고, 마당 한쪽 나무로 만들어진 개집에서 큼직한 개가 고개를 내민다. 그 순간 그녀는 개를 바라보며 입술에 손가락을 갖다 대고 쉿, 하는 소리를 냈고, 그러자 개는 그녀를 쳐다보기만 할 뿐 밖으로 나오거나 짖는 소리를 내지 않는다.

대문을 열고 나와 다시 밖에서 잠그고 난 뒤, 그녀는 조금 걸어 집 근처의 골목길 한쪽 담벼락에 일렬로 붙어 서 있는 차들 중 자신의 빨간색 소형 승용차에 오른다. 잠시 후 차는 골목의 모퉁이를 돌아 스르르 사라져간다.

*

차를 몰고 고속도로로 진입한 그녀는 액셀러레이터를 바닥에 닿도록 밟아 누르며 쏜살같이 어둠 속을 달린다. 늦은 밤 고속도로는 한적한 편이고, 쌩쌩 지나치는 차들의 강렬한 헤드라이트 때문에 어둠은 채 도로 위에 고이지 못하고 이리저리 흩날리고 있다.

가끔 핸들을 잡은 채로 담배를 피우거나 이것저것 CD를 뒤적여 음악을 바꿔 트는 행동 외에, 그녀는 다만 앞만 보고 달릴 뿐이다. 얼마간 달리다 그녀가 차창을 활짝 열어버리자 휘몰아 들이치는 거센 바람이 그녀의 긴 머리를 팔락팔락 춤추게 한다. 핸들을 붙잡고 있는 그녀의 표정은 눈을 조금 가늘게 뜨고 입을 꽉 다문 것이 어딘지 결연해 보이는 듯도 하지만, 그것은 다만 굉장한 속도로 인해 맞부딪혀야 하는 바람 때문인지도 모를 일이다.

여름밤 한적한 고속도로를 그녀의 빨간색 소형 승용차는 쉼 없이, 날듯이 달린다.

*

얼마나 달려왔는지, 차츰 속도를 줄이는 그녀의 차 앞 유리 너머 높은 곳에 어떤 도시의 이름이 환하게 빛나고 있다. 빛을 머금은 그 글자들 밑 톨게이트를 통과하여 그녀의 차가 느린 속도로 도시의 외곽으로 진입한다.

도시는 언뜻 보아서도 그리 크지 않은 듯하다. 좌우로 키 큰 나무들이 서 있는 외곽 도로를 따라 얼마간 달려, 이윽고 나무들 대신 불 켜진 간판들이 좌우로 늘어선 도시의 내부에 이른다. 이미 늦은 시각이라 드문드문 불이 꺼진 간판도 있고 오가는 사람들의 숫자도 많진 않지만, 술에 취한 사람들이 자아내는 거리의 분위기는 어딘지 모르게 부산스럽다. 그녀의 차는 그 번화한 거리의 이면, 이차선의 좁은 도로인 어두침침한 뒷길로 돌아들어가서 천천히 미끄러진다.

어둑한 길에서 그녀가 좌우를 두리번거린다. 아까의 큰 거리보다 불 켜진 간판들과 사람들의 모습은 더욱 뜸하다. 누군가 길 한쪽에서 고통스러운 신음 소리를 내뱉고 있다. 그녀가 그쪽을 돌아보자 전신주에 기댄 한 남자가 간헐적으로 음식물 덩어리를 게워내고 있는 모습이 보인다. 남자의 뒤에 서 있는, 노출이 심한 차림을 한 여자가 무표정한 얼굴로 껌을 씹어가며 등을 쓰다듬어주고 있다. 이따금 술에 취해 혼자서 비틀거리며 걸어가는 남자나 여자가 보이고, 왁자지껄 떠드는 소리와 함께 길가의 쓰레기통들을 넘어뜨리며 지나가는 십대들도 있다. 하지만 그녀는 그런 광경들에는 크게 마음을 두지 않는다는 듯한 얼굴로, 무엇인가를 찾는 고갯짓을 계속하며 천천히 차를 몰고 있다.

어느 순간, 그녀의 시선이 한곳에 고정되고 눈이 동그랗게 커진다. 그녀의 차가 길가로 붙어 선다. 차에서 내린 그녀는 이차선 도로를 건너 맞은편의 건물 앞에 가 서서, 건물의 지하로 내려가는 계단 입구 위쪽에 붙어 있는 간판을 한참 동안 올려다본다. 간판에는

Club Junk
클럽 정크

라고 쓰인 두 줄의 네온 글씨가 윗줄은 초록색으로, 아랫줄은 빨간색으로 빛을 발하고 있다. 그리 밝지도 않은 그 빛에 홀린 듯 묘한 표정이 되어 한참을 올려다보던 그녀는 이제 고개를 내리고 입구에 들어서서 계단을 내려간다.

자정을 넘긴 시각이라 그런 것인지 실내에는 사람이 많지 않

다. 홀의 테이블들 중 하나에 서른 살가량 돼 보이는 남자 하나
와 그보다 서너 살 어려 보이는 여자 하나가 마주 앉아 술을 마
시고 있고, 맨 안쪽 둥그렇게 둘러쳐진 바의 오른편 끝자리에 중
년의 남자 하나가 앉아 양주병을 앞에 두고 고개를 숙이고 있다.
스피커에서는 마마스 앤드 파파스The Mamas & The Papas의
「I Call Your Name」이 꽤 큰 소리로 흘러나오고 있다.

　멀리 한쪽의 빈 테이블에 앉아 피곤한 얼굴로 시간을 보내던
종업원 여자가 문을 들어서는 그녀를 향해 뭐라고 말을 한다.
음악 소리 때문에 잘 알아들을 수는 없지만 여자의 입 모양으로
보아, 어서 오세요, 하고 말하는 듯하다. 그녀는 여자에게 고개
를 끄덕여 인사를 받아주고 테이블 사이를 가로질러 가서 바의
왼편 끝자리에 앉는다. 바 안에서 일하는 여자는 돌아서서 컵을
씻고 있어서 그녀가 와 앉은 사실을 모르는 듯하다. 그녀는 주
문을 하기 위해 여자를 부른다든가 하지 않고, 그냥 앉은 채로
실내를 한번 훑어본다.

　실내의 안쪽 구석 자리 바로 위 벽면에 두 가지 색 신호등이
위아래로 깜박이고 있다. 그걸 쳐다보는 그녀의 눈동자 안에서
도 빨강, 파랑의 두 가지 색이 깜박거린다.

　홀의 테이블에 마주 앉은 남자와 여자는 테이블 위에 팔꿈치
를 얹은 채 얼굴을 가까이 하고 그윽하게 서로를 바라보고 있
다. 그러다가 남자가 천천히 손을 움직여 여자의 귓불에 잠깐
갖다 댄 후 여자의 얼굴 앞에서 펴 보이자 조그만 선물 상자가

나타난다. 순간 여자는 너무나 놀랍다는 듯한 표정을 지었는데, 그것이 남자가 자기에게 선물을 한다는 사실 그 자체 때문인지, 아니면 남자가 선물을 주되 자신의 귓속에서 꺼내는 듯한 마술적 행위를 보여주어서인지 확실치는 않다. 여자가 선물 상자를 열자 금빛으로 반짝이는 반지가 나온다. 혹 지금 남자는 여자에게 청혼을 하고 있는 것일 수도 있다. 특별한 의미가 담겨 있지 않은 의례적 선물일 수도 있긴 하겠지만.

그녀가 앉은 바의 맞은편 끝자리, 양주를 앞에 놓고 고개를 숙이고 있는 중년의 남자는 마마스 앤드 파파스의 노래를 눈을 감은 채 따라 부르고 있다. 특히 노래의 제목이기도 한 'I call your name'이라는 가사를 읊조릴 때에는 어떤 간절함 같은 것이 묻어나 는 것 같기도 하지만, 그것이 남자가 정말로 누군가 이름을 부르고 싶은 사람을 염두에 두고 있기 때문에 그런 것인지는 알 수 없다. 어쩌면 그는 노래를 부를 때면 감정이입이 잘 되는 편이라서 어떤 노래를 불러도 그런 정도의 간절함이 묻어나는지도 모를 일이다.

"오셨어요?"

컵을 씻어 정리하는 일을 마친 바 안의 여자가 그녀에게 마치 자주 보는 사이인 양 상냥하게 인사를 건넨다. 인사를 받아주고 맥주를 주문한다.

그녀는 이제 거의 움직임이 없다. 바에 웅크리듯 앉은 채로, 가끔 병을 들어 맥주를 들이켜는 일과 담배를 한 개비씩 피우는 일을 제외하곤 별다른 행동을 하지 않는다. 만약 이른 저녁쯤이라면 바에 여러 사람이 앉아 있었을 테고, 그렇다면 혼자 앉아 있는 그녀에게 누군가 말을 걸어오기라도 했을 법하지만, 지금은 아무도 그녀 주위의 가라앉은 공기를 흩뜨리지 못한다. 그녀는 이미 세 병째 마시고 있다, 골똘히 생각에 잠긴 표정으로.

"무슨 생각을 그렇게 해요?"

네 병째 맥주를 주문하려 그녀가 손짓을 보내자 맥주를 가져다주며 바 안의 여자가 묻는다.

"……일 년 전요."

그녀가 대답하자 바 안의 여자는, 네에, 하며 고개를 가볍게 끄덕인다. 하지만 여자의 그런 반응은 잘 알겠다는 의미보다는 그만 물어보겠다는 의미인 것처럼 보인다. 아닌 게 아니라 여자는 그녀의 일 년 전에 관해 더 이상 묻지 않는다.

*

늦은 시각의 실내에는 사람이 많지 않다. 그녀는 바의 왼쪽 끝자리에 혼자 앉아 있고, 멀리 오른쪽 끝자리에 남자 하나가 앉아 있는 것이 보인다. 남자는 아까부터 책 한 권을 펼쳐놓고 꼼꼼히 읽어가며 맥주를 마시고 있다. 둘은 가끔 서로를 쳐다보지만, 한 번도 눈이 마주치지는 않는다. 음악이 흐르고, 시간도 흐른다.

"안녕?"

우두커니 바의 내부를 바라보고 있던 그녀가 고개를 돌리자, 어느새 남자가 옆에 와 서 있다. 한 손에는 마시던 맥주병을 들고, 다른 한 손에는 읽던 책을 들고.

"응, 안녕."

그녀는 조금 놀란 표정이 되긴 했지만, 이내 표정을 풀고 대답한다.

"앉아도 될까?"

"응."

그렇게 해서 둘은 나란히 앉아 맥주를 마신다. 그녀는 남자에게 혼자 술 마시는 걸 좋아하는 것 같아 보인다고 말한다. 그는 그렇다고 응답하고 나서, 그건 그녀 또한 마찬가지인 것처럼 보인다고 덧붙인다. 그녀는, 자긴 다만 혼자 여행하는 중이기 때문에 이렇게 된 거라고 설명한다. 둘은 얘기를 나누다가 딱히 할 말이 없어지면 맥주를 들이켜고, 그러다가 할 말이 생기면 다시 얘기를 시작하곤 한다. 시간이 흐른다.

"실은, 나 스스로에게 내기를 걸었어."

그가 말한다.

"내기?"

그녀가 묻는다.

"응. 내가 이리 와서 말을 건네면 받아줄까, 하고."

"재미있네. 그럼 그 내기에 뭘 걸었는데?"

순간 그의 얼굴에 어두운 그늘이 드리워진다. 하지만 그는 애써 그 그늘을 미소로 바꾸며 입을 연다.

“만약 받아주면, 어떤 여자를 잊어버리기로.”

“여자가 떠났구나.”

“뭐, 그런 셈이지. 그 여자, 죽었거든.”

“그랬구나.”

“……”

“오랫동안 스스로에게 결계를 치고 있었나 보다, 그 일 때문에.”

“결계라……, 적당한 표현이네.”

그가 쓸쓸한 얼굴로 맥주를 들이켜자 그녀는 그에게 얘기하기가 힘들 것 같으면 그만두어도 된다고 말한다. 그러자 그는 이미 오래전 일이라 이젠 괜찮다며, 다시 한 번 미소를 지어 보인다. 그러고는 그녀에게 여자의 죽음이 자살이었다는 사실과, 여자가 유서 같은 것을 남기지 않았기 때문에 자살의 동기가 구체적으로 드러나진 않았지만 실상 자기의 책임이라고 이야기한다. 잠시 둘 사이에 침묵이 찾아들고, 그 침묵은 담배와 맥주로 메워진다.

“왜 자기 책임이라고 생각해? 아무도 모르는 거잖아, 그 여자가 왜 그랬는지는.”

그녀가 마치 자기 일에 대해 항변이라도 하듯 그에게 묻는다.

“아니, 난 알아. 그 여자는 사실 날 만나기 전부터 깊은 우울증에 빠져 있었어. 하루에도 오십 번은 죽음을 생각할 정도로. 처음 둘이 만나 어느 정도의 시간이 흐르기까지 우린 둘 다 서로에 대한 애정으로 그 우울증이 치유됐다고 믿고 있었어. 정말 그런 줄로만 알았지. 하지만 어느 순간 그 여자의 증세는 다시 나타났고, 시간이 갈수록 악

화돼갔어. 오랜 시간을 거쳐, 나중에는 내 존재 따위는 있으나 마나
한 상황이었으니까."

"그러면 더더욱이나 책임을 느낄 이유가 없잖아?"

"지칠 대로 지쳐버린 내가 해서는 안 될 말을 해버렸거든."

"……"

"네게 나란 존재는 도대체 뭐냐고, 우울증 따위에도 못 미치는 존
재가 아니냐고……"

다시, 그도 그녀도 말이 없어진다. 이번에는 맥주도 담배도 입에
대지 않는다. 그냥 그렇게 시간만 흘러간다. 두 사람 모두 바에 웅크
리듯 앉은 채로 시선을 풀고 멍하게 앞만 바라볼 뿐이다. 한참을 그러
고 있다가, 꿈에서 깨어나듯 먼저 정신을 차린 그녀가 조금은 가벼워
진 표정으로 입을 연다.

"실은 나도 혼자서 내기를 걸고 있었는데."

"……"

"이 도시, 이 바, 내겐 처음이거든. 혼자 여행하다 아무 데나 내린
거라서."

"……"

"바에 앉아 줄곧 기다려봤어, 누군가 내게 말을 건네올까."

"그 내기엔 뭘 걸었는데?"

"누군가 말을 건네오면 이 도시에서 하룻밤 머물기로."

그들이 거기까지 이야기했을 때 바 안의 여자가 미안하다는 듯한
표정을 지으며 다가온다. 이제 문을 닫아야 할 것 같아서요, 하는 여

자의 말을 듣고 뒤를 돌아보자 이미 실내에는 아무도 없고, 바 밖의
홀에서 일하는 여자가 빗자루를 들고 바닥을 쓸고 있는 모습이 보인다.

*

그녀가 앉은 바의 반대편 끝 쪽에 있던 중년의 남자가 술값을
치르고 사라진다. 그 모습을 본 그녀가 몸을 돌려 실내를 훑어
본다. 테이블에 마주 앉아 있던 남자와 여자도 언제 사라졌는지
이미 보이지 않는다. 바에서 일어나서 손짓으로 바 안의 여자를
가까이 오게 한 후, 이제 문 닫으셔야죠, 하고 그녀가 말한다.
아직 조금 더 계셔도 되는데요, 하는 여자의 말에, 아니요, 어
디 갈 데도 있구요, 하고 답한다.

술값을 치르고 천천히 문을 나서 계단을 막 다 올라서는 순
간, 그녀의 머리 위에서 탁, 하는 소리가 들린다. 소리는 지금
그녀의 머리 위에 있는 클럽 정크의 간판 불이 꺼지면서 난 것
인데, 그녀가 움찔 놀라 고개를 들어 올려다보자 환하게 빛을
발하던 간판의 네온 글씨들은 이미 그 빛을 거두고

Club Junk
클럽 정크

로 바뀌어 있다.

　그곳에서 나온 그녀는 불 꺼진 간판 아래에서 무엇인가 생각하는 듯한 얼굴로 얼마간 서 있다가, 이윽고 천천히 걷기 시작한다. 거리는 까만 어둠으로 완전히 뒤덮여 있고, 인적 또한 더욱 드물어져 조용하기만 하다. 잊을 만하면 한 대씩 차가 지나가고, 그럴 때마다 카메라의 플래시가 터지듯 강렬한 헤드라이트 불빛이 스친 뒤에 더욱더 까만 어둠이 그 자리를 메운다. 드문드문 아직도 불이 켜진 간판들이 있어서 그나마 가로등도 없는 이면도로의 윤곽을 잡아준다.

　그렇게 한 오 분쯤 걷다가 문득 그녀가 멈춰 선다. 좌우를 두리번거리며 방향을 가늠해본다. 하지만 쉽게 길이 떠오르지 않는 듯, 그녀는 담배 한 개비를 피워 물고 허름한 건물의 벽에 기대어 한숨 섞인 연기를 길게 내뿜는다. 그러던 어느 순간, 조용하기만 한 그녀 주위의 공기 속을 작은 소리가 파고든다. 읍, 읍, 하며 끊기는 어린 여자의 신음과, 하아, 하아, 하는 남자의 거친 신음이 리드미컬하게 섞여 있다. 소리는 지금 그녀가 기대어 서 있는 건물과 옆 건물 사이의 어둡고 깊은 틈으로부터 조그맣게 흘러나오고 있다. 여자의 신음이 짧게 끊기는 것으로 보아 아마도 남자는 큰 소리가 나지 않도록 여자의 입을 막고 있는 듯하다.

　읍, 읍, 아, 아, 자기야……, 누가 보면 어쩌려고……, 이런 데서……

　조용히 해……, 이런 데서…… 꼭 한번 해보고 싶었단 말

야……, 하아, 하아, 실내는 지겨워……, 너도……, 하
아……, 좋잖아……, 하아, 하아……

소리는 그녀가 담배를 다 피울 무렵까지 계속된다. 그러다가
갑자기 억, 하는 남자의 외마디 소리와 어머머, 하는 여자의 찢
어지는 듯한 비명 소리가 동시에 들려온다. 그와 더불어 소리의
진원지인 깊은 틈으로부터 까만 고양이 한 마리가 튀어나와 그
녀의 앞을 스쳐 달아난다. 고양이의 돌출에 그녀 또한 움찔 놀
라긴 했지만, 다시금 무표정한 얼굴이 되어 몇 번인가 방향을
가늠해보고, 곧 걷기를 계속한다. 어두운 틈을 지나칠 때, 그
안에서 투덜거리는 소리가 새어 나온다.

이리저리 둘러보며 다시 한 오 분쯤을 걷던 그녀가 멈추어 선
다. 그녀가 멈추어 선 곳은 환하게 불을 밝혀놓은 편의점이다.
휴우, 하고 한숨을 내쉰다.

편의점은 실내의 밝은 빛을 투명한 유리벽을 통해 고스란히
거리로 쏟아내면서 일정한 빛의 사정권을 형성하고 있다. 편의
점 건물은 길로부터 안쪽으로 얼마간 들어가 있기 때문에 그 앞
에 약간의 공간이 형성돼 있고, 온전히 빛의 사정권 안에 들어
있는 그 실외 공간에는 파라솔이 달린 몇 개의 원형 테이블과
플라스틱 의자들이 놓여 있다. 하지만 그곳에 앉아 있는 사람은
아무도 없다.

그녀는 유리문을 열고 환한 실내로 들어가, 차갑게 냉각된 채
로 냉장고에 진열돼 있는 캔 맥주 몇 개와 초콜릿 색깔의 크래

커 한 봉지를 사들고 나온다. 몇 개의 테이블들 중 하나에 앉아, 땅, 하는 소리와 함께 캔 맥주 하나를 따서 마신다. 한밤중인데도 후덥지근함은 완전히 가시지 않는다. 그녀가 이마에 맺힌 땀을 닦아낸다. 캔 맥주를 홀짝홀짝 들이켜고, 크래커 조각을 아작아작 씹고, 담배 연기를 휘이휘이 내뿜는 반복적인 동작들이 계속되고, 그렇게 시간은 흐른다. 그녀 이외에는 아무도 없는 환한 공간, 테이블에 앉아 있는 그녀의 모습은 꼭 연극 무대 위에서 조명을 받고 앉아 있는 여배우의 모습 같다. 어쩌면 잠시 후에 그녀의 파트너인 남자 배우가 어둠 속에서 나와 환한 무대 위로 등장할지 모른다. 하지만 그렇게 한참 시간이 흐르는 동안 가끔 그녀의 앞이나 옆으로 비틀거리는 걸음들이 스쳐 지날 뿐 그녀의 무대를 찾는 이는 아무도 없고, 여전히 무대 위엔 덩그러니 그녀 혼자다.

아까부터 그녀의 시선은 한곳에 고정돼 있다. 유리문 바깥 어두운 한쪽에 덮개가 덮인 커다란 쓰레기통이 놓여 있는데, 그녀의 시선은 왠일인지 그곳에 붙박여 움직일 줄을 모른다. 그녀가 무표정한 얼굴로 그쪽을 보고 있는 동안, 편의점 점원이 몇 가지 쓰레기를 들고 나와 그 통에 버리고 들어가기도 한다. 그러나 그럴 때에도 몽롱히 꿈을 꾸는 듯한 그녀의 눈빛은 현실로 돌아오지 않는다.

어느 순간 그녀가 쓰레기통으로 다가간다. 쓰레기통 옆에 걸려 있는 기다란 쇠집게를 든 그녀는, 덮개를 열고 그 속을 조금 뒤적이는 듯싶더니 몇 가지 음식 찌꺼기들을 끄집어낸다. 손님들이 전자레인지에 데워 먹다 남기고 간 햄버거 조각, 피자 조각, 그리고 비엔나 소시지. 그녀는 쓰레기통과 벽면 사이의 안전한 공간에 작은 식탁을 차리듯이 그것들을 잘 늘어놓는다. 그리고 테이블로 되돌아와 앉아 그쪽을 다시금 하염없이 바라본다. 꿈을 꾸고 있는 듯한 표정으로 보아 그녀는 무슨 깊은 생각에 빠져 있는 것도 같지만, 어쩌면 다만 며칠씩이나 잠을 자지 못했기 때문에 피곤해서 그런 것인지도 모른다.

*

"어디가 좋을까?"

클럽 정크를 나와서 함께 걸으며 그가 묻는다.

"응?"

"어디로 가고 싶냐고."

"환한 곳이면 좋겠어. 밝고 환한 곳."

그녀의 대답을 들은 그는 걸음을 멈추고 잠깐 생각하는 듯하다가, 곧 가볍게 고개를 끄덕이고는 그녀를 이끌고 간다.

클럽 정크로부터 약 십 분 정도를 걸은 후, 그들은 환하게 불이 켜져 있는 편의점 앞 테이블에 마주 앉는다. 캔 맥주 몇 개와 초콜릿 색 크래커 한 봉지를 사이에 두고. 맥주를 마시고 크래커 한 조각을 입에 넣고 오물거리던 그녀가 입을 연다.

“어디 살아?”

“여기서 멀지 않아.”

“혼자 살아?”

“응.”

“그럼 이따가 잠 오면 재워줄 수 있어?”

“그럼. 졸립거든 얘기해.”

둘은 여행에 관해 얘기하기 시작한다. 그는 그녀에게 혼자서 여행하는 것을 좋아하는 편이냐고 묻는다. 그녀는 꼭 그런 건 아니지만 아무런 계획 없이 훌쩍 혼자 떠나버리고 싶은 마음이 들 때가 가끔 있는 건 사실이라고 답한다. 그러자 그는 그런 마음이 들 때마다 여행을 떠나느냐고 다시 묻고, 그녀는 실상 그런 마음이 들어 훌쩍 여행을 떠난 건 이번이 처음이라고 답한다.

여행에 관한 얘기를 주고받는 중에 그의 얼굴에 다시금 그늘이 드리워진다. 그녀는 그에게 죽은 그 여자를 생각하고 있느냐고 묻는다. 그는 그 물음에 대한 대답 대신, 자기는 정말로 사려 깊지 못한 사람이라고 말한다. 그 말을 들은 그녀가 조금 궁금해하는 기색을 보이자, 그는 예전의 그 여자도 가끔 혼자서 여행을 떠나고 싶다는 말을 했었지만 우울증이 걱정되기만 하던 그가 혼자 여행을 떠나도록 놓아두질 않았었는데, 생각해보면 오히려 매번 함께 여행하는 대신 한 번이라도 혼자서 여행할 수 있도록 해주는 것이 더 나았을 거라는 생각이 든다고 말한다. 고개를 끄덕거리며 그의 얘기를 듣고 난 그녀는, 그거야 결과적으로 그럴 수도 있는 거지만, 만약 그런 상황에 처한다면 누구라도 혼자 여행하도록 보내주지는 못했을 거라고 말한다. 하지만 그 말을 들은 후에도 그의 그늘은 가시질 않는다. 침묵과 함께 시간이 흐른다.

드드득, 드득.

무언가를 긁어대는 소리에 두 사람의 시선이 동시에 한곳을 향한다. 편의점의 유리문 바깥 어둑한 한쪽에 놓인 커다란 쓰레기통. 까만 고양이 한 마리가 그 통의 두꺼운 옆면을 긁어댄다. 아마도 쓰레기통 속의 음식물 찌꺼기들로부터 흘러나오는 매혹적인 냄새를 맡은 모양이지만, 덮개가 덮여 있는 터라 애가 타고 있는 듯하다. 그 모양을 지켜보던 두 사람은 누가 먼저랄 것도 없이 자리에서 몸을 일으키다가, 서로의 얼굴을 보고 피식 웃는다.

"너무 배고프겠다, 그렇지?"

그가 말한다.

"그래, 생각한 대로 하자."

그녀가 맞장구친다.

두 사람은 조심스러운 걸음으로 고양이와 쓰레기통을 향해 다가간다. 하지만 몇 발짝 못 가서 고양이는 둘의 움직임을 눈치 채고 후다닥 튀어 어둠 속으로 달아난다. 둘은 그럴 줄 알았다는 표정으로 서로의 얼굴을 마주 보고는 성큼성큼 쓰레기통으로 가서 덮개를 열고, 그 옆에 걸려 있는 쇠로 된 집게로 먹을 것을 꺼낸다. 먹다 만 햄버거 조각, 삼각김밥 찌꺼기, 비엔나 소시지…… 쓰레기통과 벽면 사이의 공간에 그것들을 먹기 좋게 늘어놓는다. 제자리로 돌아와 이번에는 쓰레기통을 정면에 두고 나란히 붙어 앉아 함께 바라본다.

"녀석이 다시 오겠지?"

그녀가 묻는다.

"그럴 거야. 배가 많이 고파 보였거든."

그가 대답한다.

"하지만 굉장히 조심스러워 보이던데."

"별수 없을 거야. 저쪽 골목 모퉁이에서 이쪽을 쳐다보고 있는걸."

"어떻게 알아? 어두워서 아무것도 안 보이는데."

그녀가 어리둥절한 표정이 되어 묻는다.

"아는 사이거든, 저 고양이랑."

"뭐라고?"

"아니야."

이제 둘은 나란히 앉아 쓰레기통을 지그시 바라보며, 긴 기다림 속에 캔 맥주를 홀짝거린다. 오랜 시간이 흘러가지만, 고양이의 신중함 또한 그들의 인내심 못지않다. 그녀가 먼저 침묵을 깨뜨리고, 나직한 목소리로 묻는다.

"그 여자, 왜 죽었다고 생각해?"

"……"

"생각해봤어. 내가 그 여자라면 하고."

"……"

"그 여자는 보여주고 싶었던 거야. 정말로 소중한 당신에게, 당신 까지 지치게 만드는 그놈의 우울증을 기어이 이기는 모습을. 방법이 없었던 거야, 그렇게밖에는."

"바보같이……"

그의 눈에서 주르륵, 눈물이 흘러내린다. 그녀는 그의 눈물이 마를 때까지 한참 동안 아무 말도 건네지 않는다. 오랜 침묵 후에, 이번에는 그가 먼저 입을 연다.

"고마워."

"고맙긴. 그럼 나도 고맙지, 어차피 서로 내기를 걸었는걸."

"잊을 수 있을 것도 같아."

"잊을 수 없어도, 자책에 시달리지는 마."

그와 그녀가 입을 맞춘다. 길게, 서로의 얼굴을 양손으로 감싸 쥐듯 하고. 그사이, 편의점에 들러 물건들을 사 가던 사십대의 한 남자가 그 모습을 얼마간 쳐다보고 섰다가 어둠 속으로 사라지기도 한다. 거리는 여전히 어둠 속에 가라앉아 있고, 몇 시쯤이나 됐을까, 궁금할 법도 하지만 둘은 긴 입맞춤이 끝난 후에도 시계를 들여다보거나 하지 않는다.

"졸리면 들어가자."

풀어진 시선으로 물끄러미 쓰레기통을 응시하고 있는 그녀에게 그가 말한다.

"좀더 기다려보고, 고양이……"

그렇게 중얼거리며 그녀는 그의 어깨에 스스로 기댄다. 그는 그녀에게 뭐라고 말을 하려 입을 움찔거리다가 하려던 말을 거두고, 그녀가 머리를 기댄 어깨를 조금 내려 편하게 해준다. 얼마 후 그녀에게서

쌕쌕거리는 숨소리가 들려오기 시작하고, 그러자 그도 그녀의 머리 위
에 다시 가볍게 자기의 머리를 기대고 눈을 감는다.

얼마나 잠이 들어 있었는지, 그녀가 눈을 뜨자 그가, 잘 잤어, 하고
인사한다. 그녀는 잠에서 막 깨어났을 때만 해도 약간 어리둥절한 표정
이었지만, 이내 모든 상황이 파악됐는지 그를 향해 씽긋 웃어 보인다.

하늘은 저 멀리서부터 희뿌옇게 밝아오고 있고, 거리에는 이른 아
침 운동을 나온 운동복 차림의 사람들과 리어카를 세워놓고 비질을 하
는 청소부의 모습도 보인다.

"아, 잘 잤네."

기지개를 켜며 그녀가 말한다.

"덕분에 나도."

미소를 지으며 그가 말한다.

"참, 고양이는?"

"가서 직접 봐."

그녀는 자리에서 일어나 궁금증이 가득한 얼굴로 쓰레기통의 뒤쪽
을 살펴본다. 어느새 음식 찌꺼기들이 있던 자리는 텅 비어 있다. 그
녀는 흡족한 미소를 지으며 그를 향해, 다행이네, 하고 말한다. 그 말
을 들은 그도 따라서, 다행이야, 하고 맞장구친다.

그와 그녀는 조금씩 환하게 밝아오는 거리의 편의점 앞에 서서 한
참 동안 말없이 서로를 바라보며 빙긋이 웃기만 하다가, 고맙다는 인
사를 주고받고 각자의 방향으로 멀어진다.

*

이미 하늘은 까만색이 아니다. 하늘은 서서히 저 구석에서부터 밝아지려는 기색을 보이는데, 그녀는 아직 그 자리에 앉아 있으며, 잠이 들지도 않았다. 그녀가 앉은 원형 테이블 위에는 빈 맥주 캔 몇 개와 삼분의 일쯤 남은 크래커 봉지가 놓여 있다. 그녀는 전체적으로 무표정하지만, 어찌 보면 무료한 기다림에 지쳐버린 듯도 하고, 어찌 보면 해야 할 무슨 일인가를 끝내고 난 사람에게서 보이는 안도감이 엿보이는 듯도 하다.

그녀가 천천히 자리에서 일어나 테이블 위에 놓인 빈 맥주 캔들과 크래커 봉지를 집어 들고 덮개 덮인 쓰레기통 쪽으로 걸어간다. 덮개를 열어 들고 온 것들을 버린 후에 쓰레기통 뒤편의 공간을 굽어본다. 그곳의 햄버거 조각, 피자 조각, 비엔나 소시지 등은 그녀가 식탁을 차리듯 놓아두었던 대로 고스란히 남아 있다. 그것들을 쇠집게로 집어 다시 쓰레기통 속에 넣는다.

편의점에서 얼마간 떨어진 곳까지 터벅터벅 걸어가던 그녀는 걸음을 멈추고 돌아서서 편의점이 있는 쪽을 잠시 동안 바라본다. 그러다가 다시 걷기를 시작해 약 십 분 후에 그녀는 불 꺼진 클럽 정크의 간판 맞은편 길가에 세워진 빨간색 소형 승용차에 이르고, 곧 그녀의 차는 어둠 반 희뿌연 빛 반으로 이루어진 공기를 헤집고 멀리 사라진다.

*

어둠이 완전히 가시지는 않은 하늘, 그 아래서 막바지 빛을 발하고 있는 도시의 이름 밑 톨게이트를 지나 고속도로에 진입한 그녀의 차가 쏜살같이 달린다. 아직 이른 새벽이라 차들이 많지 않다. 그녀는 올 때와 마찬가지로 가끔 CD를 바꾸어 끼우거나 담배를 한 개비씩 피울 때 말고는 특별한 행동을 하지 않는다. 다만 이번에는 그녀의 눈꺼풀이 무겁게 감기는 듯한 모습이 나타나곤 한다는 차이가 있는데, 그럴 때면 그녀는 머리를 좌우로 세차게 흔들거나 손가락으로 눈을 비비거나 하면서 운전을 계속해나간다.

야광처럼 빛을 머금은 여름 새벽 하늘을 배경으로 곧게 뻗은 고속도로를 그녀의 빨간색 승용차가 바람처럼 달린다.

*

집으로 돌아온 그녀는 열쇠로 조심스럽게 대문을 따고 마당으로 들어선다. 이른 아침 저벅대는 발소리에 잠에서 깨어난 개가 주인을 알아차리고 나무집 밖으로 나와 연신 꼬리를 흔들어댄다. 그녀가 쉿, 하는 소리와 함께 손가락을 입에 대는 과장된 몸짓을 보여주자 개는 꼬리를 흔들어대면서도 짖지는 않는다. 현관문을 따고, 조그맣게 도란거리는 소리가 안방으로부터 흘

러나오는 것 말고는 아직 아무런 인기척이 없는 마루를 지나 그
녀의 방으로 들어간다.

　방에 들어서자마자 옷들을 방바닥에 벗어던진 그녀는 속옷만
입은 채 침대 위로 몸을 던진다. 쌔근쌔근 잠에 빠져드는 그녀,
침대에 널브러져 눈을 감고는 그대로 죽은 듯이 움직이지 않는
다. 그러다가 어느 순간 어렵게 눈을 뜨더니, 감기는 눈꺼풀을
애써 이겨내는 듯 힘든 표정으로 침대맡의 수화기를 들고 어디
론가 전화를 건다.

　"나야. 아직 출근 안 했네?"

　"응. 어쩐 일이야, 이렇게 이른 시각에?"

　"음, 그냥."

　"또 밤새 잠 한숨 못 잔 거야?"

　"……응."

　"이거 정말 큰일이네. 자장가 불러줄까?"

　"아니야, 이젠 괜찮아. 지금 잠이 막 쏟아지고 있거든."

　"그래? 잘됐다. 그럼 얼른 자야지 전화는 왜 해?"

　"며칠을 자게 될지……, 모를 것 같아서."

　"그렇게나?"

　"응……, 지금 너무너무……"

　"정말 다행이네."

　"고마……워."

　"그 대신 드레스 입는 날 아침엔 일어나야 된다."

“으응……”

“그럼 어서 자.”

“……”

“여보세요?”

“……”

한밤, 편의점의 고양이

“뭐예요, 좀 열정적으로 날 대할 수 없어요?”

Y가 침대에서 일어서며 토라진 얼굴로 말한다. 토라졌을 때 그녀의 모습은 꼭 새가 지저귀는 것 같다.

“얼른 씻기나 해. 늦겠어.”

“말 돌리지 마요.”

Y는 벗은 몸 그대로 서랍장에서 잘 개어진 속옷을 꺼내 들고 욕실로 들어간다. 쏴아, 하는 물소리가 들리기 시작한다. 잠시 후면 그녀는 젖은 머리를 수건으로 털어내며 감촉 좋게 마른 속옷을 입고 나오게 될 것이다.

오랜만이다, Y가 나이트 근무를 나가기 전에 안아달라고 한 것이. 딴에는 Y를 기쁘게 해주려고 나름의 최선을 다했는데. 하기야 Y는 무슨 일이든 함께 하고 나면 밉지 않게 토라지곤 한다. 그것이 나에 대한 일종의 감사 표시인 셈이다.

침대에서 일어나 한쪽에 처박혀 있는 사각팬티를 주워 입는다. 붙박이장을 열어 반소매 라운드 셔츠를 꺼내 입으려다가, 아직 내 몸의 땀을 씻어내지 않았다는 사실을 깨닫고 그냥 다시 넣어둔다. Y가 들어간 욕실의 물소리는 쉼 없이 계속된다. 물소리를 음악인 양 들으며, 저녁으로 무얼 만들어 먹을까, 하는 생각에 냉장고를 열어본다. 과일과 야채 종류를 특히 좋아하는 나와 그녀의 냉장고 속에는 토마토, 사과, 양배추, 피망, 파슬리, 당근 등의 식물성 먹을거리들만 보인다. 냉장실 문을 닫고 돌아서자마자 문득 지난주에 대형 마트의 농수산물 직거래 장터에서 구입했던 왕새우들을 생각해낸다. 냉동실, 아직 커다란 놈으로 두 마리가 남아 있다. 그럼 버터는……, 그것도 남아 있다.

"오늘 뭐 해 먹지?"

엷은 분홍빛의 속옷을 입은 Y가 긴 머리를 수건으로 닦아내며 묻는다.

"우리 냉장고의 사정상 별로 선택의 여지가 없어."

냉장실과 냉동실의 문을 활짝 열어 보여주며 Y에게 대답한다. Y가 미소 짓는다.

"뭔데요?"

"왕새우 버터구이를 곁들인 볶음밥과 샐러드, 어때?"

"사정상 별수 없다며."

Y의 샤워 시간은 십 분, 하지만 나는 오 분이면 된다. 밥은 내

가 볶을 테니 샐러드를 준비해달라고 말해놓고 갈아입을 속옷을
꺼내어 욕실로 들어선다. 쏴아. 처음엔 좀 차가운 듯하던 물줄기
가 조금씩 몸에 익숙해지며 편안하게 몸을 감아 돈다. 비누……,
너무 조그맣다. 비누 상자에도 남아 있는 새 비누는 없다. Y의
보디 클렌저는……, 아직은 반 이상 남아 있다. 이따가 열 개
들이 비누 한 상자를 새로 사다 놓아야겠다.

속옷을 갈아입고 욕실을 나가자 헐렁한 박스형 셔츠를 입고
싱크대 앞에 서 있는 Y의 뒷모습이 눈에 들어온다. 셔츠 아래
로 길게 뻗어 있는 Y의 다리, 그 맨살의 빛깔을 보자 배가 고파
온다. 나는 변태일까. Y에게 물어보려다 그냥 혼자 피식 웃어
버리고는 붙박이장에서 Y의 것과 비슷한 셔츠를 꺼내어 걸치고
싱크대로 가서 Y의 옆에 선다. Y는 그 짧은 시간에 이미 샐러
드를 만들 과일, 야채를 적당한 크기로 다 썰어놓은 데다가, 내
가 밥이랑 볶아낼 야채들 또한 조그맣게 저며놓았다. 아직은 탄
탄한 Y의 엉덩이를 탁, 하고 한 번 치고, 귀엽게 흘겨보는 Y의
시선을 짐짓 모른 척 흘려버린 뒤에, 야채를 볶아내면서 왕새우
두 마리에 버터를 발라 오븐에 넣고 굽기 시작한다.

잠시 후 Y와 나는 파슬리 숲으로 둘러싸이고 노란 치즈 가루
가 구름 그림자처럼 드리운 데다가, 색색의 야채가 섞인 밥알의
바다 위에 왕새우가 각각 한 마리씩 헤엄을 치고 있는 모양의
접시 둘, 그리고 샐러드가 듬뿍 담긴 넓은 접시 하나 등을 사이
에 두고 조그마한 원형 테이블에 마주 앉았다. 방 하나가 집 전

체라 많이 움직이지 않고도 모든 일을 처리할 수 있다. Y와 내가 함께 살기로 했을 때 그녀는 커다란 검은색 트렁크 두 개를 밀면서 내 아파트로 들어왔고, 원룸이라 둘이 함께 살기에는 좀 좁지 않을까 하는 내 표정을 보고 한번 씨익 웃어주었다. 하긴 그녀의 아파트는 여기보다 더 작아서 그걸 처분하기로 했던 것이지만.

"기름기가 너무 많은걸. 샐러드는 참으로 맛있게 됐습니다만."

입을 오물거리며 Y가 말한다.

"노력했잖아. 맛있게 먹자고."

마주 보고 식사를 하며 Y와 나는 특별하지 않은 오늘 같은 어떤 날, 나쁘지 않은 분위기의 이런 저녁 식사 자리에 곁들여지면 괜찮을 만한 얘기들을 주고받는다. Y가 일하는 병원에서 요즈음 환자들을 더 많이 유치하기 위해 친절, 친절, 하고 어찌나 강조해대는지 오히려 간호사들의 얼굴을 더 찌푸리게 만들고 있다는 얘기, 오늘 내가 만든 요리에 만약 이름을 붙인다면 '새우의 최후' 또는 '바다가 들린다' 정도가 좋지 않겠냐는 얘기, 우리 아파트가 있는 블록에 편의점이 하나 생겼는데 한밤중에 출출해지는 걸 참지 못하는 우리 같은 사람들의 입장에서 보면 그건 참 잘된 일인 것 같다는 얘기, 그런 얘기, 저런 얘기…… 그렇게 식사를 끝내고 나서 Y는 접시들을 씻고 나는 커피를 끓인다.

"그래도 한 삼십 분쯤 시간이 남네."

커피를 마시며 Y가 말한다.

"좋지 뭐, 서두르지 않아도 되고."

별 생각 없이 내가 대꾸한다.

"언제나 그런 대답."

"응?"

"언제나 그런 대답, 언제나 그런 삶."

"내 삶이 어떤데?"

"당신은 너무 일상적이에요."

Y가 '일상적'이라는 말에 힘을 주어 말한다.

"아까 침대에서 일어나기 전에 좀 열정적으로 대해달라고 말한 것도 그런 맥락이었어?"

"뭐, 말하자면 그렇죠."

"음, 열정적이라……"

"한마디로 말하자면 당신에겐 뭔가 모험이 결여된 듯한 느낌이에요."

"음, 모험이라……"

"얘기 그만 하고 싶어요?"

"미안, 계속해."

"당신은 소설가잖아요. 보통 사람과는 다른, 소, 설, 가."

"그래서?"

"당신처럼 일상적인 것들에 익숙해져서 대체 무슨 소설이 나오겠어요? 익숙한 일상은 사람을 고루하게 만들고, 그런 사람이 쓰는 소설 또한 고루할 수밖에 없을 거예요. 그렇게 생각 안 해요?"

Y는 악의 없는 독설로 남은 시간을 나와 함께 보내려나 보다.

딩동.

벨이 울린다. Y는 잠시 기다리고 있으라는 듯한 눈짓을 보내고 철제 현관문 앞으로 가서 조그마한 렌즈 구멍에 눈을 대고 밖을 내다본다.

"누구세요?"

낯선 사람인 모양이다.

"네, 아르바이트 대학생인데요, 예쁘고 편리한 감미료 케이스 세트가 나왔거든요. 한번 보시라고요."

아직은 여물지 않은, 여린 여자의 목소리다.

"아, 그래요? 하지만 지금 당장은 문을 열 수가 없네요. 마침 필요하긴 한데……"

Y와 나는 속옷에 셔츠만 걸치고 있는 옷차림이다. 만약 저 아르바이트 여대생이 셔츠 아래로 흐르는 Y의 희고 긴 다리를 본다면 사랑에 빠질지도 모를 일이다.

"물건들이 정말 좋습니다. 보시기만 하셔도 되는데요."

"실은 지금 함께 사는 사람이랑 일상과 모험에 관해 얘기하고 있는 중이거든요, 중요한 이야기라서요. 그럼 이렇게 해요, 내일 다시 들러주시면 그땐 꼭 볼게요. 그리고 특별한 하자가 없으면 아마도 구입하게 될 것 같고요."

약간의 침묵이 흐른 후 밖에서 네, 내일 꼭 다시 뵐게요, 하는 대답이 들려온다. 여자가 내일 다시 올까. Y의 솔직함을 모르는 여자는 어쩌면, 별 이상한 방식의 거절도 다 있네, 하며 렌즈 구멍의 사정거리 밖 어두운 회랑에 서서 얼굴을 잔뜩 찌푸리다 갔을지도 모른다.

"어디까지 얘기하다 말았죠?"

"내일 다시 오라는 얘기까지."

Y는 내게 눈을 한번 흘기고, 잠시 생각하는 듯하다가 이내 말을 계속한다.

"맞아요, 거기까지였어요, 고루한 일상과 고루한 소설. 날 만나기 전까지 내게 얘기하지 않은 어떤 비일상적인 모험들이 당신에게 있었는지 알 수는 없는 노릇이지만, 내 눈에는 보이는 듯하거든요. 너무나 일상에 익숙한 현재의 당신 모습들에서 그 이전에도 온몸을 전율케 할 만한 일탈의 사건들은 없었을 거라고 추측된다는 말이에요. 맞아요, 그렇지 않아요? 독자들이 왜 소설을 사 본다고 생각해요, 당신은? 무언가 옆길로 빠지고픈 욕망을 가지고 있기 때문이에요. 설교를 듣거나 설득을 당하겠다고 마음먹고 소설의 첫 장을 여는 독자는 없을 거라는 얘기예요."

"그럼 독자들이 직접 그 욕망을 해결하는 게 더 바람직하지 않아?"

"만약 모두 그렇게 한다면 세상이 어떻게 되려고요?"

"당신도 나랑 크게 다를 것 없지 않나? 내게는 일상적이다,

모험이 없다고 얘기하면서, 그뿐이잖아. 왜 영화에서 보면 의사와 간호사 간에 종종 일탈적인 사랑에 빠지곤 하잖아, 유부남이든 유부녀든 간에."

"그거야 당신보다 더 날 사로잡는 의사가 우리 병원엔 한 명도 없으니까 아무 일도 일어나지 않는 거죠."

Y는 좋은 여자다.

"그렇게 얘기해주시니 고맙습니다만, 그건 그렇다고 하고, 정말로 내 소설에 그렇게도 모험이 없어?"

"물론 있기야 있죠. 하지만 모험의 바닥에 이르기도 전에 너무 일찍 일상으로 돌아와버리는 느낌이 드는 게 사실이에요. 예를 들어 지난번 소설 말이에요."

"잠 못 드는 그녀?"

"그래요, 잠 못 드는 그녀. 결혼을 며칠 앞둔 여자가 도대체 잠을 이루질 못한다. 벌써 며칠째인지 모른다. 그러던 어느 날 밤, 역시 잠드는 데에 실패한 그녀는 일 년 전 혼자서 여행하던 중에 딱 한 번 들렀던 적이 있는 도시를 향해 무작정 떠난다. 그 도시에는 일 년 전 그날 그녀가 혼자 술을 마시러 들어갔던 클럽 정크라는 바가 있었는데, 그녀는 그 바에서 옆자리에 앉아 얘기를 나누다 결국 그 도시에서 함께 밤을 지샜던 한 낯선 남자와의 기억 때문에 그렇듯 무작정 클럽 정크를 찾은 거였다."

"줄거리를 잘 기억하고 있네."

"말 돌리지 말아요. 어쨌든 거기까진 좋았어요. 그런데 그다음부터가 마음에 안 들어요. 첫째……"

"첫째? 대단히 분석적인걸?"

"그래 봐야 두 가지밖에 안 되니까 좀 들어봐요. 첫째, 일 년 전 그날 두 사람은 바에 앉아 얘기를 나누다가 클럽 정크가 문을 닫을 시간이 되자 환하게 불을 켜놓은 편의점 앞에서 캔 맥주를 마시며 밤을 지새게 되죠? 그곳에서 둘은 상당히 가까워지는데, 오래전 여자 친구의 자살을 자기 탓이라고 생각하며 자책해온 남자를 여자가 따뜻하게 위로해주잖아요. 그때 분명 두 사람은 서로에게 끌리고 있었어요. 맞아요, 그렇지 않아요? 그런데 둘은 덮개 있는 쓰레기통 주위를 어슬렁거리는 고양이 한 마리를 발견하고 그 고양이에게 먹을 것을 주기로 하고는, 쓰레기통에서 몇 가지 먹을 것을 꺼내 바닥에 놓고 어디선가 쳐다보고 있을 그 조심스러운 고양이가 다시 나타나기만 기다리며 밤을 지새우잖아요. ……그러면서 남자가 여자에게 자기는 그 고양이랑 아는 사이라는 둥 알 수 없는 말을 하기도 했지, 아마."

"맞아, 그랬지."

"맞아, 그랬지, 하고 넘어갈 문제가 아니에요. 도대체 서로에게 강하게 끌리는 두 사람이 거리의 고양이에게 먹을 것을 줘야 한다는 말도 안 되는 목적 때문에 그렇게 밤을 허비할 수 있는 건가요? 그리고 기다리다 지쳐 서로의 어깨에 기대어 잠이 들었다가 새벽녘에 깨어보니 바닥의 음식 부스러기들은 이미 그 고양이가 다가와 먹고 없더라, 까지는 이해가 가요. 그런데 그러고 나서 어떻게 두 사람은 서로의 연락처도 교환하지 않고 그토록 허무하게 헤어질 수가 있어요?"

Y는 목이 마른 듯 잠시 식은 커피를 몇 모금 홀짝거린다. Y에게 담배 한 개비를 권하고, 나도 한 개비를 피워 문다. 나는 이 예쁘고 성실한 비평가를 싫어할 수가 없다.

"Y가 그렇게 얘기할 때면 내가 썼는데도 꼭 내 소설이 아닌 것만 같아. 하지만 어쨌든, 상당히 재미있는 것만은 사실이야, Y의 얘기."

"나 그만 할래요."

"왜?"

"난 지금 남 얘기를 하고 있는 게 아니라고요."

"미안, 계속해."

"기분은 조금 상했습니다만, 그럼 둘째. 일 년 전의 그 남자가 불현듯 생각나 결혼을 며칠 남겨두지도 않은 채 그녀는 결국 클럽 정크가 있는 도시로 가요. 거기까진 좋아요. 그러면, 그런 정도의 모험을 감수한 그녀라면 어떻게 해서든 그 남자를 만나야 하는 거 아니에요? 클럽 정크로 들어가서 바에 혼자 앉아 음악을 들으며 술을 마신다, 그러다가 그 남자와 밤을 지샌 편의점 앞으로 가서 혼자 캔 맥주를 마신다, 그날처럼 쓰레기통의 덮개를 열어 먹을 것을 바닥에 꺼내놓고 고양이가 와서 먹어주길 기다리다 잠이 든다, 희뿌옇게 날이 샐 즈음 쓰레기통으로 가보니 이번에는 음식 부스러기가 없어지지 않고 여전히 그 자리에 있다. 그리고 결정적으로, 그녀는 그러고 나서 결혼할 남자가 있는 도시로 돌아가서 잠에 빠져든다. 허망하지 않아요, 당신은?"

Y는 정말이지 허망한 마음이 들었나 보다.

"그건 나도 어쩔 수 없어, 그 여자의 삶이니까."

"당신이 썼잖아요?"

"내가 쓴 얘기는 맞지만 말야, 음, 뭐랄까, 마치 당신과 환자의 관계와 같다고나 할까. 당신은 죽어가는 환자에게 약을 먹이고 주사를 주지만, 궁극에 환자가 살아나느냐 죽느냐 하는 문제는 그 환자의 의지에 달려 있다는 얘기, 바로 당신이 내게 해준 거잖아."

"두 손 들었어요, 당신의 갖다 붙이는 솜씨에는."

"얘기 다 끝난 거야?"

"뭐, 내가 싫어하는 고양이라는 동물이 왜 그렇게 당신 소설들마다 끈덕지게 등장하느냐 하는 문제가 남아 있긴 하지만, 그거야 독자 중 한 사람에 불과한 내 취향이나 기호에 관련된 문제니까."

나는 사실 아까부터 Y의 등 뒤쪽 벽에 걸린 시계를 바라보고 있었다.

"당신, 오늘 나이트 근무 아니던가?"

"어머."

Y가 깜짝 놀란 표정으로 고개를 돌려 시계를 본다. 이미 집

을 나서야 할 시간이지만 Y는 아직 화장도 하지 않은 상태다. 그걸 왜 이제야 말하느냐는 둥, 다 알고 있었는데 일부러 지금 말한 게 아니냐는 둥 투정을 부리며 Y가 나를 넘어뜨려 올라타고는 목을 조르는 시늉을 한다. Y의 얼굴이 내 얼굴 바로 앞으로 내려와 멈춘다. 안고 싶다.

"이번에는 열정적으로 대해줄 수 있을 것 같은데."

"이미 기회는 지나가버렸습니다만."

허둥지둥 화장을 끝내고 옷을 걸치는 Y에게 정류장까지 함께 가주겠다고 하자, Y는 혼자 뛰어가는 게 더 빠르다고 말하며 아침에 보자는 인사를 뒤로하고 집을 나선다. 삽시간에 집 안이 조용하게 바뀐다. 음악을 틀고, 이제 몇 자 적어보려 컴퓨터를 켠다. 위잉, 하고 컴퓨터가 돌아가기 시작한다.

*

실내의 공기가 탁해졌나 보다. 뒷목이 뻐근해온다. Y와 이 년여를 살면서 이런 시간에 혼자 글을 쓰는 일에 이제는 익숙해질 법도 한데, 오히려 처음 얼마간은 익숙한 기분이었다가 날이 갈수록 조금씩 낯설어지는 느낌이다. 혼자 있다는 것, 누군가와 함께 있다는 것. Y가 이미 내 삶의 반 이상을 차지했는지도 모른다. Y가 없는 집에 혼자 있으면 자꾸만 새소리가 듣고 싶어진다. 하지만 이런 도시에서 새소리가 들려올 일은 거의 없다.

그렇다고 철사로 된 새장에 새를 가두고 지저귀게 하는 짓 따윈 생각하고 싶지도 않고.

문득 혼자 앉아 머리를 쥐어짜야 하는 직업을 가진 내 자신이 탐탁지 않게 느껴진다. 언젠가 한 잡지사의 여기자가 인터뷰 도중에 나에게 글을 쓴다는 일은 '즐거운 생산'일 것만 같다고 말한 적이 있었다. 내 글을 읽다 보면 그런 느낌이 든다는 것이다. 난 허탈하게 한 번 웃어 보인 뒤에 내가 혼자서 글 쓰는 모습을 보여줄 수 없는 것이 아쉽다고, 만약 그 모습을 본다면 '머리를 쥐어뜯고 좀이 쑤시다 못해 어거지로 이루어지는 생산' 정도의 이름을 붙였음에 틀림없을 거라고 말해주었다. 고등학교 시절 국어 교과서에서 '글이란 속에서 여물 때까지 놓아두었다가 저절로 술술 풀려날 때가 되어서 써야 한다'는 한 저명한 수필가의 글을 읽은 기억이 있다. 하지만 적어도 내 경우에 있어서는 여물 대로 여물었다 싶을 때에 글을 시작해도 사정은 마찬가지가 되고 마는 것이다. 그냥 나의 내부에서 나오는 대로 자연스럽게 써내려갈 뿐이죠, 이렇게 말하면 그런대로 멋스러울 법도 하지만, 그런 대답은 꼭 미인 대회에서 입상한 얼굴 반반한 미녀가, 내적인 미가 진정한 아름다움이 아니겠어요, 하고 말하는 것 같은 뻔한 거짓말이라는 느낌이 들 뿐이다.

창문을 있는 대로 열어도 실내의 공기가 탁하고 답답하게만 느껴진다. 더 앉아 있어봐야 헛일이다. 붙박이장을 열어 반바지를 하나 꺼내 셔츠에 맞춰 입고, 담배와 지갑을 주머니에 넣고

집을 나서려는데,

　따르릉,

전화벨이 울린다.

　“여보세요.”

　“네, 거기 일상적인 소설가의 집인가요?”

Y일 줄 알았다.

　“그런데요.”

　“뭐 하고 있어요?”

Y는 내가 글을 쓰고 있을 줄 알면서도 늘 이렇게 묻는다.

　“응, 뭘 좀 쓰다가, 잠깐 외출하려는 참이었어.”

　“출출해졌군요?”

　“그렇기도 하고, 답답해져서. 나가는 참에 비누도 한 통 사야겠고.”

　“어머, 어느새 비누가 다 떨어졌나요? 미처 못 봤네. 미안해요.”

　“미안하긴, 뭐가?”

　“당신은 내 보디 클렌저도 다 떨어지면 사다 놓고 그러잖아요, 왜.”

　“미안하면 빠른 시일 내에 기회나 한번 더 주지그래.”

　“기회?”

　“열정.”

　“나 원 참. 글이나 써요.”

“알았어. 내일 봐, 그럼.”

우리 아파트가 있는 블록은 조용한 편에 속한다. 하지만 정말 조용하다고 할 수 있는 구역은 블록의 안쪽 주택가뿐이고, 바깥 큰 도로로 가까이 나갈수록 점점 더 소란스러워지다가 도로에 면한 거리에 이르면 꽤나 복작거리고 부산스럽다. 가끔 실내가 답답해져서 집을 나설 때면 산책 코스는 정해져 있다. 그렇게 정하고 싶어 정한 건 아니고, 여러 번 걷다 보니 그냥 그렇게 된 것이다. 한 동밖에 없는 우리 아파트를 나와서 얼마간 걷다 보면 상당히 고풍스러운 주택들이 길 양편으로 여러 채 이어져 있다. 커다랗고 매끈한 고급 벽돌들로 이루어진 높다란 그 담장 들 사이를 한밤에 걷다 보면 마치 클래시컬한 옛날 영화 속으로 들어가버린 듯도 한데, 그것이 그리 나쁜 기분은 아니다. 그 길 을 천천히 걸으며 담배 한 개비. 길 끝에서 다시 오른쪽으로 돌 아 조금 걸으면 크지도 작지도 않은 초등학교가 하나 나오는데, 이 학교는 담이 없어서 한밤중에도 운동장으로 걸어 들어가 한 가로이 거닐 수가 있다. 어둡고 텅 빈 운동장을 거닐며 담배 두 개비 정도. 그러다가 초등학교 뒤편으로 돌아나가면 큰 도로와 만나게 되는데, 내 아파트가 속한 블록을 경계 지어주는 그 도 로 건너편, 그러니까 내가 사는 아파트의 이웃 블록에는 커다란 상가 건물이 하나 서 있다. 그 상가 건물의 앞 공간은 꽤나 널 찍하게 만들어져 있어서 상가가 문을 닫고 나서도 벤치에 앉거 나 우두커니 서서 누군가를 기다리는 사람들을 볼 수가 있다.

그곳 벤치에 앉아서, 가끔 어둠을 뚫고 지나는 차들, 취한 남자들과 여자들을 멍하게 바라보며 담배 세 개비. 한밤, 나의 산책로 코스는 그렇게 대략 담배 여섯 개비와 함께 끝이 난다.

걸어왔던 길을 그대로 거슬러 아파트에 거의 다 이르렀을 때에야 나는 비누를 사지 않았다는 사실을 생각해낸다. 애초에 나는 산책과 더불어 비누도 살 겸 가까운 곳에 새로 생긴 편의점에 들러보고 싶었던 거다. 아파트로 들어서던 발길을 되돌려 걷기를 한 오 분, 제법 큰 평수의 세 동짜리 아파트 단지와 마주하며 불을 밝히고 있는 파란색 간판의 편의점 하나가 눈에 들어온다. 블록의 바깥쪽 번화한 큰 도로에서도 간판이 보이기는 하겠지만, 너무 안쪽으로 들어가 있어서 결코 좋은 자리는 아니다. 환한 간판 아래 유리문을 지나 밝은 실내로 들어선다.

"어서 오세요."

스무 살이 채 안 돼 보이는 여자가 카운터에 앉아 있다가 내가 들어서자 인사를 한다. 밤 시간은 여간해서 여자 점원에게 맡기지 않는 것이 보통인데, 아마도 일할 사람이 없었거나, 그도 아니면 저 여자 점원이 일자리가 급했나 보다. 깨끗하게 정리돼 있는 환한 실내, 여러 가지 물건들이 빼곡히 들어찬 진열대 사이를 거닌다. 실내에는 점원과 나, 그렇게 둘뿐인 모양이다. 아니다, 한 사람이 더 있다. 한쪽 유리벽 쪽으로 기다랗게 마련된 붙박이 테이블 앞에 커다란 까만색 가방과 함께 여자 하나가 앉아 있는 것이 보인다. 뒷모습만 보이는 터라 나이를 가

늘할 수는 없지만, 허리께의 살이 하얗게 드러나는 타이트한 셔츠에다 짧은 미니스커트를 입고 있는 것으로 보아 그다지 나이가 들지 않았음이 분명하다. 여자는 전자레인지에 데웠을 조각 피자를 반쯤 먹다가 만 상태로 왼손에, 플라스틱 덮개가 덮인 커다란 종이 콜라컵에 빨대를 꽂아 오른손에 들고 있다. 그 자세는 내가 물끄러미 쳐다보고 있는 동안 한 번도 바뀌지 않는다. 그녀의 고개가 들린 각도로 보아 맞은편 아파트 단지의 높은 지점 불켜진 창문들 중 하나를 보고 있는 것도 같지만, 어쩌면 시선만 그곳에 둔 채 무슨 깊은 생각에 잠겨 있는지도 모를 일이다.

여자에게서 눈을 떼고 다시 진열대 사이를 거닌다. 내가 왜 이곳에 왔더라. 비누, 그래, 비누를 사러 왔던 거다. 열 개들이 비누 한 상자를 집어 들고 카운터로 걸어가 여점원의 앞에 내민다.

"날씨가 참 덥죠?"

물건 값을 치르는 동안 여점원이 싹싹하게 말을 건네온다.

"참을 만은 한데요."

그러고 있는 사이 등 뒤로 또각거리는 발소리가 들려온다. 아마도 여자가 나가는 모양이다. 유리문이 열렸다 닫히는 소리가 들리고, 실내는 곧 조용해진다. 계산을 끝내고 나가려다 보니 갑자기 출출함이 느껴진다. 뭘 좀 먹고 가야지, 생각하고 냉동식품이 있는 개방형 냉장고를 살펴본다. 조각 피자, 햄버거, 삼각김밥, 비엔나 소시지…… 햄버거 하나를 전자레인지에 넣고 타이머를 일 분 삼십 초에 맞춘다. 천천히 햄버거가 회전하기 시작한다.

"어머, 다 남겼네."

여점원의 독백이 들려온다. 붙박이 테이블의 여자는 손에 들고 있던 조각 피자와 콜라를 다 먹지 않고 테이블에 그냥 남겨 두고 갔나 보다. 기다란 테이블을 깨끗이 닦고 난 점원은 먹다 만 피자와 콜라를 들고 진열대 사이를 가로질러 우선 실내의 한쪽에 마련된 커다란 통으로 간다. 저 통은 아마도 먹다 남긴 음료수나 컵라면 국물 등을 모으는 용도일 거다. 통에 콜라를 붓고 나서 유리문을 열고 밖으로 나간 점원은 샐쭉한 표정이 되어 반쯤 남은 조각 피자를 잠시 쳐다보다가 이내 덮개가 덮인 쓰레기통에 넣어버린다.

"참 아깝다, 그렇죠?"

실내로 들어와 카운터로 돌아온 여점원이 전자레인지 앞에서 햄버거가 익기를 기다리는 날 향해 묻는다.

"고양이라도 주면 어떨까요?"

무심결에 말이 나갔다. 딱히 대답을 구하는 질문도 아니었는데, 그냥 고개만 끄덕거려주거나 웃어주면 됐을 것을. 점원은 예상치 못한 내용의 대답에 조금 어리둥절한 표정을 하고 잠시 나를 바라보다가, 곧 표정을 풀고는 재치 있는 대답이었다는 투로, 맞아요, 그러면 되겠네요, 하고 맞장구친다.

땡.

　전자레인지에서 따뜻하게 데워진 햄버거를 꺼내고, 점원에게 콜라가 가득 든 기다란 종이 콜라컵을 받아 유리벽 쪽의 붙박이 테이블 앞에 앉는다. 뭐라 설명할 수 없는 묘한 기분이 든다, 이렇게 환한 실내에서 어두운 밖을 내다보는 것은. 늦은 밤인 데다 번화한 거리로부터 조금 안쪽으로 들어와 있기 때문에 사람들의 왕래가 뜸하다.

　맞은편 아파트 단지 입구에 움직이는 듯, 굳어 있는 듯, 무엇인가 서 있다. 햄버거를 한입 베어 물고 콜라컵의 빨대를 빨아 오물거리며 눈을 가늘게 뜨고 그쪽을 바라본다. 커다란 까만색 가방, 허리께의 살이 드러나는 타이트한 셔츠에 미니스커트……, 아까 그 여자의 뒷모습이다. 여자는 내게 뒷모습만 보여줄 작정인가 보다. 아파트 단지 어귀에 우두커니 서서 여자는 여전히 고개를 들어 높은 곳 불 켜진 어느 창문을 향해 시선을 못 박고 있다. 여자가 있는 쪽으로 자전거 한 대가 다가간다. 자전거가 좌우로 비틀거리는 것으로 보아 자전거를 몰고 있는 나이 든 남자는 술에 취한 모양이다. 여자에게 가까워질 즈음에 자전거를 탄 남자가 여자를 향해 뭐라고 소리친다. 길을 비키라고 하는 것이거나 그도 아니면 어린 여자의 노출 많은 옷차림을 보고 뭐라고 참견하는 것일 수도 있을 것이다. 여자는 고개를 돌리지 않는다. 자전거는 비틀거리는 모습 그대로 여자를 스칠 듯 가까이 지나쳐서는 어둠 속으로 사라진다. 여자는 여전히 아무런 움직임도 없다. 시간이 흐른다. 그동안 나는 몇 번에 걸쳐 햄버거를 조금씩 베어 먹으며 여자를 바라보고, 여자는 그렇게 고개를 들어 올려다보는 자세를 바꾸지 않는다.

여자는 대체 무슨 생각을 하고 있는 것일까, 하는 궁금증이 내 머릿속에서 무럭무럭 자라나고 있는데, 어느 순간 여자가 고개를 내리고 천천히 뒤로 돌아서서 내가 있는 방향으로 걸어온다. 편의점의 실내로부터 퍼져나간 환한 빛의 사정권 안으로 잠시 들어온 여자는 곧 방향을 틀어 큰 도로가 있는 쪽으로 터벅터벅 사라져버린다. 짧은 순간, 주의 깊게 여자의 얼굴을 본다. 열여덟이나 열아홉쯤. 짙은 화장으로 덮인 얼굴, 두 눈에 고인 물기가 빛을 받아 반짝거린다. 여자는 울고 있었던 것일까. 아닐 수도 있다. 다만 한곳을 오랫동안 응시하고 있었기 때문에 그런 것일지도 모른다. 시선을 못 박고 바라보던 창문은 여자의 집일까. 그렇다면 여자는 저 까만색 가방에 옷가지를 챙겨 오늘밤 집을 나와 어디론가 떠나는 것일 수도 있다. 아니면, 헤어진 남자의 집 앞에 와서 오랜 시간 불 켜진 창만 바라보다 돌아가는 것일 수도……, 젠장.

멍하니 생각에 잠기기를 좋아하는 내 버릇은 도대체가 고쳐지질 않는다. 한밤의 산책은 이렇게 무용한 것이 되고 마는 건가. 집을 나서기 전 쓰고 있던 글에 대한 생각은 이제 손바닥만큼도 내게 남아 있질 않으니. 조금 전까지 바로 이 자리에 앉아 있다가 사라져버린 저 어린 여자처럼, 이제 내 손에도 반쯤 먹다가 식어버린 햄버거와 콜라컵이 들려 있다.

비누 한 상자와 글을 쓰면서 마시려고 산 캔 맥주 몇 개가 담긴 봉지를 들고 편의점을 나와 집으로 돌아가다가, 나는 또다시 발걸음을 돌려 담 없는 초등학교로 향한다. 이대로 그냥 들어갈 수는 없다. 생각을 정리해야 한다. 집으로 들어가면 곧바로 컴퓨터 앞에 앉아 자판을 두드리기 시작할 수 있도록.

텅 빈 운동장에 어둠이 스멀스멀 기어다닌다. 그네에 앉아 담배를 한 개비 피워 문다. 내 담배의 빨간 불꽃을 제외하면, 이 널따랗고 어두운 공간에서 빛을 발하고 있는 곳은 오직 한군데, 저 멀리 교사의 일 층 창문 하나뿐이다. 누군가 숙직을 서고 있는 것인가. 아니, 요즘은 숙직이라는 게 없어졌다고 누군가 그랬던 것 같기도 하다. 외부 용역업체의 직원일까. 남자일까, 여자일까. 그는, 혹은 그녀는 이토록 널따랗고 어두운 공간에 혼자 남아 무슨 생각을 하고 있을까. 쳇, 이럴 때가 아니다. 내 일에 신경을 써야 한다. 내 일, 쓰다 말고 꺼버린 내 글. 이번 글을 시작할 때 나는 '그녀'가 결국에 '그'를 떠나는 것으로 처리하려고 마음먹었다. 그런데 그게 잘 안 된다. 쓰다 보니 그 둘 사이에 나 자신도 예측하지 못했던 여러 감정들이 생겨나더니, 이젠 차마 나의 의도대로 글을 끝낼 수 없을 정도의 복잡하고 미묘한 상황이 돼버린 거다. '그'와 '그녀'를 만나볼 수만 있다면. ……혹 어둠이 까맣게 깔린 이 운동장 저편에 그들이 있진 않을까. 그들을 만나면 나는 뭐라고 인사를 건네야 할까……

"저기요."

헛된 생각을 하고 있다고 스스로를 나무랄 즈음, 나는 뒤에서 들려오는 소리에 소스라치게 놀라 그네에서 떨어질 뻔한다. 짧은 사이 '그녀'의 목소리가 아닐까, 하고 생각했다가 다시금 말도 안 되는 생각이라고 자신을 다그치고 뒤를 돌아본다.

멍한 얼굴이 된 내 뒤에 언제 다가온 것인지 여자 하나가 서 있다. 커다란 까만색 가방, 허리께의 살이 드러나는 타이트한 셔츠에 미니스커트……, 그 여자, 편의점에서 보았던 어린 여자다. 놀라움은 어느새 알 수 없는 반가움으로 바뀐다.

"담배 한 개비만 줄래요?"

여자가 묻는다. 주섬주섬 주머니를 뒤져 담배 한 개비를 빼주자, 여자는 커다란 가방을 땅바닥에 털썩 내려놓고 내 옆의 그네에 앉는다. 나도 한 개비를 피워 물고, 그렇게 해서 나와 여자는 나란히 앉아 함께 담배를 피우기 시작한다. 담배를 피우는 여자의 앳된 얼굴은 굉장히 피곤하고 허탈한 듯한 기색을 띠고 있다. 물어볼까, 왜 그런지.

"알아요, 아저씨가 뭘 궁금해하는지."

여자가 물끄러미 날 쳐다보다가 먼저 입을 연다.

"……"

"나이도 얼마 안 돼 보이는 여자애가 이 시간에 뭘 하고 돌아다니느냐, 담배는 또 언제 배웠느냐, 이랬느냐, 저랬느냐, 맞죠?"

"그런 거 아니야."

"……"

"너무 힘들어 보이잖아, 얼굴이."

"하루 종일 일을 했는데 별 소득이 없어서, 씨……"

"무슨 일이길래?"

"저걸 팔러 다녀요, 감미료 케이스 세트."

여자가 땅바닥에 놓인 커다란 가방을 가리킨다.

"오늘은 특히나 팔리질 않아서, 마지막으로 들렀던 아파트 앞에서는 화가 나서 한참 동안을 서 있었지 뭐예요."

"그럼 혹시……"

"네?"

"저녁때 우리 아파트에 왔었던 그 아르바이트 대학생?"

나의 물음에 여자는 까르르 소리를 내며 웃음을 터뜨린다.

"대학생은 무슨 대학생. 그런데, 날 어떻게 알까? 난 아저씨 처음 보는데."

"문은 안 열고 이상한 얘기로 거절하던 집이 기억날지 모르겠 네. 사실 그건 거절이 아니라 예약이었지만."

여자는 재미있다는 표정으로 잠시 어두운 하늘을 보며 생각 에 잠긴 듯하다가, 곧 무엇인가 떠오른 얼굴이 되어 나를 돌아 본다.

"풋, 아저씨 그 집에 사는구나, 일상과 모험?"

"맞아, 일상과 모험. 용케 기억하네."

"기억하고 말고요. 그럼, 그 여자분과는 결혼한 사이예요?"

"아니, 결혼한 건 아니고, 함께 살아."

"좋겠다."

"……"

"나도 얼마 전까진 함께 사는 사람이 있었거든요."

"남자가 떠나기라도 했나?"

"아니요, 여자가요. 한 달 전에 죽었어요, 우리 엄마."

"……"

내가 아무런 말을 못 하는 이유는 여자의 엄마가 죽었다는 사실 자체가 놀라워서라거나 더 이상 그 문제에 관해 말을 계속하도록 한다는 것이 미안해서가 아니다. 한 달 전에 죽었어요, 우리 엄마, 하고 말하는 여자의 말투가 마치, 완전히 망쳐버렸어요, 이번 기말고사, 하고 말하는 것과 다르지 않게 들리기 때문이다.

문득 편의점에서 사들고 온 캔 맥주들이 있다는 사실이 떠오른다. 나는 약속이라도 돼 있었던 것처럼 맥주 하나를 따서 여자에게 내밀고, 내 것도 하나 꺼내 딴다. 그렇게 해서 여자와 나는 그네에 나란히 앉아 흔들리며 맥주를 홀짝거리게 된다. 여자는 맥주를 한 모금 들이켠 후에, K예요, 하고 자기를 소개한다. 나도 내 이름을 말해준다.

"기말고사 잘 쳤니?"

"헛짚었어요. 엄마 죽고 나서 곧바로 학교 그만뒀거든요. 덕분에 내 학력은 이제 중졸로 끝난 게 됐지만."

"장례식은……, 했고?"

"아직 못 했어요."

"혼자서 살아가려면 힘들겠다."

"옛날에 엄마 남편이던 남자가 다른 도시에 산다는데, 매달 약간의 돈을 부쳐와요. 난 본 적도 없어요. 두 사람 사이에 내가 태어나고 얼마 지나지 않아 헤어졌다대요."

"그럼 저것들 파는 일은 왜 해?"

"아, 그거요. 그 남자가 보내오는 돈은 그야말로 딱 생활비거든요. 배우고 싶은 일이 있어서 따로 돈을 모으려고 시작했어요."

"맞춰볼까?"

"……"

"노래, 아니면 춤."

K가 약간 놀라는 것으로 보아 대충 들어맞았나 보다.

"목소리가 너무나 고운 걸로 봐서 노래, 몸이 너무나 예쁜 걸로 봐서 춤."

"맞췄어요, 춤."

"언제 K가 춤추는 거 볼 수는 없을까?"

"아마 볼 수도 있을 거예요. 얼마 전에 팀이 하나 만들어졌는데, 일주일에 한두 번 도시 여기저기 밤거리서 공연을 하거든요."

거기까지 얘기하는 사이 K와 나는 맥주 한 캔씩을 다 마셔버렸고, 봉지를 열어보니 두 개의 맥주가 더 남아 있다. 이제 좀 아껴서 마시자, 하고 말하며 맥주를 건네자 K가 씨익 웃음을 흘린다. 담배를 한 개비씩 피워 물고 그걸 다 피울 때까지 K와 나는 말이 없다. 계속해서 말을 주고받다가 침묵이 찾아들자, 이곳이 이렇게나 조용한 곳이었나, 하는 생각이 든다. 어둡고 고요하기만 하다. 저 멀리 교사의 일 층 창문은 어두운 운동장 저편에서 아직도 빛을 발하고 있다. 어쩌면 날이 샐 때까지 저 창의 불은 꺼지지 않을지도 모른다. 그 안의 남자, 혹은 여자는 무얼 하고 있을까. 잠이 들었을까. 어쩌면, 운동장을 가로질러 그네에 앉아 있는 수상한 존재들을 알아차리고 표 나지 않게 이 쪽을 응시하고 있는지도 모른다. 조심스럽게 음식 부스러기가 있는 곳으로 다가갈 기회를 노리는 고양이처럼.

"무슨 생각을 그렇게 해요?"

"고양이."

"고양이?"

"응, 고양이. 왜 그렇게 놀라?"

"……"

"……"

"실은 요즘 아무한테도 말하지 않은 이상한 일이 있거든요."

"고양이와 관련된……?"

"맞아요. 고양이예요."

이야기를 시작하는 K의 눈빛이 예사롭지 않다. 하지만 그 눈빛에는 호기심 같은 종류의 느낌보다는 뭐랄까, 굳이 말하자면 '나른한 슬픔' 정도로 표현할 수밖에 없는 그런 종류의 느낌이 배어 있다.

"엄마가 죽고 난 뒤 얼마 지나지 않은 어느 날 밤이었어요. TV 심야 쇼 프로를 보며 댄서들의 춤을 녹화하고 있는데, 출출해져서 냉장고를 열어보니 식빵이 없지 뭐예요. 난 밤이든 낮이든 출출해지면 오븐에 토스트를 만들어 먹는 것이 습관이 돼 있거든요. 마침 연유도, 햄도, 피자 치즈도 적당히 남아 있길래 식빵만 있으면 되겠다 싶어 편의점에 가기로 작정하고 집을 나섰죠. 우리 집은 상당히 깊숙한 곳에 있어서 편의점까지는 한참을 걸어가야 되는데, 식빵을 사서 들고 집으로 돌아오는 길에 자꾸만 뭔가 이상한 느낌이 드는 거예요, 꼭 누군가 따라오고 있는 것 같은. 몇 번을 뒤돌아보아도 아무도 없다는 것만 확인하다가, 집에 거의 다다랐을 무렵 그 추적자의 정체가 드러났어요."

"고양이였구나."

"맞아요, 까만 고양이. 녀석이 바로 편의점에서부터 집까지 줄곧 내 뒤를 쫓은 추적자였던 거죠."

"거기까지로 봐선 별로 이상한 일도 아닌데."

"물론 그렇죠. 하지만 그날 밤을 시작으로 해서 녀석은 밤이면 내 뒤를 쫓아오는 거예요. 하루 종일 감미료 케이스 세트를 팔다가 지쳐 밤늦게 집으로 돌아가는 길에, 집 근처에 다다랐다 싶을 때 뒤를 돌아보면 녀석은 어김없이 나를 따라오고 있어요.

처음에 난 녀석이 배가 고파서 그러나 싶어 먹을 걸 던져줘보기도 했는데, 이건 이상하게도 내 가까이 다가오지는 않으면서 언제나 일정한 거리를 두고 따라오며 날 응시하기만 하는 거예요.”

“집으로 데리고 들어가보지그래?”

“글쎄 그게 안 된다니까요. 함께 들어갈 생각으로 문을 열고 한참을 기다리면 저도 멀리서 한참을 기다리다가, 결국에 내가 포기하고 집으로 들어가서 문틈으로 살짝 엿보면 어둠 속으로 사라져버려요. 그런데 정말로 이상한 건 말이죠……”

“정말로 이상한 건?”

“가까이 마주한 적이야 없지만, 멀리서라도 녀석과 눈이 마주칠 때면 그 슬퍼 보이는 눈빛이 왠지 낯설지가 않은 거예요. 그래서 난 될 수 있으면 녀석과 눈을 마주치지 않으려고 해요. 너무 슬퍼 보여서, 그러고 있으면 꼭 내가 울어버릴 것만 같거든요.”

“……”

“무슨 생각 해요?”

“응. 나도 그 비슷한 경험이 있었거든.”

“고양이와 관련된?”

“그래, 고양이. 까만 고양이.”

“말해줘요.”

“벌써 오래전, 다른 도시에서 살 때의 일이야. 나랑 서로 좋아하던 여자가 죽었어, 자살이었지. 그런데 그녀가 죽고 얼마 지나지 않아 내 주위에 고양이 한 마리가 나타났어. 다가오지도 않고 멀어지지도 않고, 그냥 내 주위에 존재하기만 하는 그런 모습으로."

"……"

그넷줄을 붙잡고 고개를 숙여 땅바닥을 내려다보며 내 이야기를 듣던 K가 잠시 고개를 돌려 나를 쳐다본다. 전체적으로 무표정한 얼굴이지만, 어찌 보면 아까의 그 '나른한 슬픔'이 조금 더 짙어진 것 같기도 하다. K의 표정이 내게 얘기를 계속하라고 재촉하는 투도 아니고, 나 또한 과히 밝지도 않은 오래된 기억을 다시금 되새기는 것이 썩 내키지가 않아서, 나는 그냥 입을 다물고 만다. 어느새 K와 나는 새로 딴 캔 맥주 두 개를 다 비웠다. 오랜 침묵이 흐른다. 내게 엄마의 죽음에 관해 말해준 K에게 어떤 식으로든 보답하지 않으면 안 된다는 생각이 조금씩 나의 입을 열어놓으려 하고, 난 어느새 독백처럼 스르르 입을 열어 말을 흘려보낸다.

"어릴 적 언젠가 그런 얘기를 들은 적이 있어. 사람들이 죽으면 얼마간은 고양이가 되어 소중한 사람의 주위를……"

나는 이야기를 그만두기로 한다. K의 어깨가 들썩거리고 있기 때문이다. K는 그넷줄을 붙잡고 고개를 조금 숙인 채로 소리 없이 울고 있다. 격렬하진 않지만, 울음은 꽤 길게 이어진다. 내 그네에서 일어나 K의 앞으로 다가가 머리를 꼬옥 안아주자, 조금 후에 내 셔츠가 K의 눈물로 젖는다. K는 흐느낌 속에서 언뜻 엄……, 뭐라고 소리를 내는 것 같기도 한데, 내 배와 가슴 부분에 얼굴을 파묻고 있어서 무슨 소리인지 확실치가 않다. 어쩌면 그건 울음을 참으려고 입을 악다물었을 때 나는 소리일지도 모른다.

*

비누를 들고 아파트로 돌아가는 길. 지금 몇 시쯤이나 됐을까, 손목시계를 차고 있지 않아 알 수가 없다. K와 얘기를 나눈 것이 꽤 오랫동안이었고, 거리에 사람들이 거의 보이지 않는 걸로 봐서, 새벽 세 시쯤은 되지 않았을까. 한동안 울기를 계속하던 K는 울음을 그치자 언제 그랬냐는 듯 쌩긋 웃어 보이고는, 자기가 속한 팀이 공연을 한다는 거리거리를 일러주었다. 나는 내 전화번호를 적어 K에게 건네주며, 혹시라도 혼자서 해결하기 어려운 일이 생기면 연락하라고 당부했다. 그러자 K는 내게 연락할 일이 없기를 바란다며 고맙다는 말과 함께 사라져 갔다.
도중에 편의점의 파란 간판이 눈에 들어온다. 지나치면서 보니 점원 여자가 음식 부스러기를 문밖 한쪽에 내려놓는 것이 보인다. 내가 잠시 걸음을 멈추고 그쪽을 바라보자, 여자는 인기척을 느끼고 고개를 돌린다.
"어머, 아까 그 아저씨네."
고개를 끄덕거려 인사를 하자, 여자는 무슨 좋은 일이라도 있는 듯한 얼굴로 말을 잇는다.

"있어요, 정말로. 고양이 말이에요."

"아. 네……"

"그래서 지금 먹이를 주려고요."

나는, 잘됐네요, 하는 내용도 없는 아리송한 대꾸와 함께 가볍게 웃어주고 다시 걷기를 시작한다.

*

"아……, 피곤하다."

보들보들한 살결이 내 옆으로 파고든다. 거의 날이 샐 때까지 머리를 쥐어짜다가 침대 위로 몸을 던졌던 것이 기억난다. 방이 환한 걸 보니 아침이다. Y가 들어왔다. 나는 밤새 일에 지쳐 옷을 벗어던지고 내 옆에 누운 Y를 꼭 끌어안고 다시 잠을 청한다.

"밤새 글 썼어요?"

"응. 머리에 쥐가 날 지경이었어."

"그럼 그렇지."

"응?"

"어젯밤도 그저께 밤과 다름없이 그저 그런 일상적인 밤이었다는 얘기잖아요."

"뭐 별일이 있겠어, 나한테."

"으응……, 졸려."

어젯밤 K와의 일을 이야기해볼까, 하는 생각이 들기도 하지만, 이야기가 너무 길다. 그리고 무엇보다 Y는 고양이를 좋아하지 않는다. 만약 Y에게 그녀가 싫어하는 고양이가 줄곧 등장하는 이야기를 들려준다면, 좋지 않은 기분에 깊이 잠들 수 없을지도 모를 일이다.

어느새 Y에게서 쌔근쌔근 규칙적인 숨소리가 들려온다. 그녀가 잠든 채로 내 어깨 품에 머리를 기대어온다. 그녀의 목 언저리께에서 낯선 냄새가 희미하게 풍겨온다. 시트러스 향인가. 주로 남자들이 쓰는 향수. 성격이 좋은 Y는 친하게 지내는 의사의 책상 위에 있는 향수를 빼앗아 뿌려보았을지도 모르겠다. 아니 어쩌면, 지난밤에 Y는 온몸을 달아오르게 만드는 어떤 매력적인 의사와 격렬한 사랑을 나누었는지도 모른다. 그런 생각을 하니 강한 질투심이 생겨나기도 하지만, 그렇더라도 큰 상관은 없다. 오롯이 나의 몫일 뿐인 그런 질투심으로 인해 그녀의 비일상을 내 일상으로 끌어내려 누추한 빛을 띠게 하고 싶진 않다. 사실 정말로 그렇다 하더라도 어쩔 수 없는 일이기도 하고.

Y의 숨소리가 나를 다시 나른하게 잠으로 몰아가고, 낯선 향수의 향기마저 감미롭게 내 졸음을 부추긴다.

붙박이장

늦은 저녁 피곤한 발걸음으로 아파트로 돌아온 그는 먼저 샤워를 하고 냉장고에서 캔 음료수를 하나 꺼내 벌컥거리며 마신 뒤에, 저녁 식사를 준비하기 시작했다. 버섯을 주재료로 찌개를 끓이고, 햄과 감자를 잘게 썰어 양파, 피망 등과 함께 볶고, 달걀도 두 개를 부쳤다.

음식을 만들어낼 때 그의 솜씨는, 특별한 것은 없었지만 매우 자연스럽고 숙달된 듯한 모습이었다. 잠시 후 파란색 테이블보가 덮인 자그마한 테이블 위에 두 사람이 식사할 수 있도록 음식들이 차려졌다. 하지만 그의 집 안에는 그 외에는 아무도 보이질 않았다. 그러고 보면 그의 집 안에는 침대도 싱글 하나이고, 슬리퍼도 한 짝이고, 그러니까 그 이외의 누군가가 사는 것 같은 흔적은 보이질 않았다.

식사 준비를 끝낸 그는 한쪽 벽의 붙박이장으로 다가가서 가볍게 노크를 했다.

똑똑.

안에서는 아무 소리도 들려오지 않았다.

똑똑똑.

그가 다시 한 번 노크를 했지만 안에서는 여전히 아무런 소리도 들려오지 않았고, 그러자 그는 옷장 문틈에다 대고 말했다.

"나야. 뭐 좀 먹어야지."

조금 후, 옷장의 문이 열리고 긴 머리의 여자 하나가 나왔다. 그녀의 살결은 놀랄 만큼 희고 부드러워 보였고, 옷은 아무것도 걸치지 않은 온전히 벗은 몸이었다. 막 잠에서 깨어난 듯 눈을 비비며 밖으로 나온 그녀는 길게 기지개를 한 번 켠 후에 곧바로 욕실로 들어가 샤워를 하고, 젖은 머리카락을 수건으로 두건처럼 감싸 올린 채로 식탁으로 와 그와 마주 앉았다.

"찌개가 정말 맛있다."

그녀가 맛을 보고 난 후 감탄스러운 얼굴로 말했다.

"그럼 많이 먹어."

정겨운 표정으로 그가 말했다.

그들은 배가 많이 고팠던 듯, 한동안 별말이 없이 식사를 계속했다. 조그맣게 달그락거리는 수저 소리가 이어지고, 짭짭거리는 소리, 후룩거리는 소리 또한 거기에 섞여 있었다. 수저 소리의 대부분은 그녀 쪽에서 나는 것이었는데, 그녀는 언뜻 보기에도 수저를 몇 번 사용해보지 않은 사람처럼, 대단히 서툴게 수저질을 하고 있었다. 그녀가 힘들어할 때면, 간간이 그는 자기의 젓가락으로 음식을 집어 그녀의 숟가락 위에 올려주곤 했다. 그러면 그녀는 고맙다는 듯 그를 향해 씽긋이 웃어 보이고는 맛있게 입을 오물거렸다.

체크무늬의 사각팬티만 입고 있는 남자 하나와 아무것도 걸치지 않은 채 수건만 머리에 두른 여자 하나가 마주 앉아 식사를 하는 모습은 이상하게 보일 수도 있는 것이었지만, 두 사람 사이에는 너무나 자연스럽고 친숙한 분위기가 흐르고 있어서 그런 옷차림 정도의 문제는 손바닥만큼의 거리낌도 없는 듯했다. 한번은 그녀가 식사 중간에 컵을 들어 물을 마시다가 물을 쏟았고, 물은 그녀의 뽀얀 얼굴을 타고 넘어 봉긋한 가슴 위로 흘러내렸다. 그러자 그는 그녀의 모습을 보고 낄낄거리며 한번 웃고 나서는, 수저를 내려놓고 옆으로 다가가 그녀의 머리를 감싸 올린 수건을 풀어 가슴을 닦아주었다. 가슴을 닦을 때 그녀는 간지러운 듯 깔깔거리며 웃어댔고, 그러자 그녀의 웃는 모습을 보고 있던 그도 웃음을 터뜨렸다.

식사 후에 두 사람은 따뜻한 레몬차를 마시며 이야기를 나누었다.

"벌써 한 달이나 됐네."

담배를 한 개비 피워 물고 나서 그가 입을 열었다.

"벌써?"

“그럼. 그런데 아직 난 너에 대해 아무것도 아는 게 없단 말야.”

“……”

“한 달 전 어느 날 밤 어떻게 해서 저 붙박이장 속에 있었던 것인지, 어디서 왔는지, 심지어 이름이 뭔지도……”

“미안해, 정말.”

“미안하긴. 그런 말 들으려고 얘기 꺼낸 게 아냐.”

“그래도 미안해. 무엇 하나도 나 자신에 대해 기억나는 게 없는걸.”

“조금씩 기억이 되살아나겠지, 뭐.”

“더구나 난 아무런 도움이 되질 못하잖아. 음식도 만들 줄 아는 게 없고, 수저질도 서툴고, 도무지 답답해서 아무 옷도 입을 수 없고, 도대체 난……”

그렇게 말하면서 그녀의 얼굴이 조금씩 서글프게 변해갔다. 그러자 그는 무언가 잠시 생각하는 듯하더니, 그녀의 주위를 환기시키려는 듯이 짝, 하고 손뼉을 한 번 쳤다.

“그래. 이름을 짓는 거야. 진짜 이름이 생각나기 전까지만 쓰면 되잖아. 어때?”

그의 말을 들은 그녀의 표정이 이내 밝아졌다.

“그거 좋겠다. 그럼 날 뭐라고 부를 건데?”

“A.”

“A?”

“응. 예쁘지 않아?”

"와, 좋은데."

"실은 오늘 회사에서 일하면서 하루 종일 생각했어."

"고마워. 예쁜 이름이야, A……, A……"

새로 생긴 자기의 이름을 되뇌면서 A는 방 안을 돌며 가볍게 춤을 추기 시작했다. 군살이 별로 없는 그녀의 하얀 팔다리는 날아갈 듯 사뿐사뿐 움직였고, 긴 머리카락은 때마침 창밖에서 불어오는 바람에 나풀거렸다. 그는 즐거운 얼굴로 A가 춤추는 모습을 바라보다 소프트한 느낌의 음악을 틀고, 책상으로 가 앉았다. 음악에 맞추어 하늘거리는 A의 춤은 계속됐고, 그는 책상에 앉아 검은 플라스틱 가방을 열어 몇 가지 서류를 꺼내서는 회사에서 못다 한 업무를 계속해나갔다.

그런데 한참이 지난 뒤에, 그가 돌연 작성하던 서류를 책상 아래로 집어던지고 머리를 두 손으로 감싸 쥐었다.

"왜 그래, 어디 아파?"

그런 그의 모습을 보고 춤을 멈춘 A가 놀란 눈을 하고 다가왔다.

"젠장, 난……"

그가 무엇인가를 말하려다 씩씩거리는 숨소리를 가누려고 그러는 듯 말을 그쳤다. A는 그가 숨을 다 가누고 다시 말을 시작할 때까지 책상 옆에 기대어 서서 잠자코 기다리고 있었다.

"난 안되는 놈인가 봐."

"왜, 일이 잘 안돼?"

"몇 번을 반복해도 계산이 맞지를 않아. 오늘 낮에도 이것 때문에 갖은 욕을 다 들었는데."

그렇게 말하면서 그는 담배 한 개비에 불을 붙여서는, 굉장히 깊이 빨아들이며 피우기 시작했다.

"마음을 조금만 진정시켜봐."

"이젠 쳐다보기도 싫어, 저런 종이 쪼가리들."

"……"

A의 위로에도 그의 마음은 쉽게 진정되지 않는 것 같았다. 그러자 A는 그가 담배 한 개비를 다 피웠을 즈음 가벼운 몸놀림으로 그의 책상 위로 올라갔다. 그녀는 책상 위에서 몸을 돌려, 의자에 앉아 있는 그와 마주 앉은 자세가 되도록 책상의 앞쪽 끝에 다리를 모으고 걸터앉았다.

"자, 만져봐, 천천히."

A가 그의 양손을 붙잡아 자기의 가슴 위에 얹어놓으며 속삭이듯 말했다. 하지만 그는 아직도 스스로에 대한 화가 다 풀리지 않은 듯 그녀의 가슴 위에 얹힌 손을 좀처럼 움직이지 않고 있었다. 그러자 A는 그 자세 그대로 고개를 숙여 그의 얼굴로 다가가서는 길게 입을 맞춰주었다.

"그래, 그렇게, 음……"

긴 입맞춤 후에 조금씩 그의 손이 움직이기 시작했고, 그러자 A의 입에서 낮은 신음 소리가 흘러나왔다. 이윽고 그는 그녀의 하얀 가슴에 얼굴을 파묻었고, 양손을 그녀의 뒤로 돌려 통통한

엉덩이를 쓰다듬으면서 혀로는 톡 불거진 그녀의 젖꼭지를 간질였다. 꼭 더운 여름에 아이스크림을 핥듯이 A의 가슴을 간질이던 그의 혀는 잠시 후 조금씩 아래로 내려가기 시작했다. 그의 혀가 그녀의 배꼽 부분에 머무를 때 그녀는 흠칫 놀라며 몸을 떨기도 했다. 그렇게 해서 그의 입술은 A의 두 다리 사이까지 내려왔고, 그러자 그녀는 수줍은 듯 다리를 모은 채로 몇 번 몸을 웅크리다가, 스르르 그의 얼굴 앞으로 다리를 벌려주었다.

그가 A의 하얗고 긴 다리 사이 깊숙이 머리를 파묻고 있는 동안 그녀의 신음은 점차 격렬해져갔고, 나중에는 단속적으로 끊기는 마디를 가진 흐느낌처럼 되었다. 그렇게 되자 그는 참을 수 없다는 듯한 표정이 되어 거친 숨소리와 함께 의자에서 일어서더니, 체크무늬 사각팬티를 내리고 그녀의 두 다리 사이로 몸을 밀착시켰다.

"그건 싫어. 알잖아……"

A는 그렇게 말하면서 그를 살며시 밀어내었다. 그러고 나선 책상에서 바닥으로 내려가 엎드린 듯한 자세가 되어, 앞에 서 있는 그의 얼굴을 올려다보았다. 그때 그의 표정에는 약간의 아쉬움이 담겨 있는 듯도 했지만, A가 그의 두 다리를 붙잡고 사타구니께에서 부드럽게 입을 움직여대기 시작하자 곧 그의 거친 숨소리가 이어졌다. 그녀의 입술은 얼마간 그렇게 리드미컬한 앞뒤로의 움직임을 계속했고, 잠시 뒤에 그는 바르르 몸을 떨었다.

"어땠어?"

차례로 샤워를 하고, 냉장고에서 캔 음료수 두 개를 꺼내어 함께 마시다가 A가 물었다.

"정말 좋았어."

그가 차분하게 가라앉은 목소리로 대답했다.

"미안해. 난 그렇게는 해본 적이 없고, 정말 아플 것만 같아서 말이야."

"아니야. 무서워하는 걸 알면서 나도 모르게 그만…… 내가 미안하지."

"자, 그럼, 아까 하던 일 다시 해볼 맘이 생겼어?"

A가 미소를 지으며 그렇게 묻자 그는 후우, 하고 한숨을 내쉰 뒤에 책상으로 가서 새로 일을 시작했다. 그가 일을 시작하자 A는 조그맣게 TV를 틀어놓고 푹신한 의자에 깊이 파묻혀 물끄러미 화면을 바라보기 시작했다. 오랜 시간 동안 일을 하던 중 그는 두 번에 걸쳐 미간을 찌푸린 채로 서류를 바라보곤 했는데, 아마도 아까와 같은 결과가 나온 모양이었지만 아까처럼 서류를 집어던지고 씩씩거리거나 하지는 않았다. 그러다가 세 번째로 작업이 끝났을 때 비로소 길게 기지개를 켜면서 만족스러운 표정을 지었다.

치이이……

그가 일을 다 끝내고 A가 있는 쪽을 돌아보았을 때 이미 TV는 모든 방송을 끝내고 의미 없는 소리를 발산하고 있었고, A는 안

락의자에 깊숙이 웅크린 채로 파란 화면에 시선을 붙박아두고 깊은 생각에 잠겨 있었다. 그녀는 그가 옆으로 다가와 앉을 때에도 생각에 빠져 주변의 일을 잘 모르는 듯했고, 그렇게 그와 그녀는 비슷한 자세로 약간의 거리를 두고 앉아 파랗게 빛나는 화면을 바라보게 됐다. 얼마간 시간이 흐른 뒤 A는 웅크렸던 몸을 펴면서 책상이 있는 쪽을 쳐다보았고, 그가 책상에 없다는 사실과 이미 자기 옆에 와 있다는 사실을 거의 동시에 깨닫고는 약간 놀란 표정이 됐다.

"일은 다 끝났어?"

"응."

"그럼 자, 피곤할 텐데."

"무슨 생각을 그렇게 골똘히 한 거야?"

"나에 관해서. 난 누구일까 하는 생각."

"……"

"그러는 거긴 무슨 생각을 그렇게 했는데?"

"언제쯤 네 기억이 돌아올까 하는 생각."

"……"

"기억이 다 돌아오면 떠나겠지, 하는 생각도."

"아니야, 그렇지 않을 거야. 그런 생각 하지 말고 어서 자."

"내가 자면 밤새 심심하잖아."

"그럼 어떻게 해, 거긴 내일 출근해야 되잖아."

"같이 밤샐까?"

“그런 말 말고. 피곤할 텐데 얼른 자.”

“네 기억이 돌아오면, 낮엔 잠들고 밤에 깨어 있는 것도 제대로 바뀌어질까?”

“글쎄.”

“너와 같이 잠들고 싶은데.”

“……”

거기까지 얘기하고 나서 그는 침대로 가서 누웠고, 그러자 A는 무언가 잠시 생각하는 듯하다가 그가 누워 있는 침대로 가서 나란히 옆에 누웠다. 그는 A를 보고 씨익 한 번 웃은 뒤 팔베개를 해주었고, A는 그의 팔베개 위에 머리를 얹었다. 잠시 후 그는 A에게 자기가 잠들면 뭘 할 거냐고 물었고, A는 영화를 보거나 책을 읽을 거라고 대답했다. 그러자 그는 낮은 목소리로, 그래, 여러 가지를 많이 읽고 보고 하는 게 기억을 되살리는 데에 도움이 될 거야, 하고 중얼거렸다.

얼마간 침묵이 흐른 뒤 그가 가볍게 코를 골기 시작하자, A는 슬며시 침대에서 빠져나왔다.

그녀는 밤새 두 편의 영화를 보고, 몇 권의 잡지를 그림과 사진 위주로 넘겨 보고, 가끔 창밖으로 어두운 거리를 내려다보기도 했다. 이따금씩 술에 취한 사람들이 지나가는 골목길에 시선을 얹은 그녀의 표정은 고요한 밤의 정취에 취해 있는 듯 몽롱해 보였지만, 어떻게 보면 어렴풋이 떠오르려다 마는 지나간 어떤 기억을 붙잡으려 애쓰고 있는 것 같기도 했다.

창밖이 환하게 밝아올 무렵, 그녀는 늘어지게 하품을 하고는 침대로 가서 그를 깨웠다. 눈을 비비며 일어난 그는 차가운 물로 샤워를 한 후, 커다란 머그컵 두 개에 콘플레이크를 반쯤 채우고 우유를 부어 그녀와 함께 먹었다.

"다녀와."

"잘 자."

그렇게 짧은 인사를 나눈 뒤 그들은 서로를 향해 미소를 지었다. 그러고 나서 그는 집을 나섰고 그녀는 붙박이장 속으로 들어갔다.

*

똑똑.

잠시 후 옷장에서 기지개를 켜며 A가 나왔다. 그와 A는 언제나처럼 함께 저녁을 먹고, 차를 끓여 마셨다.

"벌써 두 달이 됐네, 우리가 함께 지낸 것이."

나른한 행복감이 드리운 얼굴로 그가 말했다.

"벌써 그렇게 됐나."

새삼 알게 된 사실이라는 듯 그녀가 약간 놀라며 되뇌었다.

"그 속에서 자면 기분이 어때?"

"응?"

"붙박이장 속에서 자는 것 말야."

"그냥, 아늑해."

"나도 옷장 속에서 자본 적이 있는데."

"정말, 언제?"

"어릴 때, 숨바꼭질하다가."

"옷장 속에 숨었구나."

"응. 그런데 그만 그 속에서 잠이 들었지 뭐야."

"어땠어?"

"그게 조금……, 끔찍스러운 쪽이었어."

그는 A에게 무엇인가 미안하다는 듯한 얼굴이 됐다.

"……"

"잠에서 깨어났을 때 난 어둠 속에서 웅크린 채로 꼼짝을 할 수가 없었어. 숨이 막혀오고, 축축 늘어져 걸려 있는 옷들이 웅성거리며 내 목을 조르는 것만 같더라고. 소리를 질러보려 했는데도 목에서는 꺽꺽거리는 기계음만 나오고, 옷장 문을 열어버리면 그만인데 옴짝달싹도 할 수가 없는 거야."

"저런……"

"나중에야 안 사실이지만, 그때는 이미 친구들이 다 집으로 돌아가고도 한참이 지난 밤중이었고, 저녁에 돌아온 엄마랑 아빠가 집에 없는 날 찾아 이리저리 연락하고 헤매고 하다가 거의 지쳐갈 즈음이었어. 아무리 수소문해도 날 찾을 수 없게 되자 부모님은 전화로 경찰에 신고를 하고는 옷을 갈아입으려고 옷장 문을 열었는데, 거기에 창백한 얼굴의 내가 사시나무 떨듯하며 소리 없이 울고 있었다지 뭐야."

"……"

"그런 증상을 밀실공포증이라고 한다나."

"그랬구나."

"많은 노력 끝에 지금은 좀 나아졌어, 완전히 없어진 건 아니지만."

"다행이네."

"그래서 말인데……"

"……"

"아, 아니야, 아무것도."

그는 하려던 말을 멈추고 퇴근할 때 들고 들어온 검은 플라스틱 가방 속에서 예쁘게 포장된 CD 한 장을 꺼내어 A에게 내밀었다. 이게 뭐야, 하고 묻는 그녀에게 그는, 선물, 하고 대답했다. 포장을 벗기자 CD에는 '기억을 되살리는 음률'이라는 제목이 붙어 있었다. A는 고맙다는 말과 함께 살포시 그의 품에 안겼고, 그러자 그는 그녀를 안아주면서, 다 잘될 거야, 하고 말해주었다.

잠시 후 A는 '기억을 되살리는 음률'에 맞추어 춤을 추기 시작했고, 그는 푹신한 의자에 파묻혀 캔 맥주를 마시며 그녀가 춤추는 모습을 바라보았다. 아무것도 걸치지 않은 채로 너울너울 춤을 추는 그녀의 모습은 무척이나 편안해 보였으며, 체크무늬 사각팬티 하나만 걸친 채로 의자에 앉아 그녀의 춤을 바라보는 그의 얼굴에도 잔잔한 평화가 깃들어 있었다.

하지만 캔 맥주 하나가 다 비워질 즈음 그의 시선은 A를 바라보고 있지 않았고, 표정 또한 그리 밝아 보이지 않았다. 음악에 취해 춤을 추던 A는 그늘진 그의 얼굴을 보고는 춤을 멈추고 그의 옆에 앉았다.

"무슨 일……, 있는 거야?"

걱정스러운 얼굴로 A가 물었다.

"아니."

낮은 목소리로 그가 대답했다.

"또 그런 생각 하고 있었구나, 기억이 되살아나면 내가 떠날 거라는."

"……"

"그럴 이유가 없잖아."

속삭이듯 위로하는 A의 말을 듣고 나서야 그의 표정은 조금씩 풀어졌다.

"그러게, 그럴 이유가 없는데 말야. 왜 자꾸 그럴 것만 같다는 느낌이 드는지."

"풋. 무슨 만화 같은 꿈이라도 꾸고 있는 거 아냐?"

"만화 같은 꿈?"

"왜 있잖아, 그런 거. 기억이 돌아오고 보니 서로 원수였다는 둥."

그녀는 그렇게 얘기하면서 킥킥거리는 웃음소리를 냈고, 이

내 그와 함께 커다란 소리로 웃음을 터뜨렸다.

한참을 깔깔거리며 웃고 난 뒤에, 그는 A의 얼굴로 다가가 양손으로 그녀의 볼을 감싸고 입을 맞추었다. 입맞춤은 오래도록 계속됐고, 입을 맞춘 채로 마치 약속이라도 돼 있었던 것처럼 그의 손은 A의 다리 사이로, A의 손 또한 그의 팬티 속으로 들어가 함께 조몰락거리기 시작했다. 맞비비고 있는 입술 사이로 신음 소리가 새어 나오고, 서로의 손길이 격렬해지고, 그렇게 한참 후에 그가 먼저 몸을 떨었다. 하지만 그러면서도 그의 입술은 A의 입술에서 떨어질 줄을 몰랐고, 그녀의 사타구니로 들어가 있는 손의 움직임도 멈추지 않았다. 그러다가 그녀의 입에서 새어 나오던 신음 소리가 점점 높고 가냘파지다가 온몸을 바르르 떠는 순간이 한차례 지나고 나서야 그도 움직임을 멈추고 그녀에게서 떨어졌다.

둘은 그대로 바닥에 드러누워 있다가, 거친 숨소리가 진정되자 함께 욕실로 들어가 샤워를 했다. 서로의 몸에 비누칠을 해주기도 하고 물을 뿌려대며 깔깔거리기도 하는 모습이 꼭 어린아이인 것만 같았다.

"아까 무슨 얘기 하려다 말았어?"

긴 머리카락을 수건으로 비벼 닦으며 그녀가 물었다.

"응?"

"왜 아까, 밀실공포증 얘기하고 나서 뭔가 말하려다 말았잖아."

"응, 그거."

“뭔데 그래?”

“내일이 금요일이잖아. 그러니까 모레는 토요일이라 내가 출근하지 않아도 되는 거고.”

“그건 그렇지.”

“나, A랑 함께 잠들고 함께 깨어나고 싶거든, 정말로.”

“……”

“내일 밤엔 아침이 될 때까지 함께 깨어 있다가, 아침에 둘이 같이 붙박이장 속으로 들어가서 꼭 껴안고 잠드는 거야. 어때?”

그렇게 말하는 그의 얼굴에는 설렘과 두려움이 묘하게 뒤섞여 있었다.

“밀실공포증 있다며……, 어쩌려고.”

그렇게 말하는 A의 얼굴에는 고마움과 안타까움이 뒤섞여 있었다.

“괜찮아. 할 수 있을 것 같아.”

“……”

그들은 다시 한 번 길게 입을 맞추었다. 그러고 나서, 나란히 푹신한 의자에 파묻혀 TV를 보며 이야기를 나누었다. 그는 이따금 곁에 앉은 A에게 화면에 떠오르는 풍경들이나 사물들에 관해 이것저것 묻곤 했는데, 그건 그녀의 기억을 되살리는 데에 도움이 될까 해서 그러는 것 같았지만, A는 그럴 때마다 천천히 고개를 저으며 별로 떠오르는 것이 없다고 대답했다.

이윽고 모든 방송이 끝나고, TV는 화면 가득 파란색 빛만 발하고 있었다. 그가 리모컨을 들어 TV를 껐다.

"왜 혼자 살아?"

A가 물었다.

"뭐, 무슨 의지가 있어서는 아니고, 그냥 그렇게 됐어."

그가 자기도 잘 모르겠다는 듯한 얼굴로 대답했다.

"혼자 살면 외롭잖아?"

"물론 외로운 때도 있긴 하지. 하지만 귀찮은 일은 없잖아."

"그건 그렇네."

"그리고 사실 나 혼자서만 살았던 건 아니야."

"누가 있었어?"

"응, 얼마 전까지 이 집에 나 말고 또 누가 있었어."

"누군데?"

"고양이."

"고양이?"

"응, 하얀 털이 복슬복슬한 페르시아 고양이를 길렀거든. 꽤 오래 함께 살았는데."

"그랬구나."

"지금부터 한 석 달쯤 전이었나? 회사에서 다 끝내지 못한 일을 가져와서 하고 있는데 녀석이 갑자기 없어져버렸지 뭐야."

"……"

"아무리 찾아도 없더라고. 아마 내가 모르는 사이에 집 밖으로 나갔다가 사고라도 당했나 봐. 그냥 사라질 녀석은 아니거든."

"상심이 컸겠다."

"이젠 괜찮아. 어쩔 수 없는 일인 걸 뭐."

거기까지 이야기했을 즈음 그의 눈은 졸음으로 인해 조금씩 감기고 있었고, 그러자 A는 그에게 그만 침대로 가서 자라고 말했다. 그는, 내일 밤 함께 밤새려면 푹 자두는 것이 좋겠지, 하고 말하며 침대로 가서 누웠다. 그러면서 그는 A를 향해 천진한 얼굴로 미소를 지어 보였다. 그의 옆에 팔베개를 하고 나란히 누워 얼마간 기다리다가, 그가 쌔근거리는 숨소리를 내기 시작하자 그녀는 침대에서 내려왔다.

창밖에서 노란 달빛이 방으로 비쳐들고 있었다. A는 창가로 의자를 옮겨놓고 앉아 창밖을 내려다보기 시작했다. 그녀의 살결이 달빛을 받아 엷은 노랑으로 물들었다. 가끔 밖에서 불어오는 바람에 그녀의 긴 머릿결이 살랑거리기도 했고, 술 취한 행인의 노랫소리가 들려올 때 그녀는 조금 더 고개를 숙여 어두운 거리를 살펴보기도 했다. 하지만 그런 정도의 움직임 외에는 크게 움직이는 법이 없어서, 어찌 보면 그녀는 창가에 놓인 하얀 석고상인 것만 같았다.

깊은 생각에 잠긴 듯한 표정으로 움직이지 않고 있던 그녀에게서 어떤 동요가 나타난 것은 두세 시간이 흐르고 나서였다. 어느 순간 그녀는 고개를 돌려 그가 잠들어 있는 쪽을 쳐다보았고, 그때 그녀의 표정은 안타까움 혹은 망설임 등의 기미를 보이는 것도 같았지만, 불이 꺼진 방 안을 비추고 있는 것은 오직 흐릿한 달빛뿐이어서 확실치가 않았다. 그러다가 그녀는 천천히 몸을 일으켜 그의 침대로 걸어갔다. 그가 반듯하게 누워 잠들어 있는 침대 옆 바닥에 다소곳이 앉은 그녀는 그윽한 눈길로 그의 잠든 얼굴을 쳐다보며 또 그렇게 한참을 움직이지 않았다.

이윽고 A는 그가 잠에서 깨어나지 않게 하려고 그러는 듯 조심스러운 손놀림으로 그의 팬티를 내리고, 그의 성기를 가볍게 어루만지다가 이내 입으로 세우기 시작했다. 얼마 지나지 않아 그의 성기는 빳빳하게 솟아올랐고, 그러자 그녀는 침대 위, 그러니까 그의 위로 올라앉아 신중하게 그의 성기를 자기 다리 사이로 밀어넣었다.

아, 하는 신음 소리가 A의 입에서 새어 나올 무렵, 그의 입에서 또한, 어, 하는 소리가 흘러나왔다. 그는 그제야 잠에서 깨어난 듯 놀란 눈이 되어 자기 위에 올라앉아 있는 A를 보았지만, 그가 무슨 말인가를 하기도 전에 이미 그녀는 가슴을 출렁이며 위아래로 움직이고 있었고, 그가 A……, 하는 말을 내뱉긴 했지만 그 말은 곧 알아들을 수 없는 신음 소리로 바뀌었다. A는 몸의 움직임에 맞추어 리드미컬한 신음 소리를 내고 있었지만, 그건 어느 쪽이냐면 기쁨보다는 고통에 좀더 가까운 쪽이었다. 그래서인지 그는 그녀의 엉덩이를 붙잡고 있던 손을 올려 그녀의 목을 안아 당겨서 끌어안고 입을 맞추어주었다. 그렇게 포개어진 채로 규칙적인 움직임이 지속되다가 어느 순간 A는 하아, 하아, 하고 숨을 몰아쉬며 그에게서 내려와 나란히 누웠고,

그도 거친 숨을 몰아쉬며 그녀에게 팔베개를 해주었다.

한참 후에 숨소리가 잦아들고 나서 그는, 고마워, 그러지 않아도 되는데, 하고 말했다. 그녀는, 고맙긴, 그러고 싶어서 그랬어, 하고 말했다. 편안한 얼굴이 된 그에게서 얼마 지나지 않아 가볍게 코를 고는 소리가 들려왔다.

잠시 후 그녀는 조용히 문을 열고 집을 나가 노란 달빛이 흐르는 골목길 저편으로 사라져갔다.

*

"어떻게 그런 이야기를 다 생각해내셨어요?"

여자가 눈을 동그랗게 뜨고 물었다. 저녁 무렵이 되자 카페의 넓은 실내는 사람들로 들어차기 시작했다. 낮에 전화로 인터뷰를 요청한 잡지사 여기자라고 자신을 소개한 여자는 바쁜데 시간을 내줘서 고맙다는 인사를 한 뒤 커피를 시키고는 그렇게 물었다.

"아, 네…… 혼자 살다 보니 상상하는 것이 버릇이 돼서 그런가 봐요."

글을 쓰는 일을 직업으로 삼다 보니 남들에게 질문을 던질 일은 많은 반면 누군가가 내게 묻고 나는 대답만 하는 경우는 드물어서 그 자리가 어색하기 그지없었다.

"저는 그 짧은 소설을 읽고서 적잖이 놀랐어요."

"……"

"체험과 현실이 중시되는 우리나라 소설 풍토 때문인지, 처음부터 끝까지 우화로 이루어진 소설은 찾아보기 힘들잖아요. 그런데 「붙박이장」은 마치 어른들을 위해 쓰인 동화 같기도 하고……, 읽고 나면 꼭 꿈을 꾸고 깨어난 듯한 느낌이 들더라고요."

"그렇게 표현해주시니 감사합니다."

"몇 년 전에 「벨라 B의 환상」이라는 프랑스 단편을 읽은 적이 있었어요. 혹시 그 소설 읽으셨어요?"

"네, 저도 읽은 기억이 있습니다."

"그 소설에 나오는 벨라 B라는 여자, 거미가 온몸을 돌아다니는 환상 때문에 도무지 잠을 못 자다 나중에는 방 안에만 틀어박혀 빼빼 말라갔잖아요. 의사가 와서 진찰을 해도 어릴 적 받은 어떤 충격 때문일 거라며 치료법을 찾지 못하죠. 그런데 그 소설의 말미, 우와, 기억나시죠?"

"미용실에서 끝났던가요……"

"맞아요, 미용실요. 발악하던 벨라 B가 미용사의 가위에 뒷목을 찔려 작은 상처가 나니까 그곳에서 조그만 거미들이 기어나오면서 끝나잖아요."

"네, 이제 확실히 기억이 나네요."

"저 그런 소설 좋아하거든요. 환상과 실제의 경계가 여지없이 허물어지는, 현실보다 더 현실적인 환상을 그려내는 글요.

물론 실제로는 있을 수 없는 일을 마치 현실 속에서 일어난 일인 것처럼 써야 하니까 작가에게 부담이 되기도 할 테지만, 그런 시도도 용기라고 볼 수 있다는 생각이 들어요."

"네……"

여자는 말을 듣는 것보단 하는 것을 훨씬 좋아하는 듯 보였다. 하지만 그렇다고 해서 문제가 될 것은 없었다. 다행히 나는 말을 하는 것보단 듣는 것을 좋아하는 편이었고, 그렇게 역할을 거꾸로 한 채로 인터뷰가 진행된다 해도 기사는 언제나 별문제 없이 완성된다는 것을 나는 잘 알고 있었다.

주문했던 커피가 나오고 여자와 나는 한 모금씩을 마셨다. 그러고 나서 여자의 얘기는 계속됐다.

"소설에 등장하는 '그녀' 말인데요. 글을 읽어나가면서 그녀가 혹시 정령이 아닐까 하는 느낌이 들더군요."

"정령……이요?"

"그래요, 도시의 정령 말이에요. 동화 속에나 나오는 시골집 뒷동산의 숲의 정령 같은 거 말고."

여자의 말을 들으면서 문득, 숲의 정령 같은 것이 아직도 존재하기나 하는 것일까, 하는 의문이 들었다. 그들 또한 사라져 가는 숲을 떠나 사람들을 따라 도시로 이주해 오지 않았을까. 만약 도시에서 태어나 도시에서만 자란 사람과 숲에만 깃들여 살아온 정령이 어느 날 마주친다면, 그들 사이에 무슨 말, 혹은 느낌이 오갈 수나 있을까.

“무슨 생각을 그렇게 하세요?”

“아, 네. 도시의 정령이라…… 확실히 적합한 표현을 찾는 일은 작가보다 기자가 더 나은 것 같아서요.”

내가 그렇게 말하자 여자는 별 얘기를 다 한다는 듯한 표정으로 웃었다.

“작가 본인께서도 혼자 사시는 것으로 들었는데요……”

“네.”

“아마 누가 읽어도 작가가 혼자 사는 사람이라고 생각했을 것 같아요. 글의 설정뿐 아니라 문체에서도 혼자 사는 사람의 외로움이 묻어나고 있거든요. 가슴 절절한 외로움이라기보다는, 뭐랄까, 생활 곳곳에 스스로도 느끼지 못하게 가라앉아 있는 그런 외로움이랄까요.”

“그렇게 느끼셨군요.”

“외로운 남자가 사는 집의 붙박이장 속에서 나타난 도시의 정령, 확실히 매력적인 설정인 것 같아요.”

여자는 조그만 수첩을 펼쳐놓고 간간이 재빠른 손놀림으로 적어내려가고 있었다. 무엇을 적는지 잘 보이진 않았지만, 아마도 이야기가 진행되는 추이로 보아 여자는 자신이 말한 것에 대해 내가 맞장구를 쳐주면 그 내용을 적는 듯했다.

시간은 흐르고, 여자와 나는 많은 이야기를 나눴다. 물론 여자는 내게서 말을 끌어내기보다는 주로 길게 말을 하고 나서 내게 추인을 받는 식이었다. 인터뷰 말미에 여자는 결혼할 나이가 지났는데도 혼자 사는 이유, 하루 중 주로 글을 쓰는 시간대, 글을 쓸 때의 특별한 버릇 등 나의 신상에 관한 질문을 했다. 나는 무슨 특별한 이유가 있어서 혼자 사는 것이 아니라 살다 보니 그렇게 됐으며, 전업 작가도 아니고 회사를 다니다 보니 하루 중에 주로 늦은 밤이나 새벽 시간에 글을 쓰고, 글을 쓸 때 꼭 맥주를 마신다는 등의 내용으로 답변을 했다.

카페를 나오자 거리는 까만 밤하늘을 배경으로 환한 불빛들을 머금고 있었다. 여자는 내게 다시 한 번 인터뷰에 응해줘서 고맙다는 말로 작별 인사를 했고, 나는 오히려 내가 고맙다는 말로 인사했다.

*

집으로 돌아와 열쇠로 문을 열고 불을 켰다. 샤워를 한 뒤 약간의 허기를 느낀 나는 토마토를 갈아 주스로 만들어 마시고 책상에 앉았다. 책상 위에는 회사에서 퇴근할 때 가져다 놓은 서류들이 흩어져 있었는데, 나는 그것들을 붙잡고 진땀을 흘리다 인터뷰를 하기로 한 시간이 되어 카페로 나간 것이었다. 다시금 서류들을 넘겨가며 일에 몰두하기를 두어 시간, 서류를 정리하고 책상에서 일어나자 눈이 침침해져왔다.

창문을 활짝 열고 담배를 한 개비 피워 물었다. 한밤의 서늘한 기운이 사르르 실내로 밀려들어왔다. 창밖으로 내려다보이는 어두운 골목길 어귀, 한참을 바라보고 있었지만 아무도 오지 않았다. 담배 한 개비를 다 피울 때까지 그렇게 넋을 놓고 바라보았지만 움직이는 물체 하나 없었다.

따르릉.

전화벨 소리에 움찔 놀랐지만 이내 마음을 진정시켰다. 소파에 앉아 전화통 앞에서 다시 몇 번의 벨소리를 흘려보낸 뒤 수화기를 들었다.

"저……, 주무셨어요?"

몇 시간 전에 만났던 잡지사 여기자였다.

"아니요, 괜찮습니다."

맥이 풀어지는 목소리로 내가 대답했다.

"기사를 쓰다 보니 아까 빠뜨리고 여쭤보지 않은 것이 있지 뭐예요."

"그랬군요. 말씀하세요."

"그 소설을 읽고, 사라진 페르시아 고양이와 '그녀'를 결부시키는 독자들이 많던데요. 작가의 생각을 좀 듣고 싶어서요."

"네……"

"……"

"그렇게 연결 짓는 독자들이 있다면 그것이 하나의 플롯이 될 수 있겠지요. 이런 대답밖에 드리지 못해 죄송하네요."

"……무슨 말씀인지 알겠어요. 소설이 작가의 손을 떠난 순간부터는 독자의 것이라는 말씀이시군요."

"네……, 뭐 그렇게 표현할 수도 있겠네요."

"늦은 시간에 죄송했어요."

"뭘요. 그럼……"

통화가 끝나자 다시 실내는 조용해졌다. 열어놓은 창으로 다가가 밖을 내다보았다. 골목길 어귀로부터 누군가의 검은 실루엣이 나타나 천천히 이쪽으로 걸어오고 있었다. 기대하진 않았지만, 창 아래로 지나가는 사람의 얼굴이 그녀가 아니라는 것을 확인하자 내 입에선 낮은 한숨이 흘러나왔다.

실내의 가장 깊숙한 벽면, 붙박이장으로 다가가 문을 열었다. 옷장 내부는 텅 비어 있었다. 나는 그 속에 아직도 남아 있는 그녀의 향취만큼이나 커다란 무게로 다가오는 그녀의 부재를 새삼 느꼈다. 서둘러 옷장의 문을 닫은 뒤 불을 끄고 침대에 누워, 내일 퇴근 후엔 꼭 옷장을 다시 옷들로 채워넣어야겠다고 생각하며 잠을 청했다.

II. 시멘트 광장

샤워하다 뒤돌아보면

어느 날 퇴근 후 집으로 돌아와서, 나는 언제나처럼 침대 위에 넥타이와 양말, 옷들을 훌훌 벗어던지고 곧바로 욕실로 들어갔다. 난 딱히 땀을 남보다 많이 흘리는 체질도 아니고, 그렇다고 해서 특별하다고 할 만큼 물을 좋아한다든지 하는 그런 취향을 가지고 있는 것도 아니다. 하지만 집으로 돌아오면 거의 무의식적으로, 혹은 자동적으로 욕실로 들어가는데, 그건 실상 내가 욕실을 좋아하기 때문이다.

천장의 조명을 받아 반짝반짝 윤이 나는 하얀색 세면기와 욕조, 그리고 바닥이나 벽면 할 것 없이 파란 색깔로 시원스럽게 이어져 있는 타일들의 그 깨끗하고 유니크한 느낌을 나는 좋아한다. 만약 언젠가 나만의 집을 지을 만한 여건이 된다면 나는 집 전체를 욕실처럼 꾸미면 어떨까 생각하곤 한다. 매끄러운 타일 바닥과 벽면이 만들어내는 청량한 공간에 침대와 옷장이 놓여 있는 모습은, 상상하는 것만으로도 내게 기쁨을 주곤 하는 것이다.

그날도 나는 그 파란 타일 벽을 바라보며 부드러운 물줄기가 온몸을 감아 도는 느낌에 짧은 행복감을 느낀 후, 커다란 타월로 몸을 감싸고 냉장고에서 차갑게 식은 캔 맥주 하나를 꺼내 소파에 앉았다. 이제 곧 나는 TV를 켤 것이고, 그러면 샤워 후 소파에 앉아 맥주를 홀짝이며 TV를 보는 혼자만의 나른한 즐거움이 나를 사로잡을 것이다. 그런데 캔 맥주를 따서 한 모금을 마신 뒤 습관적으로 TV 리모컨을 집어 들고 전원 스위치를 누르려다 말고, 나는 잠시 멈칫거렸다. 그건 어떤 의문이 떠올랐기 때문인데, 지금껏 한 번도 생각해본 적이 없었던 그런 문제가 왜 내게 떠오른 것인지 의아했지만, 이미 그 생각은 내 머릿속으로 스며들어와 조용한 사고의 시간을 요구하고 있었기 때문에 TV를 켜기는 힘든 노릇이었다. 그 의문은, 왜 나는 샤워를 할 때 뒤를 돌아보지 않는가, 하는 것이었다.

솔직히 처음엔 나 자신에 대해 조금 화가 나기도 했다. 남들처럼 국가 경제의 위기나 세계 정세의 새로운 국면에 관해 생각하지는 못할망정 이런 정도의 지나치게 개인적이고 사소한 문제에나 젖어들고 있는 나 자신이 조금 초라하게 느껴졌기 때문이었다. 그렇지만 엎질러진 우유가 식탁보에 스며들듯 이미 떠올라버린 그 생각은 나로서도 어쩔 수 없었다. 어릴 적에 할머니가 등을 토닥여주면서 해주었던 말씀, 사람들에게는 각자의 몫이 있는 거란다. 그 말이 혹시 이런 경우에 적합하게 쓰일 수 있지 않을까 싶기도 하다. 좀 사소한 문제이긴 하지만 이런 생각을 하는 것으로 나는 나름의 내 몫을 다하고 있는 거다. 마치 국가 경제나 세계 정세에 관해서 생각하는 사람들에겐 그것이 그들의 몫을 다하는 일인 것처럼 말이다. 물론 그때 할머니의 말씀이 이런 경우를 헤아리고 했던 것인지는 자신이 없지만, 그것 또한 별수 없다. 할머니는 이미 돌아가셔버렸으니.

　어쨌든, 그렇게 해서 나는 막 샤워를 마치자마자 소파에 앉아 시원한 캔 맥주를 홀짝거리며 곰곰이 생각에 잠기게 됐다. 왜 나는 샤워를 할 때 뒤를 돌아보지 않는 것일까. 그런데 생각에 잠기기도 전에, 우선 나는 그 물음에 쓰인 어휘부터 바꾸어야 한다는 사실을 깨달았다. 돌아보지 않는 것이 아니라 돌아보지 못하는 것으로. 그랬다. 나는 샤워를 할 때 뒤를 돌아보지 않는 것이 아니라, 정확히 말해 뒤를 돌아볼 엄두를 내지 못하고 있는 것이었다.

　왜 그런가. 만약 샤워를 하다 말고 고개를 돌리면, 넓지 않은 욕실 그 모퉁이에 원한 맺힌 눈동자를 내게로 붙박은 채 긴 머리카락에서부터 발끝에 이르기까지 시뻘건 선지피를 뚝뚝 흘리며 서 있는 귀신을 보게 될지도 모른다는 두려움 때문인가. 아니면, 물줄기에 몸을 맡기는 동안, 딱 그 시간 동안, 내 뒤에 혹시 서 있을지도 모를 바다같이 깊은 눈빛과 우유처럼 하얀 살결의 사랑스러운 여자를 한순간의 호기심으로 잃기 싫어서일까. 둘 다 맞는 것 같기도 하고, 둘 다 아닌 것 같기도 하다. 쳇. 이런 생각은 하면 할수록, 도대체 나는 나 자신에 관해 무엇을 알고 있단 말인가, 하는 의문만 커지곤 한다.

그날 저녁 나는 몇 시간을 그렇게 바보처럼 흘려보낸 뒤에, 결국 지끈거리기 시작하는 머리를 감싸 쥐고 침대로 뛰어들었다.

*

머칠 뒤 주말, 약속한 시간에 그녀가 집으로 찾아왔다. 그녀는 내가 다니는 직장의 다른 부서에 근무하는데, 몇 달 전 빌딩의 계단에서 마주쳐 알게 된 사이였다. 그때 나는 상사에게 설익은 기획안을 올렸다가 호되게 꾸지람을 듣고는, 자판기 커피를 뽑아 계단에 앉아 담배를 피우고 있었다. 갑자기 내 등 뒤, 그러니까 계단의 위쪽에서부터 누군가 매우 다급하게 돌아 내려오는 소리가 들리는 듯싶더니, 곧 커피를 든 내 팔이 그 누군가의 다리에 채어버렸고, 덕분에 내 바지는 커피로 얼룩지고 말았다.

　미안해요, 하고 그녀는 내게 말했고, 나는 괜찮으니 그만 가보라고 했다. 그러자 그녀는 머뭇머뭇거리다가 다시금 조그만 목소리로, 뜨거울 텐데 살을 데지는 않았나요, 하고 물었고, 나는 오래전부터 들고 있던 거라 이미 다 식어서 괜찮다고 대답했다. 그래도 그녀는 선뜻 내 앞을 뜨지 못하며, 바지가 더러워졌어요, 하고 말했다. 그래서 나는, 어두운 색이라 별로 표도 안 나는데요, 하고 말하려다가 그냥 입을 다물었다. 그렇게 말해봐야 그녀는 또 뭐라고 미안함을 표시하며 자리를 뜨지 못할 것 같았기 때문이었다. 그래서 나는 수첩을 한 장 뜯어 내 이름과 부서, 전화번호를 적어주며 언제 식사나 한번 사라고 말했다. 그랬더니 그녀는 그제야 쌩긋 웃으며 그 쪽지를 들고 내 앞을 떴다.

　그렇게 그녀와 나는 아는 사이가 됐고, 얼마 후 함께 저녁을 먹었고, 다시 얼마 후 저녁과 함께 술을 마셨고, 또 얼마 후에 저녁을 먹고 술을 마시고 함께 잤다. 그녀는 나를 좋아하는 것처럼 보였고, 나 또한 그녀가 싫을 이유가 없었다. 무엇보다 그녀는 내가 대답할 수 없는 일들에 관해 묻지 않았으며, 그건 나도 마찬가지였다.

　딩동, 하는 소리와 함께, 브랜디 한 병을 사들고 그녀가 왔다.

　나는 그날 저녁 그녀와의 저녁 식사를 위해 퇴근길에 수산물을 취급하는 커다란 마트에 들러 연어를 샀고, 내가 한창 연어에 끼얹을 소스를 준비하고 있을 때 그녀가 도착했다. 집에 있는 요리책을 보며 나름대로 충실히 만들어보긴 했지만, 문제는 처음으로 시도하는 연어구이가 과연 제 맛이 날까 하는 점이었다. 그녀는 요리책과 재료를 번갈아 쳐다보며 부산을 떨어대는 내 모습을 보고는 팔을 걷어붙이고 도와주려 하다가, 소파로 가서 벌렁 누우며 이렇게 말했다.

"도와주고 싶지만, 그러지 않을래. 혼자 힘으로 요리를 완성하고 그 맛에 책임을 지는 법을 배워야 하지 않겠어?"

나는 그렇게 말하며 까르르 웃는 그녀의 등 뒤로 다가가 소스로 범벅이 된 손으로 그녀의 얼굴을 감싸 쥐었다. 그러고 나서 연어 속살 같은 그녀의 얼굴에 소스가 묻은 모습을 보고, 이제 오븐에 굽기만 하면 되겠네, 하고 말해주었다. 한바탕 웃고 나서 그녀가 샤워를 하고 나왔을 때, 나의 연어구이는 잘 익어 제법 맛있는 냄새를 풍기며 식탁에 차려져 있었다.

"어때?"

"뭐, 나쁘진 않네."

"그럼, 좋지도 않다는 말이야?"

"적어도 꽁치나 고등어 맛이 나지는 않는단 말이죠."

식사를 끝내고 그녀와 나는 나란히 소파에 앉아, 그녀가 사들고 온 브랜디를 얼음 가득한 컵에 조금씩 따라 마시며 TV를 보았다. 몇 번인가 리모컨을 눌러보다 최종적으로 그녀가 선택한 채널에서는 일종의 자선 모금의 성격을 띤 오락 프로그램이 진행 중이었는데, 몸매가 상당히 아름다운 한 여가수가 암벽등반에 도전해서 정상까지 오르는 데에 성공하면 꽤 많은 액수의 상금이 어린이 가장 돕기 성금으로 적립된다는 내용이었다. 여가수는 한 번도 암벽등반을 해보지 않은 터라 일주일 동안 트레이닝을 받았지만, 그렇다고 해서 그 일이 결코 만만할 리는 없었다. 이윽고 많은 사람들이 응원의 함성을 내지르는 가운데 여가수가 문제의 등반 코스에 도전하는 순간이 왔다. 자못 힘차게 암벽을 기어오르기 시작하고, 밑에서는 어기영차 응원의 소리가 높아져갔다. 하지만 얼마 못 가서 여가수의 얼굴과 팔다리가 온통 땀으로 뒤범벅이 되어 안타까움을 자아내기 시작하더니, 얼마간은 그런대로 잘 오르다가 정상 조금 아래에서 힘이 빠진 듯 좀처럼 위로 오르질 못하고 안간힘을 쓰다 미끄러지곤 했다. 저쯤에서 멈추고 말까, 이제 조금만 더 하면 될 듯도 한데……

탁.

갑자기 그녀가 TV를 껐다.

"왜?"

"실은 저 여자가 정상에 오르느냐 마느냐 하는 것보다 더 중요한 문제가 있어. 당신이 솔직하게 대답해줘야 할 문제."

그렇게 말하고서 그녀는 한동안 말이 없이 차가운 브랜디만 홀짝거렸다. 하지만 나는 그녀의 표정으로 그녀가 무슨 얘기를 꺼내려 하는지 알 수 있었다. 정확한 말의 내용까지야 알 수가 없는 것이지만, 적어도 그녀는 내가 대답할 수 없는 물음을 생각하고 있는 것이 분명해 보였다. 오랜 시간이 지나도 그녀는 얘기를 꺼내지 않았고, 결국 그녀와 나는 아무런 말 없이 브랜디 한 병을 다 비웠다.

병이 다 비워지고 잠시 후, 그녀는 내게 무슨 생각을 하고 있느냐고 물었다. 나는, 네가 하고 있는 생각, 하고 말했고, 그러자 그녀는 조금 쓸쓸하게 웃었다.

"아까 그 여자는 정상에 올랐을까?"

문득 그녀가 물었다.

"글쎄……"

"끝까지 볼 걸 그랬나."

"음……, 실은 나도 그 여자의 암벽등반보다 더 중요한 문제가 있어."

"뭔데?"

"그런데 말을 못 하겠어."

"왜?"

"네가 웃어버릴까 봐."

"말해봐. 안 웃을게."

"왜……"

"응?"

"왜 나는 샤워할 때 뒤를 돌아보지 않을까, 혹은 못할까, 하는 문제."

풋, 하고 그녀가 웃었다. 나는 그녀에게 웃지 않는다고 해놓고 그럴 수 있느냐고 따졌지만, 그녀는 대답 대신에 내게 안아 달라고 했다. 소파에 앉은 채 길게 입을 맞추고 나서 곧 나는 그녀의 옷을 벗겼고, 그녀는 나의 옷을 벗겼다. 그리고 그녀와 나는 보송보송하던 소파를 땀으로 흠뻑 적셨다.

번갈아 샤워를 한 뒤, 그녀는 가스레인지에 물을 올리며 내게 커피를 마시겠느냐고 물었다. 나는 그러자고 했고, 잠시 후 그녀와 나는 식탁에 마주 앉아 커피를 마시게 됐다. 그녀에게 담배를 권했지만 그녀는 싫다고 했다. 내가 피우는 담배의 연기가 식탁 위 공기를 부옇게 흐리고, 그 연기가 서서히 스러져 다시 맑아지고, 식어가는 커피를 다 마실 때까지도, 그녀는 별말이 없었다. 그러다가 그녀는 맑은 웃음을 띠며 이렇게 말했다.

"참, 아까 샤워 얘기 말이야……"

"응?"

"왜 당신이 샤워하다 뒤돌아보지 않는지 그 이유는 잘 모르겠지만, 이런 생각은 들어. 당신은 문득문득 샤워하다가 뒤를 돌아보고 싶은 유혹에 사로잡히긴 할 테지만, 아마도 결국 뒤돌아보지는 못할 것 같아."

그 말을 끝으로 그녀는 이제 그만 돌아가봐야겠다고 했다. 함께 집을 나서 그녀가 탈 버스를 기다리는 사이, 그녀는 내게 연어구이가 참 맛있었다고 말했다. 나는 고맙다고 말했고, 곧 버스가 와서 그녀를 태우고 갔다. 결국 그녀는 내게 그 얘기를 꺼내지 않고 돌아갔다, 여가수의 암벽등반보다 더 중요하다는 문제.

나는 집으로 돌아오는 길에 편의점에 들러 캔 맥주를 몇 개 샀고, 집에서 멀지 않은 시멘트 광장에서 멈추어 그 한쪽에 마련된 벤치에 앉아 맥주를 마셨다. 시멘트 광장의 한가운데에는 둘레에 돌로 된 벤치가 딸린 작은 분수가 있고, 가장자리에는 햄버거 카나 신문 가판대, 공중전화 부스, 사람 무릎께의 높이로 기다랗게 만들어진 화단 등이 있다. 대략 정사각형 모양을 띠고 있는 광장의 한쪽은 7층짜리 백화점과 면해 있고, 나머지 세 방면으로는 옷 가게나 패스트푸드점, 선물 가게 등이 늘어서 있다.

만약 낮이었다면 분수 둘레에서 그림을 그리는 여고생들, 분수를 배경으로 사진을 찍는 가족들이나 연인들, 이따금 순찰을 도는 경찰관, 롤러블레이드를 타고 광장을 도는 아이들, 음악을 틀고 동작을 맞춰 춤을 추는 한 무리의 십대들, 구경꾼들, 바닥에 둘러앉아 이야기를 나누는 사람들, 초상화를 그려주는 아마추어 화가들, 먹이를 쫓아 우르르 날아다니는 비둘기들……, 그런 광경이 펼쳐졌겠지만, 늦은 밤의 광장은 한산하고 조용하기만 했다. 광장을 둘러싼 가게들의 간판도 대부분 불이 꺼져 광장은 어두컴컴했으며, 나를 포함해 대략 열 명도 채 되지 않는 사람들의 검은 그림자들만 눈에 띌 뿐이었다.

그녀는 내게 뭐라고 물으려 했을까. 나랑 결혼할 생각이 있기는 한 거야, 하는 물음이었을까. 아마도 그렇거나, 정확히 그건 아니었더라도 어쨌든 그 비슷한 종류였을 것이다. 물론 나 또한 그녀와 결혼해서 함께 살고 싶다는 생각이 몇 번인가 들기도 했다. 그녀를 좋아하지 않는 것도 아니다. 하지만 그런 생각이 들 때마다 내가 누군가와 함께 사는 모습을 상상하다 끝내 머리를 흔들어대고야 말았던 것을 보면, 가족을 이루어 사는 것이 내게 는 맞지 않는 것이 분명하다. 나도 어쩔 수 없는 노릇이다.

어느새 맥주 캔들은 모두 빈 것이 됐고, 나는 아쉬운 마음에 몇 개를 더 사 올까 하다가 그냥 자리에서 일어나 집으로 향했다.

다음 날부터 그녀와 나는 다시 모르는 사이가 됐다.

*

며칠 뒤, 그동안 잠시 잊고 있었던 문제 한 가지가 다시금 떠올라 내 머릿속을 흔들어놓았다. 그날도 여느 때처럼 집으로 돌아오자마자 옷을 벗어던지고 욕실로 들어서려는데, 왜 나는 샤워할 때 뒤를 돌아보지 않는가, 하는 생각이 또다시 떠오르는 것이었다. 게다가 그날따라 퇴근 후에 회사 동료들과 함께 술을 마시고 들어온 터라, 나는 그 술기운에 의해 획, 하고 고개를 돌려버리려는 욕망이 힘을 얻고 있음을 느낄 수가 있었다.

아무것도 걸치지 않은 채로 욕실의 문을 붙잡고 생각에 잠겼다. 오늘은 샤워를 하지 말고 그냥 자볼까. 하지만 나는 지금껏 집으로 돌아와 샤워하지 않고 침대에 누워본 적이 거의 없었다. 씻지 않은 몸으로 잠드는 기분은 결코 유쾌할 리가 없을 것이다. 그리고 무엇보다 나는 지금까지 한 번도 뒤돌아보지 않고 샤워를 잘 끝내며 살아오지 않았는가. 오늘도 어제처럼 그렇게 샤워를 끝내고 욕실을 나올 것이다. 그러면 되는 것이다. 문제 될 것이 없다. 그런 생각의 고리를 따라 결국 나는 욕실로 들어섰다.

쏴아.

시원한 물줄기가 머리 위로 쏟아지기 시작하자 나는 잠시라도 샤워하지 않으려 생각했던 스스로를 책망하는 마음이 들었다. 그리고 조금 전 훌러덩 벗은 몸으로 문고리를 붙잡고 생각에 잠겼던 모습을 떠올리자 웃음이 나왔다. 만약 그 모습을 누군가 봤다면 심한 변비를 앓고 있는 사람이 화장실로 달려가다 말고 서서 괴로워하고 있는 거라고 생각했을지도 모른다. 보디 클렌저의 감촉이 감미롭다. 그래, 이제 이렇게 샤워를 무난히 끝내고 나는 다시 욕실을 나갈 것이다. 뒤를 돌아볼 이유도, 그럴 필요도 없다. 내 뒤엔 아무것도 없다.

내 뒤에…… 정말 아무것도 없을까? 그래, 아무것도 없을 것이 분명하지 않은가. 원한 맺힌 눈동자에 긴 머리카락에서부터 발끝까지 시뻘건 선지피를 뚝뚝 흘리는 귀신도, 바다같이 깊은 눈빛과 우유처럼 하얀 살결의 사랑스러운 여자도, 도무지 그게 말이나 되는가. 지금 내 등 뒤에 아무도 없다는 사실을 나는 이미 알고 있지 않은가. 하지만, 확실히 나는 알고 있다고 말할 수 있는가. 보지도 않고 말이다. 그렇다면 이 느낌은 무엇이란 말인가. 분명 누군가가, 누군가가 서 있을 것만 같은 이 느낌은 대체 뭐란 말인가. 딱 한 번이면 되는데, 딱 한 번……

꽥.

이런, 고개를 돌리고 말았다. 그랬더니, 내 등 뒤 욕실의 모퉁이에는 펭귄 한 마리가 눈을 깜빡이며 서 있었다.

*

잠시 후 나는 펭귄 한 마리와 나란히 소파에 앉아 TV를 보게 되었다. 처음에 나는 너무나 비현실적인 상황이 벌어졌기에 당연히, 음, 내가 헛것을 본 것이로군, 하고 생각하고는 다시 뒤돌아서 하던 샤워를 계속했다. 그런데 몸을 다 씻고 수건을 집으려 돌아섰을 때에도 녀석은 그 자리에 존재하고 있었던 거다. 펭귄이, 내 집에, 존재하더란 말이다. 몸을 숙이고 살금살금 다가가 손끝으로 조심스럽게 녀석의 배를 콕 찔러보았다. 그랬더니 녀석은 소스라치게 놀라기는커녕 언제부터 날 알았다고 친숙한 표정으로 눈만 깜빡이고 서 있었다.

내가 그 상황에 TV를 켠 것은 조금 있으면 시작될 뉴스를 보기 위해서였다. 아무리 생각해도 나는 도시에서, 아니 시골에서도, 심지어 바닷가에서도 펭귄을 본 적이 없었기에, 분명 녀석은 동물원에서 도망쳐 나온 것이라고 생각했기 때문이다. 그렇다면 이제 곧 뉴스에서는 동물원에서 실수로 놓쳐버린 펭귄에 관한 소식을 전할 것이고, 그러면 나는 성숙한 시민의식을 발휘해 녀석을 경찰이나 동물원 측에 인계하면 되는 것이었다. 그런데 잠시 후 나는 어쩐지 동물원에서도 펭귄을 본 기억이 없는 듯하다는 생각을 하게 되었다. 비록 동물원에 가본 것이 한참 어릴 때라 기억이 가물가물하긴 하지만, 곰, 호랑이, 뱀, 코알라 등은 생각이 나도 펭귄은……, 있었던 것 같기도 하고, 없었던 것 같기도……

순간 나는 갑자기 등골이 오싹해지는 느낌에 소파에서 벌떡 일어서버릴 수밖에 없었다. 펭귄은 남극과 같은 극지방에 사는 동물이 아닌가. 그렇다면 지금 저기 저렇게 버젓이 앉아 있는 저놈은 대체 뭐란 말인가. 유령이 아닌가, 유령, 펭귄의 유령. 하지만 나는 그런 생각을 한 조금 뒤에 녀석을 쳐다보고는 풋, 하고 웃어버리고 말았다. 녀석은 푹신한 소파 위에 기대어 앉아 있다가 그대로 사르르 잠이 들어 있었는데, 유령이라는 말이 도저히 어울리지 않을 정도로 우스꽝스럽고 귀여운 모습이었기 때문이다.

그러고 있는 사이 뉴스는 끝이 났지만, 결국 동물원에서 펭귄이 실종됐다든지 하는 사건에 관해서는 전혀 언급이 없었다. 나는 소파 위에서 잠이 든 녀석을 그대로 두고 침대로 와서 담배를 한 개비 피워 물었다. 무언가 이해가 되질 않고 혼란스러운 상황이지만 이건 분명 현실이다. 내가 직접 대면한 현실. 어릴 적부터 남들보다 도드라지게 뛰어난 점은 없었지만 큰 사고 한번

치지 않고 순간순간 대면하는 현실을 모나지 않게 대처하며 살아온 나였다. 이럴 때 필요한 건 한발 떨어져서 상황을 찬찬히 정리해보는 일이라는 걸 나는 이미 경험을 통해 알고 있잖은가.

어느 날 샤워하다가 뒤돌아보니 펭귄 한 마리가 있었다. 녀석이 어디에서 왔는지, 어떻게 한대 지방에 있어야 할 동물이 이런 곳에 존재하는지, 그건 현재로선 알지 못한다. 그리고 그건 그다지 중요한 문제가 아니다. 문제는, 녀석이 어떤 방식으로 내 집에 들어왔는지는 몰라도, 녀석이 누군가가 키우던 애완동물이었든 동물원으로부터 도망쳐 나온 것이든, 제 발로 나왔든 누군가 훔쳐낸 것이든, 일종의 분실물 아니면 장물로 분류될 수밖에 없다는 사실이다. 만일 내가 녀석을 경찰에 인계하지 않았다가 나중에 문제라도 생긴다면 안 될 말이다. 그럴 경우 법적으로 어떤 책임이 따르는지 정확히는 모르지만, 습득물을 신고하지 않고 부당하게 취득한 것으로 되거나, 심하게는 장물을 취득한 것으로 될 수도 있을 것이다.

그런 생각을 하고 있다 보니 한순간 녀석이 조금 측은한 느낌이 들었다. 따지고 보면 녀석도 엄연한 생명체인데, 이 도시에서 독립한 하나의 주체로 생활을 영위해나갈 시민권이 없다는 이유로 분실물, 장물 등으로 분류돼야 하니 말이다. 하기야 펭귄들의 얼음 도시에 어느 날 나 혼자 떨어져버렸다면, 녀석들도 나를 비슷하게 취급할 것이 분명하지만. 나는 그 순간 묘한 기분에 사로잡혔고, 나도 모르게 머릿속의 생각을 혼잣말로 조그

많게 읊조리고 있었다.

"펭귄들의 얼음 도시에 나 혼자 떨어지다……"

그러자 그 말은 마치 내 말이 아닌 것 같은 낯선 느낌을 주며 천천히 집 안 구석구석으로 퍼져 스며들어버렸다.

그래, 지금 녀석이 사로잡혀 있을 감정은 아마도 외로움일 거다. 낯설기만 한 구조물들, 낯설기만 한 생물체들 속에 혼자 떨어져 있다는 그 막막함과 쓸쓸함. 그렇게 생각되기 시작하자 나는 조금 전까지 녀석을 경찰에 인계하려고 마음먹었던 나 자신의 몰인정함에 몸서리를 칠 수밖에 없었다. 온통 얼음으로 이루어진 차디찬 도시에서 펭귄 경찰들에 둘러싸여 알아들을 수도 없는 언어로 조사를 받고, 결국 단단한 얼음 창살이 둘러쳐진 동물원에 가두어져 펭귄들의 구경거리가 된다면……

젠장.

나는 어느새 여린 감정에 맥없이 굴복하려 하는 나 자신을 발견하고는 다시금 스스로를 다그쳤다. 그리고 이성과 감성이 내부에서 싸움을 벌이기 시작했을 때에는 결코 길게 생각해서 이로울 것이 없었다는 점과, 살면서 몇 번인가 감성의 손을 들어주었을 때 거의 바람직한 결과를 얻은 적이 없었다는 경험을 상기시켰다.

다음 날 퇴근 후에 곧바로 경찰서에 들르기로 마음먹으며 불을 끄고, 혼란스럽기 그지없는 생각들도 그 참에 꺼버렸다.

유난히 분주하고 힘든 하루가 지나고 퇴근 시간이 다가왔다. 나는 먼저 퇴근하겠다는 몇몇 동료들의 인사를 받고, 함께 나가 종종 들르곤 하던 바에서 목이라도 축이자는 한 동료의 제의를 마다한 뒤, 자판기 커피를 뽑아 들고 계단으로 가서 담배를 피워 물었다. 아침에 일어나서 소파를 살펴보았을 때 녀석의 모습은 보이지 않았고, 토스트를 만들어 우유와 함께 먹고 집을 나설 때까지도 녀석을 볼 수 없었다. 어디론가 숨어버린 것일까, 하는 의문이 들긴 했지만 일부러 침대 밑이나 책상 옆의 틈, 혹은 테라스의 화분 뒤 등을 살펴보지는 않았다. 그리고 집을 나서며 현관문을 잠그는 순간, 어쩌면 전날 밤의 일들이 모두 꿈일지도 모른다는 생각이 들었다. 동료들이 퇴근하고 난 후 계단에 앉아 담배를 피우고 있는 그 순간에도, 나는 펭귄 한 마리가 등장하는 꿈을 꾼 것일 수도 있다고 생각하고 있었다.

그때 내 등 뒤, 그러니까 계단의 위쪽으로부터 다급한 발소리가 들려왔다. 그 발소리의 주인공은 내가 앉아 있는 자리를 스쳐 지나 계단 아래쪽으로 돌아 내려갔다. 그녀였다. 아마 그녀 또한 앉아 있는 내 뒷모습을 보고 그것이 나라는 사실을 알 수 있었을 것이다. 하지만 이미 그렇게, 그녀와 나는 모르는 사이가 되어 있었다. 문득 전날 밤의 기억들이 손에 잡힐 듯 또렷이 떠오르면서, 그것들을 짐짓 꿈의 공간으로 밀어넣고 있던 내 비

겁함을 들추어냈다.

"방금 지나간 그녀의 뒷모습도 꿈이면 좋겠지만, 쳇, 아니잖아."

그렇게 중얼거리며 나는 사무실로 돌아가 소지품을 챙긴 뒤 지하 주차장으로 가서 차를 몰고 경찰서로 향했다. 회사가 있는 블록에서 경찰서까지는 그리 멀지 않았지만, 퇴근 시간 그리로 향하는 도로의 교통 상황은 말이 아니었다. 파도에 보트가 떠밀리듯 조금씩 조금씩 앞으로 나아가는 차 속에서, 나는 문득 지난밤에 언뜻 떠올렸다가 이내 접어두었던 의문 하나를 생각하고 있었다. 남극과 같은 극지방에 사는 펭귄이 어떻게 이 도시에서 생존할 수 있을까 하는.

행여 경찰서로 향하고 있던 내 의지에 또다시 어떤 영향을 줄까 봐 나는 애써 그 의문을 피하려 했다. 하지만 나의 간절한 바람에도 불구하고 차량들의 진행은 여전히 굼뜨기만 해서 경찰서는 도무지 그 모습을 드러내려 하지 않았고, 그러는 사이 나의 궁금증은 더욱더 커져 정말이지 참을 수 없는 지경이 돼서는, 혹 옆에 서 있는 차의 운전자에게 한번 물어볼까 하는 말도 안 되는 생각을 할 정도가 되었는데, 하필이면 그즈음 길가에 작은 동물병원 간판이 환하게 빛나고 있는 것이 아닌가.

내 차는 길가에 섰고, 나는 어느새 동물병원의 문을 열고 들어서고 있었다. 실내는 비교적 밝은 톤으로 꾸며져 있었고, 어느 정도의 면적을 가진 공간의 맨 안쪽으로 약간 좁은 통로가 만들어져 있었는데, 그 통로 위 벽면에는 '입원실'이라는 팻말이 붙어 있었다. 아마도 그 통로를 따라 들어가면 장기간의 치료를 필요로 하는 동물들이 수용돼 있는 모양이었다. 그렇다고 해서 문을 열자마자 마주치게 되는 공간에 동물들이 없는 것은 아니었다. 안쪽의 '입원실'이 가득 찬 것인지, 지금 여자 간호사 한 명이 책상을 놓고 앉아 있는 공간에도 몇 마리의 개들, 그리고 새들이 있는 것이 보였다.

"뭘 도와드릴까요, 손님?"

간호사가 친절한 말투로 물었다. 하지만 나는 그 순간 뭐라고 말을 해야 할지 몰라 그냥 머뭇거리고만 있었다. 그러자 간호사가 다시, 무슨 일 때문에 그러시는지요, 하고 물어왔지만, 역시 나는 뭐라 대답을 못 하고 어색하게 서 있기만 했다. 그때 '입원실' 통로에서 의사가 나오는 것이 보였고, 간호사는 의사에게 눈짓으로 나의 존재를 일러주었다. 조금 젊은 축에 속하는 의사는 비교적 친절한 얼굴로, 한쪽에 마련된 응접세트를 가리키며 일단 소파에 앉으라고 권했다.

"치료……, 때문은 아니구요……"

"……"

의사는 안절부절못하는 나의 행동을 의아한 표정으로 바라보고 있었다. 마주 앉은 의사의 어깨 너머로 호기심 가득한 간호사의 얼굴이 보였다.

"실은 뭐 좀 여쭤볼 게 있어서요."

"네, 말씀해보세요."

“저, 펭귄……, 말인데요.”

“네?”

“……”

“……”

“펭귄이 이런 데서도 사나요?”

약 오 초간의 어색한 침묵이 지나고, 곧 의사의 허허허, 하는 웃음소리가 들렸다. 그에 이어 간호사의 까르르, 하는 웃음소리도 섞였다. 다행히 그들의 웃음은 기분 나쁜 쪽은 아니었다.

“펭귄에 관해서 궁금해지셨군요?”

“네, 펭귄요.”

그렇게 해서 나는 펭귄이라는 생물체에 관한 몇 가지 궁금증, 차를 몰고 가다가 갑자기 동물병원으로 들어오게 된 경위 등을 의사에게 설명했다. 물론 내 집에 펭귄이 있다는 얘기는 빼고. 그러자 의사는, 실은 자기에게 이런 종류의 상담을 요청해오는 경우는 이번이 처음인 데다가, 자기도 펭귄에 관해서는 잘 알지 못한다고 대답했다. 하지만 아마도 자기가 병원에 소장하고 있는 동물도감을 보면 웬만한 궁금증은 해결될 수 있을 거라고 덧붙였다. 간호사가 동물도감을 가지러 간 사이 의사는 내게, 동물에 관해 궁금한 점이 많은 걸 보니 동물을 참 좋아하는 사람인 것 같다고 말했다. 나는 그에게 펭귄들의 얼음 도시에 혼자 떨어지는 상상을 했던 것에 관해 말해주려다가, 얘기가 길어질 것 같아 그냥 하려던 말을 않고 가볍게 웃어주었다.

잠시 후 간호사는 'ㅌ'부터 'ㅎ'까지의 자음으로 시작되는 동물들이 수록돼 있는 두꺼운 동물도감 한 권을 가져왔고, 의사는 잠시 동물들을 돌아봐야 한다며 천천히 읽어보라고 말하고는 '입원실' 통로로 사라졌다. 도감을 펼쳐 '펭귄'을 찾자 그곳에는 펭귄에 대한 전체적인 설명이 나와 있었고, 그 뒤에 딸린 페이지들에는 펭귄의 세부 종류별로 상세한 설명들이 붙어 있었으며, 무엇보다도 한 종류 한 종류 선명한 사진 자료들이 첨부돼 있는 것이 눈에 띄었다. 우선 나는 펭귄에 대한 개략적 설명을 읽어 내려가다가 조금 전 차 안에서 나를 참을 수 없게 만들었던 의문에 관련된 몇 줄의 문구를 발견할 수 있었다.

대부분의 종이 한대 지방에 서식한다. 그러나 2속(屬)은 열대에 서식하며 이 중 1속은 갈라파고스 군도에 분포한다. 남극과 같이 극지에 있는 종들은 큰 위험이 없으나 인간의 거주지와 가까운 곳에 서식하는 종들은 위험에 처한 종들이 많다.

그랬구나. 그렇다면 적어도 펭귄이 이 도시에, 그것도 내 집에 생존하고 있다는 사실이 전혀 말이 안 되는 건 아니다. 이어서 나는 개략적 설명의 뒤로 길게 붙어 있는 종류별 세부 페이지들을 빠른 속도로 넘겨보기 시작했다. 그때껏 내가 알고 있었던 것보다 훨씬 많은 종류의 펭귄들이 있었으며, 그 크기와 모양새도 매우 다양했다. 마치 연락이 끊긴 초등학교 친구를 졸업 앨범에서 찾아보듯 빠른 속도로 사진들을 검색하던 나는, 얼마 지나지 않아 드디어 녀석의 외모와 거의 일치하는 사진을 발견할 수 있었다. 하얀 가슴께에 꼭 스포츠 브라를 한 것처럼 가로로 두른 검은색의 띠. 전날 밤 내 집 욕실에서 처음 보았던, 그리고 나란히 소파에 앉아 TV를 보았던 바로 그 녀석이 분명했다. 녀석의 커다란 증명사진 아래에는 다음과 같은 설명이 붙어 있었다.

마젤란 펭귄
Magellanic penguin
Spheniscus magellanicus

[분류] 펭귄목(Spheisciformes) 펭귄과(Spheniscidae)에 딸린 새.

[형태] 몸길이 60cm, 몸무게 4~6kg. 가슴에 검은색의 넓은 띠가 있고 머리에도 말굽을 거꾸로 해놓은 듯한 검은색 띠무늬가 있다.

[먹이] 오징어나 작은 물고기 따위를 먹는다.

[번식] 잡목림이나 굴속에 둥지를 틀고 2개의 알을 낳는다. 39~42일 동안 암수가 똑같이 알을 품고 갓난 새끼는 29일 정도 부모의 보호를 받는다. 새끼는 60~70일이 되면 털갈이가 끝나고 바다로 먹이를 잡으러 나간다.

[분포] 남아메리카의 해안과 포클랜드 섬 등 대서양 남부의 여러 도서에 분포한다.

[현황] 현재 1백만 마리의 개체가 서식하고 있는 것으로 추정된다.

　동물병원을 나설 때 의사는 내게 명함을 건네며, 혹시 애완동물을 키우게 되면 언제든 연락을 달라고, 그리고 그렇지 않은 경우라도 궁금한 점이 생기면 개의치 말고 연락하라고 했다. 나는 고맙다는 인사와 함께 그곳을 나와 가까운 편의점에서 캔 커피 두 개를 사서 되돌아가 의사와 간호사에게 전하고, 차를 출발시켰다. 이미 내 머릿속에 원래의 목적지였던 경찰서는 남아 있지 않았다. 내 차는 근엄하게 빛나고 있는 경찰서의 파란색 간판을 그대로 지나쳐 대형 할인 마트로 향했고, 그곳 지하에서 나는 정어리 통조림, 생오징어 등을 사서 집으로 돌아왔다.

*

　녀석은 퍽이나 귀여운 생물체였다. 녀석과 함께 살게 된 처음 얼마간은 여전히 내 속에서 이성과 감성이 종종 싸움을 벌였지만, 그렇게 심각한 갈등에 휩싸이곤 하다가도 일단 집 안을 이리저리 뒤뚱거리며 뛰어다니거나 소파에 파묻혀 곤히 잠든 녀석의 모습을 보기만 하면 승리는 언제나 감성의 것이 되고 말았다. 결국 나는, 임자가 나타날 때까지 일단 데리고 있자는 말도 안 되는 결론을 내릴 수밖에 없었다.

　먼저 녀석의 이름을 붙여주기로 했다. 처음에 난 ‘마젤란 펭귄’이라는 녀석의 동물도감 이름표를 따라서 ‘마젤란’이라고 불러보기로 했다. 하지만 몇 번 부르다 못해 나는 그 이름을 없었던 것으로 하고 말았는데, 그건 마젤란이라는 이름이 애초에 다른 사람의 이름이었다거나 해서가 아니라, 문득 또다시 펭귄들의 얼음 도시에 혼자 떨어져버리는 상상에 사로잡혔기 때문이다. 나라는 신기한 생물체에 관해 알고 싶어진 펭귄들은 그들의 동물 도감을 뒤진다. 나와 같은 생김새를 가진 생물체의 사진 하나, 그리고 그 위에는 '호모 사피엔스'라는 이름표가 붙어 있다. 그러자 펭귄들은 그때부터 나를 '호모'라고 부르기 시작한다……, 이건 좀 아니지 않은가. 얼마간 다시 생각해본 끝에 나는 녀석에게 'I'라는 이름을 붙여주었다.

"I야."

녀석을 데리고 있은 지 한 달 즈음, 녀석은 그렇게 이름을 부르면 나를 쳐다보기 시작했다. 나는 I가 정어리 통조림과 오징어를 가장 좋아하긴 하지만 가끔은 바삭거리는 개 먹이를 먹기도 한다는 사실을 알게 됐다. 또 I가 종종 욕실을 찾는 이유는 물을 그리워하기 때문이라는 것도 알게 됐다. 그래서 나는 욕조에 물을 가득 채우고, I가 그 속으로 자유로이 드나들 수 있도록 욕실 바닥에서 욕조의 턱에 이르는 조그만 나무 계단을 놓아주었다. 비록 그 나무 계단을 짜 맞추느라 어느 토요일 저녁나절을 고스란히 희생하긴 했지만, 몇 차례 반복 숙달의 과정을 거친 후에 I가 제 스스로 그 계단을 타고 욕조로 들어가 물장구치는 모습을 보자 그 정도의 희생은 비할 바도 안 되는 즐거움을 느낄 수 있었다. 소금 냄새가 물씬 풍겨오는 바다에는 턱없이 모자라겠지만, 녀석 혼자 가끔 시원하게 물장난하기에는 그 정도면 괜찮은 듯했다.

얼마 지나지 않아 I와 나는 매우 가까워졌다. 늦은 저녁 퇴근 후에 집으로 돌아와 철제 현관문을 열면 녀석은 가끔 욕실에서, 가끔은 소파 뒤에서, 그렇게 뒤뚱거리는 걸음으로 문 앞의 내게로 다가와 집으로 들어서는 나를 올려다보곤 했다. 샤워를 하고, 음식을 만들어 먹고, 맥주를 마시며 TV를 보고, 책을 읽다가 잠이 든다, 녀석과 함께. I의 존재로 인해 내 생활이 크게 달라졌다거나 하는 점은 실상 거의 없다고 해야겠지만, 나는 무엇을 하든 내 옆에 녀석이 있다는 사실이 싫지 않았고, 그렇게 해서 퇴근 후의 시간이나 주말에 내가 집 밖으로 나가는 일은 예전보다 조금 더 줄어들었다.

한 가지 이상한 것은, I가 도무지 집 밖으로 나가려 하지 않는다는 사실이었다. 어느 날 저녁 나는 함께 산책이라도 해보려는 생각에 녀석을 안고 집 밖으로 나가려고 했는데, 현관문을 나서려는 순간 녀석이 하도 꺽꺽대면서 죽을 듯이 발버둥을 쳐대는 통에 어쩔 수 없이 되돌아 들어와야만 했다. 그날 나는, 별로 외출하고 싶지 않은 날도 있는 법이지, 하고 중얼거리며 다음을 기약했지만, 녀석의 그런 발버둥은 다음에도, 그다음에도 마찬가지였던 거다.

또 한 가지, I는 나 이외의 사람에게는 도무지 모습을 드러내려 하지 않았다. 하기야 그런 습성은 나로서는 편리한 면이 없지 않았지만, 어쨌든 이상하게 생각되는 건 사실이었다. 맨 처음 녀석의 그런 습성을 알게 된 것은 어느 주말 가스 검침원이 방문했을 때였다. 나는 검침원에게 문을 열어주면서 내심, 혹시 I를 본다면 뭐라고 설명해야 하나, 하는 생각을 하고 있었는데, 검침원이 집 안에 있는 동안 녀석은 어디론가 숨어 한 번도 모습을 드러내지 않았다. 그러다가는, 검침원이 집을 나간 뒤 문을 닫고 돌아서자 어느새 소파 앞에 서서 눈을 깜박이며 나를 바라보고 있었다. 아마도 내 집에 나타나기 전까지 녀석은 도시를 떠돌아다니며 심한 고생을 겪은 듯했고, 그래서 대단히 조심스러운 생활 방식이 몸에 밴 듯했다.

어느 주말, 한번은 회사 동료들이 집으로 놀러 왔다. 그날은 그들 중 한 명의 생일이었는데, 하필 그 친구의 아파트에 대규모 보수 공사가 있는 기간이라 집이 상당히 시끄러웠기 때문에 내 집에서 파티를 열기로 했던 거다. 스파게티를 삶아 저녁을 먹고, 케이크를 자르고 난 뒤, 음악을 틀고 술을 마시기 시작했다. 아니나 다를까 I는 늦은 밤 사람들이 모두 집을 떠나기 전까지 한 번도 모습을 드러내지 않았다.

그날 파티에서 나는 얼마 전 헤어진 그녀에 관해 두 가지의 새로운 사실을 들었다. 첫째는 우리 부서의 남자 동료들 중 은근히 그녀를 좋아하는 이들이 있었다는 사실이고, 또 하나는 그녀가 곧 결혼한다는 사실이었다.

"이래도 되는 거야?"

"뭐가?"

"생각을 해봐. 내게도 한 번쯤은 기회를 줬어야 하는 거 아니냐고."

"내심 마음에 두고 있었나 보지?"

"아니, 뭐 꼭 그런 건 아니지만, 어쨌든 그 정도면 귀엽고 섹시하잖아."

"그럼, 자네 같은 사람들을 위해서 그녀가 대자보라도 붙여야 한다는 건가? 내가 마음에 있는 남자 분들은 기회를 드릴 테니 어서 연락하세요, 이렇게?"

"쳇. 알았어, 알았다고. 결혼한다니 이젠 별수 없는 거지, 뭐."

"보세요, 멀리 다른 부서에 눈 돌리지 말고 가까이 있는 저나 좀 생각해주시죠."

"어, 대자보야, 이거?"

매우 즐거운 건 아니었지만 어쨌든 나쁘지 않은 그런 분위기였다, 그날 파티는. 얼굴들이 발갛게 달아오르고도 몇 시간이 더 지나자, 사람들은 왁자지껄한 그 분위기까지 함께 데리고 사라졌다. 현관문을 닫고 돌아서자, 어느새 I가 나타나 뒤뚱거리며 걸어다니고 있었다. 정어리 통조림을 따서 먹여주자 녀석은 긴 시간 동안 매우 배고픈 상태였던 듯 맛있게 해치웠다.

창문을 있는 대로 열어 담배 연기로 가득한 집 안 공기를 환기한 후 식탁을 치우고, 피곤해진 몸을 이끌고 샤워를 하고는 침대로 가 쓰러졌다. 잠이 들려고 하는 순간 따르릉, 하고 전화벨이 울렸지만, 그렇게 딱 한 번 울리고는 다시 조용해졌다. 한참 후에 다시금 잠이 들려는 순간 또다시 따르릉, 하고 전화벨이 울려 수화기를 들었다.

"여보세요."

"……"

상대방은 아무런 소리도 내지 않았다.

"오늘 동료들한테서 들었어. 결혼, 진심으로 축하해. 정말 잘된 일이야……"

그렇게 말해주고 전화를 끊은 뒤, 나는 다시 잠을 청했다.

*

I와 내가 함께 산 것도 거의 반년이 돼간다. 처음에 난 알지 못했다, 녀석과의 관계가 이렇게 되어버릴 줄은. 녀석은 내 생활 속으로 그렇게 조금씩 조금씩 스며들어오더니, 언제부터인가 없어서는 안 될 존재가 되었다가, 이젠, 아아, 이젠 정말 지긋지긋한 애증의 관계가 형성돼버린 듯하다. 녀석은 나 없이는 하루도 버티질 못하는 존재가 되었다. 처음부터 내가 버릇을 잘못 들인 것인가도 생각해보았지만, 도무지 밖으로 나가려고 하지도 않고, 남들이 오면 어디론가 숨어버리고, 나에게만 친근하게 존재를 드러내는 이 귀여운 생물체를 난들 어쩌겠는가.

얼마 전 참으로 오랜만에 2박 3일의 휴가를 냈을 때, 나는 새로 알게 된 여자와 함께 여행을 떠나게 됐다. 물론 I를 혼자 두고 이틀 밤이나 집을 비우는 것이 못내 걱정스럽긴 했지만, 다른 이들 앞에선 아예 사라져버리는 녀석을 누군가에게 맡기는 일은 애초부터 불가능할 터이고 외출을 죽기보다 싫어하니 함께 갈 수도 없는 노릇이어서, 난 이틀 밤 정도면 혼자서도 잘 지내겠거니 하고 스스로를 애써 안심시키며 여행을 떠났다. 여자와 나는 서로에게 상당한 호감을 느끼고 있었고, 그래서 비교적 즐거운 시간을 보낼 수 있었다. 그런데 여행을 마치고 조금 지친 몸을 이끌며 집으로 돌아와 현관문을 열었을 때, 나는 소스라치게 놀라 신발도 벗지 못하고 집 안으로 뛰어들어가야 했다.

넉넉한 분량을 준비해서 먹으라고 놓아둔 먹이들은 입에도 대지 않은 듯 그대로 방치돼 있었고, 녀석은 집 안 한가운데에 쓰러져 막 숨이 넘어갈 듯 위태로운 모습으로 꺽꺽대고 있었다. 녀석을 안아 올린 나는 도대체 어찌할 바를 알 수가 없어 한참을 I야, I야, 하는 소리만 반복하다가, 문득 오래전에 들렀던 동물병원에서 의사가 건네주었던 명함이 기억났다. 녀석을 소파에 뉘고 허둥지둥 서랍을 뒤져 용케 명함을 찾아낸 나는 떨리는 손가락으로 전화번호를 눌렀는데, 두 번인가 신호음이 들렸을 때쯤 수화기를 도로 내려놓아야 했다. 소파에 뉘어놓은 대로 죽은 듯 쓰러져 있던 I가 수화기를 든 내 옆으로 쫄랑쫄랑 걸어와 서는 날 쳐다보고 서 있는 것이 아닌가.

냉장고에서 새 먹이를 꺼내주자 녀석은 언제 그런 일이 있었냐는 듯 맛있게 해치우고는 곧 집 안을 이리저리 뛰어다니기 시작했다. 그러다가 물장난을 치고 싶어졌는지 욕실로 들어가 나무 계단을 타고 욕조로 뛰어들더니 또 한참을 놀기 시작했다. 퐁당퐁당 물을 튀기며 즐거워하는 녀석을 쪼그려 앉은 채로 바라보며, 그날 나는 내가 그리도 좋아하던 욕실에서, 바닥이나 벽면 할 것 없이 파란 색깔로 시원스럽게 이어져 있는 그 깨끗하고 유니크한 느낌의 타일들 속에서, 처음으로 그런 생각을 했다. 꼭 얼음 도시에 들어와버린 것 같다는.

그날 그 느낌 이후로, 녀석은 내 생활을 오롯이 잠식해버렸다. 나의 외출 빈도는 점점 더 줄어들 수밖에 없었고, 별수 없이 함께 여행을 다녀온 그 여자와도 이별을 고해야 했다. 나는 그야말로 회사와 집만을 오가는 생활을 하게 됐으며, 퇴근 후의 시간이나 주말이면 거의 집 안에서 모든 일을 해결하게 됐다. 문득문득 두려운 것은, 이제 녀석과 함께 집 안에서만 살아가는 이런 생활에 내가 조금씩 익숙해져가고 있다는 사실이다.

*

나는 지금 시멘트 광장에 있다, 퇴근 후 집으로 돌아가는 길에 잠시 차를 세우고. 참으로 오랜만이다. I가 내 집에 나타난 지 일 년, 나는 아직도 녀석과 함께 살고 있다. 그러니까 이곳 시멘트 광장의 벤치에 앉아 이렇게 담배를 피워 문 것도 거의

126

일 년 만인 것이다.

하루가 저물어가는 저녁 시간, 아직 이곳 시멘트 광장에는 많은 사람들이 있다. 아이들이 이리저리 뛰어다니고, 쌍쌍의 연인들이 거닐고, 십대들이 음악을 틀어놓고 춤을 추고 있다. 왜 내가 집으로 향하던 차를 돌려 이곳엘 들렀는지 이유가 잘 생각나지 않는다. 그런 걸 보면 별 특별한 이유가 없었거나, 아니면 곧 잊어도 상관없을 대수롭지 않은 이유였던 것 같다. 부산하고 소란한 광장의 한쪽에 잠시 앉아 있기를 한 삼십 분, 어쩐지 이곳에 다시 오려면 더더욱 많은 시간이 흘러야 할 것 같다는 생각을 하며 다시금 차를 몰고 집으로 향한다.

오늘 점심 시간에 회사 건물의 일 층 로비에 있는 인포메이션 데스크의 도우미 아가씨가 내게 데이트를 청했다. 저녁에 별일 없으면 식사나 같이 했으면 한다고. 그녀는 긴 생머리만큼이나 윤기 있게 흐르는 매력적인 다리를 가졌고, 적어도 건물의 한 층에 열 명씩의 남자 정도는 그녀를 좋아하고 있을 법하다. 그런데 나는 그 제의를 거절했다. 그녀가 마음에 들지 않아서가 아니다. 다만, 나는 퇴근 후면 그냥 집으로 가고 싶을 뿐이다. 가끔 지겨운 느낌이 들기도 하지만 그래도 여전히 귀여운 I와 함께 평화로운 저녁나절을 보내고 싶다. 그뿐이다.

도우미 아가씨의 긴 다리를 떠올리면 조금 안타까운 생각이 들기도 한다. 하지만 어쩌겠는가. 나는 그날, 뒤돌아보고 말았던 것을. 그래서 샤워하는 내 뒤에 서 있는 녀석을 보고야 말았

던 것을. 혹 이 시간, 나는 왜 샤워하다 뒤돌아보지 않을까, 하
는 생각에 골똘히 잠겨 있는 사람이 있다면, 나는 그 사람에게
말해주고 싶다. 뒤돌아보지 말라고. 그러면 안 된다고.

버터플라이

"아까는 왜 자꾸 웃었던 거야?"

내 차례에 이어 샤워를 끝내고 나온 그가, 침대 위에 누워 있는 내 옆에 벗은 몸을 누이며 물었다. 조금 전까지 땀으로 흠뻑 젖어 있던 그와 나의 몸이 이제는 보송보송해져 있었다. 그의 물음에 대답하는 대신 내가 다시 한 번 피식 웃어버리자, 그는 잠시 어리둥절한 표정을 지어 보인 뒤에 한 번 더 물었다.

"어이, 내 얘기 듣고 있어?"

"응, 듣고 있어."

"그런데 왜 웃기만 하는 거야, 대답은 않고."

오랫동안 얘기를 주고받으며 서로의 몸을 간질이다가 흥분한 그가 내 위로 올라와 땀을 떨구어댈 때, 나는 신음 중간중간에 피식거리며 웃음을 흘리곤 했던 것이다.

"내 위에서 허리를 움직이는 네 모습을 보니까, 풀에서 헤엄
치는 모습이 자꾸만 떠올라서."
그제야 그도 풋, 웃음을 흘렸다.
"버터플라이?"
"그래, 버터플라이. 너 그거 잘하잖아."
"싱겁긴……"
그가 샤워하러 들어갈 때 얹어놓았던 찻물이 보글보글 끓는
소리를 내기 시작했다. 나른한 오후의 졸음이 밀려들었다.

*

비가 내리는 날 아침 수영장에는 사람이 많지 않았다. 실내
수영장인데 비가 오든 안 오든 무슨 상관일까 싶기도 하지만,
그리고 보니 수영을 좋아하는 그를 알기 전에는 나 또한 비 오
는 날 수영장에 가야겠다고 생각한 적은 없었던 것 같았다.
높디높은 수영장의 돔형 천장은 가운데가 투명하게 되어 있
어서, 어둑한 하늘로부터 후두둑후두둑 비가 떨어지는 모습이
그대로 보였다. 나는 풀 가장자리에 놓인 하얀색 플라스틱 의자
에 길게 누워, 투명한 수영장 천장을 통해 그렇게 비가 내리는
하늘을 바라보고 있었다. 가끔 물에서 나온 남자들이 수영복 밖
으로 드러난 내 하얀 살갗을 눈으로 핥으며 지나갔다.
상체를 일으켜 풀이 있는 쪽을 바라보았다. 빠르게 나아가질

못하고 그만그만한 속도로 텀벙거리는 남자들과 여자들이 서로 부딪곤 하는 레인들 사이, 그는 거의 텅 빈 레인 하나를 차지하고 날듯이 물살을 헤치고 있었다. 사람들은 그가 있는 레인으로는 좀처럼 들어가지 않았는데 아마도 그건 그의 속도가 매우 빠른 편이라 어지간해서는 거기에 맞출 수 없어서인 것 같았다. 그러고 보니 파란 물을 헤치고 솟구쳤다가 두 팔로 날갯짓하듯 허공을 가르고 다시 물속으로 빨려들어가는 그를 향해 시선을 못 박고 있는 건 나만이 아니었다.

그는 풀에 들어가면 버터플라이만 한다. 석 달쯤 전의 어느 새벽, 내가 그를 처음 만났을 때도 그는 저 풀에서 버터플라이를 하고 있었다. 춤을 추는 것이 직업인 내가 따로 운동을 시작해야겠다고 마음먹고 새벽 시간에 수영장을 찾은 것이 다른 사람들에게는 좀 이상하게 보일지 모르지만, 모든 사람의 모든 일에는 다 사정이 있기 마련이다. 춤을 추는 일이 군살 붙을 겨를이 없을 정도로 격렬한 운동임에는 분명하지만, 대부분의 댄서들이 춤이라는 그 운동 덕분에 관절을 버리기가 일쑤다. 그렇기 때문에 무리 없이 온몸의 관절을 풀어주는, 이를테면 수영과 같은 운동이 오히려 꼭 필요한 것이다. 어쨌든, 나는 그날 새벽 한산한 풀에서 수면 위를 스치듯 날아다니는 날치 한 마리를 보았고, 옆 레인에서 텀벙거리고 있는 나를 향해 그 날치가 안녕, 하고 말을 걸어오는 것으로 관계가 시작됐다.

생각에 빠져 있다가 다시 그가 있는 방향을 바라보았을 때,

그는 어떤 남자에게 미안한 표정으로 머리를 조아리며 무어라고 말하고 있었다. 아마도 레인의 끄트머리에 서 있는 남자를 보지 못하고 부딪혀버린 모양이었다. 이상한 것은, 돌고래처럼 수영에 능한 그가 물속에 서 있는 사람들과 부딪히거나, 심지어는 레인의 끝에 있는 물밑 벽에 부딪히는 경우도 종종 있다는 사실이다.

물어본 적이 없어서 이유는 모르지만, 어쩌면 그는 눈을 감고 수영을 하는지도 모른다.

*

비가 그치고, 언제 그랬냐는 듯이 햇살이 내리쬐고 있었다. 수영을 끝내고 나온 그와 나는 커다란 컵에 빨대가 꽂힌 밀크쉐이크 하나씩을 사 들고, 수영장이 있는 건물 바로 앞의 백화점과 면해 있는 시멘트 광장으로 들어섰다.

그리 크다고 할 수 없는 시멘트 광장의 한가운데에는 둘레에 돌로 된 벤치가 딸린 작은 원형의 분수대가 있고, 가장자리에는 햄버거 카와 신문 가판대, 공중전화 부스, 사람 무릎께의 높이로 기다랗게 만들어진 화단 등이 있다. 대략 정사각형 모양을 띠고 있는 광장의 한쪽은 그와 내가 방금 나온 수영장 건물을 높다랗게 가로막아 선 백화점과 면해 있고, 나머지 세 방면으로는 옷 가게나 패스트푸드점, 선물 가게 등이 늘어서 있다.

휴일 오전의 광장에는 많은 사람들이 나와 있었다. 분수 둘레의 벤치에 혼자 우두커니 앉아 있는 여자, 남자, 스케치북을 펴고 앉아 그림을 그리는 여고생들, 분수를 배경으로 사진을 찍는 가족들, 연인들, 이따금 둘이 짝을 지어 순찰을 도는 경찰관, 롤러블레이드를 타고 재잘거리며 광장을 도는 아이들, 음악을 틀고 춤을 추는 십대들, 그 주위에 둘러서 있는 구경꾼들, 광장 바닥에 둘러앉아 오징어를 안주로 술을 홀짝거리는 나이 든 사람들, 초상화를 그려주는 아마추어 화가들. 그리고 가끔씩 누군가 흩뿌려주는 과자 부스러기를 쫓는 비둘기들이 종종 사람들의 머리 위를 우르르 날아다니기도 했다.

"가끔은 보고 싶지 않아?"

광장 한가운데의 분수 둘레에 놓인 돌로 된 벤치에 앉으며 그가 물었다. 그의 시선은 몇 발짝 떨어진 곳에서 사진을 찍는 한 가족을 향해 있었다.

"응?"

"너희 엄마 말이야."

엄마는 일 년 전에 세상을 떠났다. 엄마랑 단둘이 살던 나는 그때만 해도 고등학교 삼 학년이었는데, 엄마가 죽은 뒤에 곧바로 학교를 그만두었기 때문에 내 학력은 중졸이다.

"뭐, 아직은 괜찮아. 하지만……"

"하지만?"

"오래 더 살다 보면 참지 못할 정도로 보고 싶을 때가 올 것 같기도 해."

"그런 문제가 그렇게 예측이 되는 건가?"

"설명은 못하겠지만, 어쨌든 그런 느낌이 드는걸."

그와 내가 거기까지 얘기했을 때 옆으로 조금 떨어져 앉아 있던, 연인으로 보이는 남자와 여자가 다가와 카메라를 건네며 사진을 찍어달라고 부탁을 했다. 두 사람은 그리 다정해 보이지는 않는 분위기였으나 카메라를 들이대자 서로의 어깨를 부여안고 다정한 웃음을 지어 보였고, 셔터를 눌러준 뒤에는 다시 별로 다정스럽지 않은 표정들로 돌아갔다. 아마도 그들은 누군가에게, 예를 들자면 다른 도시에 있는 부모에게 다정스러운 모습의 사진을 보내기 위해 그러는 것인지도 모른다. 어쩌면 특별한 이유 없이, 카메라 앞에서는 웃어야 한다는 습관적인 원칙 때문에 그랬는지도 모를 일이었다. 그들이 맥없는 목소리로 고맙다는 인사를 하고 멀어진 뒤 그와 나는 이야기를 계속했다.

"생활비는 계속 입금되고 있어?"

"응."

예전에 엄마의 남편이었던, 말하자면 내가 아버지라고 불러야 할 남자가 다른 도시에 살고 있다는데, 아직까지 매달 약간의 돈을 부쳐오고 있었다. 물론 두 사람의 사이에서 내가 태어난 지 얼마 안 돼 헤어졌기 때문에 나는 얼굴도 본 적이 없는 터였다. 굳이 내가 아버지라는 말을 쓰지 않는 건 엄마와 내가 버려졌다거나 하는 그런 유치한 설정을 하고 있기 때문이 아니다.

서로 마음이 맞지 않으면 헤어지는 건 당연한 일인 것이다. 단지 아버지라는 말은 어감이 그리 좋은 편이 아닐뿐더러, 내가 지금껏 특별히 그 말로 지칭해야 할 대상이 없었기에 느낌이 와 닿질 않아 어색할 따름이다.

“만나보고 싶지 않아?”

“만나고 싶지 않아.”

“……”

“그런데 곧 만나야 할 것 같긴 해.”

“……”

“엄마가 잊을 만하면 한 번씩 내게 당부하곤 했거든, 자긴 언제 죽을지 모르니까, 나 혼자 남게 되면 찾아가보라고. 죽기 얼마 전에 주소랑 이름도 알려주더라고. 얘기했잖아, 내가 엄마 말을 얼마나 안 듣고 커왔는지. 죽기 전에 부탁한 건데 이제라도 한 번은……”

“엄마는 네가 아버지를 보고 싶어 할 거라고 생각한 게 아닐까?”

“뭐 그렇게 생각했을 수도 있겠지만, 난 그렇지 않아.”

“그래도, 혈육이라는 게 어디……”

비둘기 떼가 우르르 날아올랐다. 하지만 비둘기 떼는 멀리 갈 생각을 않는다. 어디 먼 곳으로라도 갈 것처럼 날아올랐다가는 이내 먹이 부스러기가 있는 곳으로 내려앉아 그걸 쪼아먹을 뿐이다.

“그런 거, 어차피 뜻이 맞아 함께 사는 게 아니라면 서로에게 부담스럽고 귀찮을 뿐이야.”

“……”

“알잖아, 난, 혼자 사는 게 좋아.”

거기까지 이야기하고 나서 나는 입을 다물었고, 그 이후로는 그도 아무 말이 없었다.

한참이 지난 뒤 문득 그는 내가 춤추는 모습을 보고 싶다고 말했고, 나는 그렇지 않아도 연습실로 갈 작정이었다고 말했다. 이제 곧 나는 텅 빈 휴일 오전의 연습실에서 이리저리 땀을 흘 뿌리게 될 것이고, 그는 내 춤을 볼 때마다 그렇듯이 아마도 나의 팔, 다리, 허리, 엉덩이, 머리카락의 움직임을 그윽하게 바라볼 것이었다. 그는 춤을 추는 내 모습을 좋아하고, 나는 그런 나를 바라보는 그의 모습을 좋아한다. 그렇게 연습이 끝나면 사방이 거울로 된 연습실의 바닥에 함께 널브러져 그와 나는 사랑을 나누게 될지도 모를 일이었다, 몇 번인가 그랬듯이.

*

“많이 피곤해 보이네.”

실내로 들어서자 바 안에 서 있던 그가 나를 향해 말했다.

그는 바 안에서 일한다. 그가 처음 바에서 일하게 될 때만 해도, 단지 많은 음반들 중에서 적절한 것을 골라 턴테이블 위에 올려놓는 일이 전부였다고 했다. 바의 사장이 대단히 많은 음반을 모아놓은 상태였지만, 음악에 대해서는 거의 아는 게 없었기 때문이었다. 하지만 반년 정도가 지난 지금, 그는 사장을 대신해서 실질적으로 바를 운영하는 매니저 역할을 하고 있다. 아마도 사장은 바를 운영하는 것 외에 다른 일을 겸해서 하고 있는 것 같았는데, 실상 바의 운영에는 큰 관심이 없는 것 같았고, 그러던 차에 그의 야무진 일솜씨를 보고는 거의 모든 일을 일임해버렸다는 것이다.

"말했잖아, 오늘 야외 무대가 있을 거라고."

"맞아, 시멘트 광장에서. '이십대를 위한 음악회'였던가?"

"제목만."

"제목만?"

"응. 무대 위에서 훑어보니까 십대 아이들만 와글대더라고."

"그런 거지 뭐."

그때 바에 빙 둘러앉아 있는 손님들 중 보라색으로 머리를 염색한 여자가, 이봐요, 하고 큰 소리로 그를 불렀다. 바 안에는 그 말고도 한 사람의 여자 바텐더가 더 있었지만, 방금 그를 부른 여자는 자기와 가까운 곳에 서 있는 여자 바텐더 대신 더 멀리에 있는 그를 부른 것이다. 여자는 아마도 어떤 음악을 틀어줄 수 있느냐고 그에게 묻고 있는 것 같아 보였는데, 그와 얘기를 나누는 내내 얼굴 가득 미소가 깃들어 있었다. 잠시 후 음반을 하나 찾아 턴테이블에 걸고 나서, 내게 줄 맥주 한 병을 들고 그가 다가왔다.

"자, 마셔."

그는 언제나 내가 마시던 맥주를 내밀었다.

"오늘은 다른 거 마셔볼까 했는데."

"정말?"

놀라는 그의 표정은 귀엽다.

"아니. 그냥 마시지 뭐."

"심술은……"

Your love is king…… 허스키하지만 감미로운 맛을 잃지 않는 목소리를 가진 샤데이Sade의 노래가 흐르기 시작했다. 조금 전 그를 불렀던 저쪽 보라색 머리의 여자가 신청한 음악인 것 같았다. 묻지 않아도 알 수 있는 것이, 여자는 노래가 흐르기 시작하면서부터 내 앞의, 바 안에 서 있는 그를 부드러운 시선으로 바라보며 리듬에 맞춰 고개를 까닥이고 있었다. 저 여자 널 좋아하나 봐, 하고 말하려다 그만두기로 한다. 달콤한 매혹에 이끌려 행복한 안타까움에 빠져 있을 여자와, 싫지 않은 망설임에 빠져 있을지도 모를 그를 방해할 권리가 내게는 없다.

"나, 다녀오려고."

"응?"

"이번 주말에, 만나고 오려고."

"……"

"엄마 세상 떠난 거……, 얘기해줘야 할 것 같아."

"……"

"그리고 이제 내가 돈을 벌기 시작했으니까, 생활비 같은 거 그만 보내도 된다고 말해줘야 하잖아."

내 말을 들은 그는 아무 대꾸 없이 바 안쪽으로 걸어가서 냉장고를 열고는 맥주 하나를 더 들고 돌아왔다. 벌써 내 맥주가 비었나 싶어 병을 살폈지만 아직 남아 있었다. 바 안에 있을 때는 좀처럼 술을 마시지 않는 그인데, 아마도 내 얘기가 조금 갑작스러웠나 보다.

"같이 가줄까?"

맥주를 한 모금 들이켠 후에 그가 물었다.

"아니. 고맙지만, 혼자 가고 싶어."

"……"

"……"

"그래. ……혼자 가는 게 더 나을 것 같기도 하다."

그가 자기 맥주를 들어 내 것에 대고 가볍게 부딪는 시늉을 했다. 그와 나는 무척 목이 말라 있던 사람들처럼 벌컥벌컥 맥주를 들이켰다.

"실은 나도 다녀오려고, 이번 주말에."

턴테이블로 가서 음악을 바꾸어 틀고 다시 돌아온 그가 담배 한 개비를 피워 물고 말했다.

"어디를?"

"바다에."

“바다? 가서 뭐 하려고?”

“뭐 하긴. 헤엄치는 거지.”

“바다에 가서도 버터플라이만 해?”

“그렇겠지. 하지만 풀에서 할 때랑은 다를 거야.”

“어떻게?”

“물갈퀴를 가져갈 거야, 모노 핀.”

“모노 핀……, 아, 두 발이 따로따로가 아닌, 하나로 된 물갈퀴 말이구나.”

“그러면 정말로 바다 위를 날 수가 있을 거야, 정말로.”

‘바다 위를 날다’라는 표현과 꿈을 꾸는 듯한 그의 표정이 어우러져 묘한 느낌을 자아냈다. 마치 그가 한없이 푸르고 투명한 물속에서 평화롭게 잠자고 있는 한 마리의 날치인 것만 같다는 생각이 들었다. 하지만 나는 잠시 뒤에 멋쩍게 웃어버릴 수밖에 없었는데, 생각해보니 나는 물속에서 잠자는 날치를 한 번도 본 적이 없었기 때문이다.

나는 그에게 맥주를 하나 더 가져다 달라고 부탁했고, 거의 동시에 보라색 머리의 여자도 그를 향해 빈 맥주병을 들어 몇 번 흔들어 보였다. 그는 내게 먼저 맥주를 가져다준 뒤 보라색 머리의 여자에게로 가서 웃는 얼굴로 얼마간 얘기를 나누었고, 그리고 나서 또다시 얼마간 바에 둘러앉은 사람들과 이런저런 얘기를 나누며 돌아다녔다.

잠시 후 그가 내 쪽으로 왔을 때 나는 그에게 나중에 자신의 바를 하나 차리는 것이 어떻겠느냐고 물었고, 그는 그러고는 싶지만 그럴 수 있으려면 꽤 많은 액수의 돈이 필요하다고 대답했다. 그즈음 누가 틀어달라고 부탁한 것인지 실내에는 은은한 트럼펫으로 연주되는 재즈곡이 흐느적흐느적 흐르고 있었다. 내가 그에게 그 트럼펫의 연주자가 누구인지를 묻자 그는 쳇 베이커Chet Baker라고 대답해주었다. 귀에 익숙한 음악에, 많이 들어본 이름이다. 그럼 이제 나는 그 음악가의 이름도 알고 음악도 들어봤으니 '안다'고 생각해도 되는 걸까. 그럴 리 없다. 멀리 다른 도시에 사는, 얼굴도 모르고 목소리도 모르는 남자에게서 내가 아무런 느낌도 받을 수가 없는 것과 같은 이치다.

음악을 듣다가 어느새 맥주를 다 비운 나는 자리에서 일어서며 그에게 바다에는 왜 가는 거냐고 물었고, 그는 그냥 바다가 보고 싶어서 간다고 대답했다. 내가 그를 알게 된 후 석 달 동안 그가 바다에 간 적이 없다는 사실을 생각해낸 나는 다시 그에게 얼마 만에 한 번씩 바다가 보고 싶어지느냐고 물었다. 그러자 그는 조금 생각하는 듯하더니, 기억도 가물가물한 어릴 적에 바다에 가본 기억이 있지만 그때 바닷물 속으로 들어갔는지는 기억이 나지 않는다며, 여하튼 굉장히 오랜만에 가는 거라고 말했다. 이어 그는 실은 늘 바다에서 헤엄치고 싶다는 생각이 들긴 했지만 실제로 갈 수는 없었고, 또 일단 가서 바다에 뛰어들면 깊은 실망 비슷한 것을 느낄 것 같은 두려움에 가지 못한 것 같다고도 했다. 나는 그의 말 중에서 깊은 실망이라는 것에 대해 더 묻고 싶었지만, 그때 바에 앉은 사람들 중 한 남자가 그를 불렀고, 그래서 그냥 접어두었다가 나중에 물어보기로 했다.

여자 바텐더를 불러 술값을 치르고 자리를 떠나는 나를 향해 고개를 돌린 그가 뭐라고 말을 했지만 음악 소리 때문에 잘 들리지 않았다. 알아듣지 못한 것 같은 내 표정을 읽은 그는 입 모양을 크게 만들어가며, 잘, 다, 녀, 와, 하고 말했다.

*

내가 탄 버스가 잠시 휴게소에 들렀을 때 이미 날은 저물어가고 있었다. 토요일 오전 연습을 끝내고 팀 동료들과 점심을 먹고서 차 한 잔을 함께 한 후에 곧바로 버스에 올랐는데도, 생각했던 것보다 먼 거리였다.

잠을 좀 자보려고 꺼놓았던 휴대 전화를 켜보니 음성 메시지가 들어와 있었고, 확인해보니 그의 목소리가 차분하게 흘러나왔다.

나야. 어디쯤이니? 난 거의 다다랐는데. 혼자 보내는 게 나을 것 같다는 생각을 했으면서도, 같이 가야 했는데, 하는 후회가 자꾸만 든다.

지금으로선 오늘과 내일 날씨가 괜찮을 것 같으니까, 바다에서 헤엄치기에는 적당할 것 같네.

그럼, 다녀와서 얘기하자.

다시 휴게소를 떠나는 버스 안에서 잠을 청해보려 했지만 목적지에 이를 때까지 내 눈은 여간해서 감기지 않았다. 고속도로에 면해 있는 풍경들은 버스가 아무리 빨리 달려도 도무지 바뀔 줄을 몰랐다. 그렇게 창밖을 바라보고 있으려니 조금 지루해졌고, 그래서 좌석마다 하나씩 마련된 이어폰을 꽂아보았더니 빠른 중국어가 흘러나오고 있었다. 잠시 후 나는 그 소리가 다름 아닌, 버스 맨 앞의 천장에 붙어 있는 모니터에서 한창 진행되고 있는 홍콩 영화의 사운드라는 사실을 알게 됐다.

검은 양복을 입은 주인공은 온몸 구석구석에 권총을 꽂고, 아마도 주인공의 적들로 보이는 남자들이 가득한 카지노에 단신으로 들어가 빗발치는 총탄 속을 굴러다니고 있었다. 무척이나 비장하고 긴박한 부분이었지만, 나는 곧 어떤 장면을 유심히 보다가 어쩔 수 없이 웃음을 흘릴 수밖에 없었다. 몸을 굴려 모퉁이를 돌아나온 주인공이 순식간에 자세를 잡고 권총을 쏘아댔는데, 분명 네 발의 총알이 발사됐음에도 횡으로 늘어서 있던 다섯 명의 남자가 쓰러졌기 때문이다.

나는 기껏 화면에 시선을 두고 있으면서도 주인공의 권총에서 발사되는 총알의 숫자나 세고 있는 자신이 한심스러워져서 곧 이어폰을 뽑았다.

다시 창밖으로는 셀 수도 없이 많은 나무들이 스쳐 지나갔고,

나는 그 나무들 너머로 넓은 들판이 계속되는 단조로운 풍경에 눈을 얹어두고 오랜 시간을 흘려보냈다. 딱히 무슨 생각에 잠겨 있었던 것도 아니었고, 그렇다고 해서 불안이나 갈등과 같은 무슨 감정적인 동요가 있었던 것도 아니었다. 다만 풍경은 단조로웠고, 버스는 빠르게 달리고 있었으며, 그 속에 나는 우두커니 앉아 있었을 뿐이다.

이윽고 버스는 낯선 도시로 진입해 얼마간 움직이다가 터미널에 이르러 멈춰 섰다. 넓은 터미널은 많은 사람들로 북적거리고 있었는데, 떠나는 버스를 향해 안타까운 얼굴로 손을 흔드는 사람들, 도착하는 버스가 아직 채 멈추어 서기도 전에 설렘이 가득한 얼굴로 그 흐릿한 내부를 기웃기웃 들여다보는 사람들, 매표소 앞에 길게 줄지어 늘어선 사람들, 기다란 대합실 나무 의자에 늘어져 잠든 사람들…… 뭐 그런 모습들이었다.

이리저리 부딪혀오는 사람들 사이를 헤집고 터미널을 빠져나오자 버스와 택시 정류장이 있었다. 나는 잠시 방향을 가늠해보다가 혼자서 길을 찾기는 불가항력이라는 걸 깨닫고 지나가는 여자 하나를 붙잡고 길을 물었다. 여자는 내게 손가락으로 도로 맞은편 버스 정류장을 가리키며, 그곳에서 버스를 타면 삼십 분 정도 걸릴 거라고 말해주었다.

온통 낯선 거리에서 버스를 기다리며 서 있는 동안 많은 사람들이 나를 스치고 지나갔다. 낯선 거리, 낯선 사람들…… 그 속에서 나는 아버지라는 낯선 이름을 가진 사람을 만나러 가고 있었다. 그렇다고 해서 새삼스럽게 어떤 거센 느낌이 나를 사로잡거나 하지는 않았다. 다만 나는 뭔가 전혀 예상치 않았던 방향으로 이 어색한 만남이 흐르는 것을 막기 위해, 아버지라는 단어만큼이나 낯선 느낌을 줄 것임에 분명한 남자를 만났을 때 애초에 말해주려고 했던 두어 가지의 용건을 잊어버리지 않도록 다시금 머릿속으로 되새겼을 따름이다.

*

쏴아.

억수같이 비는 쏟아지고, 나는 한 시간째 터미널 안에 갇혀 있었다. 하지만 갇혀 있다는 말이 딱히 정확한 표현은 아닌 것이, 솔직히 비가 아무리 쏟아져도 우산을 하나 사서 쓰고 비가 내리기 전까지만 해도 내가 서 있던 그 버스 정류장에서 버스를 타면 그만이다. 한 시간 전까지 그 정류장에서 버스를 기다리고 섰던 내가 억수 같은 빗줄기를 만나자마자 길을 건너 터미널로 되돌아 들어온 이유는, 실은 바다로 간 그가 걱정됐기 때문이다. 이 비가 이 도시의 근방에만 내리는 국지적인 것인지, 아니면 그가 지금보다 훨씬 전에 도착했을 바다에까지 미치는 광범위한 것인지 걱정스럽기 그지없었다. 그래서 나는 터미널의 커다란 TV 앞, 웅성거리는 사람들 틈에 서서 저녁 뉴스 끄트머리에 나올 일기예보를 기다려보기로 했던 것이다.

얼마 후 TV 브라운관 속에서는 단정하게 웨이브를 한 머리의 여자가 일기예보를 진행하기 시작했다. 여자는 아직 장마 전선의 영향을 받기 시작하려면 보름 정도의 시일이 걸려야 하겠지만, 불안정한 대기의 변화로 인해 곳곳에서 비구름이 발생, 게릴라성 폭우가 내리고 있다고 했다. 그리고 이 비는 넓은 지역을 아우르며 이곳저곳에서 밤새 간헐적으로 쏟아질 것이라고도 했다.

……지금 저희 고객의 위치를 파악할 수가 없어 음성 사서함으로 전환됩니다. 음성 사서함 이용 시에는 통화 요금이 부과되므로 원치 않으시면……

나야. 메시지 확인하면 얼른 전화 좀 해. 제발……

누군가의 안부가 정말로 궁금할수록 쉬이 연락이 닿지 않는다는 나의 경험은 이번에도 다를 바가 없었다. 그의 휴대 전화는 전화를 걸 때마다 감정 없는 여자의 목소리로 똑같은 말만을 되풀이할 뿐이었다.

혹시나 하는 생각이 들어 그가 일하는 바의 전화번호를 찾아 다이얼을 눌렀다. 그와 함께 일하는 바텐더 여자가 조금은 지친 듯한 목소리로 전화를 받았다. 여자의 목소리도 사무적인 느낌을 띠고는 있었지만 그의 휴대 전화에서 흘러나오는 목소리보다는 훨씬 나았다. 나는 혹시 그에게서 연락이 온 적이 없느냐고 물었고, 여자는 대답 대신에 둘이 함께 있었던 것이 아니냐고 되물었다. 맥이 탁 풀리는 느낌에 잠시 동안 말을 못 하던 나는 그도 없는데 혼자 바 안에서 일하기가 힘들 것 같다고 말해주었고, 그러자 여자는 오늘따라 손님들이 꽤 들어오는 편이라 피곤하긴 하지만 뭐 어쩌겠느냐고 했다.

전화를 끊고 터미널 실내의 가장자리, 투명한 유리 벽으로 다가가 밖을 내다보았다. 비는 여전히 세차게 내리쏟아 밤거리며 도로를 번들거리게 만들고 있었고, 세상은 온통 물 냄새로 가득 차고 있었다. 불안한 마음과 함께 오랫동안 버스를 타고 오며 한잠도 자지 못해서 생긴 피곤함이 온몸을 나른하게 만들었다. 유리 벽 아래에 기다랗게 벤치가 만들어져 있고, 거기엔 이미 사람들이 물에 젖은 신문지처럼 드문드문 늘어져 붙어 있었다. 잠시 후 그에게 연락이 닿을 아무런 방도가 없다는 생각에 자포자기하는 심정이 되었을 즈음, 나도 역시 그 사람들 사이에 똑같은 모습을 하고 앉아 있었다. 유리 벽에 머리를 기대고 눈을 감았다. 터미널 내에서 웅성거리는 소리들을 뚫고 세찬 빗소리가 진한 물 냄새와 함께 나를 휘감았다. 온몸이 노곤하게 풀어지며 스르르 잠이 밀려왔다. 잠들 때가 아닌데……, 하고 생각했지만 그 생각조차 이미 동굴 속의 외침처럼 웅웅거리며 까만 어둠 속으로 빨려들고 있었다.

순간 저 멀리 거세게 일렁거리는 바다 위로 솟구쳐 오르는 한 마리 날치의 모습이 보였다.

칠흑같이 어두운 하늘 아래, 바다는 간간이 카메라 플래시가 터지듯 강렬하게 빛을 터뜨리는 뇌광의 순간을 제외하면 한 치 앞도 분간하기 힘든 상황이었고, 사정없이 얼굴을 때려대는 굵은 빗줄기 때문에 눈을 뜨기도 어려운 지경이었다. 이미 나는 파도에 휩쓸리며 정신의 가느다란 끈 하나만을 틀어쥔 채 무슨 파손된 기물과도 같이 이리저리 내팽개쳐지고만 있었다. 입속으로 꿀꺽꿀꺽 밀려드는 바닷물도 한없이 쏟아붓는 빗줄기로 불어나서인지 더 이상 짠맛이 나질 않았다. 그렇게 휩쓸리며 허우적거리던 내가 이젠 혼미한 정신의 마지막 끈을 차라리 내 스스로 놓아버리는 것이 낫겠다는 생각을 할 때쯤,

번쩍,

하는 환한 빛과 함께 저쪽 멀리에서 그 빛을 반사하며 튀어오르는 날치를 보았던 것이다. 하지만 날치는 이내 다시금 파도 속으로 빨려들어가버렸고, 그나마 잠시 동안 명료한 정신을 가질 수 있었던 나 또한 어느새 온몸의 긴장이 풀리며 다시금 쿨럭쿨럭 물을 마셔대고 있었다. 비라도 내리지 않는다면 어찌 헤엄이라도 쳐보겠건만, 목덜미가 아플 정도로 내리쳐대는 물줄기는 이미 비라고 표현하기에도 합당한 한도를 넘은 지 오래였다.

잠시 후 칠흑 같은 어둠과 사방에서 휘몰아치는 물보라 때문에 앞이 거의 보이지 않는 상황 속에서 실눈을 뜨고 견디던 나는 곧 눈을 의심해야만 했다. 지금껏 나를 쥐고 흔들어대던 그

파도들을 모두 합쳐도 안 될 만큼 거대한 파도가 마치 어둠 속에서 검은 산이 고고하게 움직이는 양 저 멀리서 나를 덮쳐오고 있었기 때문이다. 이젠 끝났구나, 하는 생각이 들었고, 그러자 머릿속이 텅 빈 듯한 느낌과 함께 차라리 마음이 편해졌다. 어찌 감당해볼 엄두가 나지 않는 그 거대한 물의 산이 나를 덮치는 데에는 이제 채 삼십 초도 걸리지 않을 것이었다.

그런데 그때, 다시 날치를 보았다. 은빛으로 빛나는 날치는 빗줄기를 가르고 솟구치며 산더미 같은 그 파도보다 더 빠른 속도로 나를 향해 다가오고 있었다. 어릴 적 엄마를 따라갔던 동물원 공연 풀장에서 힘차게 물을 튀기며 솟구쳐 오르던 돌고래처럼, 앞도 안 보고 달음질치다 달리던 자전거에 부딪혀 길가에 나뒹군 나를 향해 장바구니를 내팽개친 채 쏜살같이 달려오던 엄마의 모습처럼, 그렇게 날아오고 있었다.

낯설지 않다, 물살을 가르는 모습이. 혼미한 정신이지만 나를 향해 솟구쳐 다가오는 저 모습은 분명 내게 익숙하다. 군살 없이 날씬하게 빠진 허리, 물을 박차고 오를 때 나비의 날개처럼 가볍게 펼치는 양팔, 내 위에서 사랑을 나누는 양 유연하게 솟구쳤다 곤두박질치는 리드미컬한 움직임…… 바로 그였다. 두 발을 가지런히 모아 긴 모노 핀으로 물을 차며 다가와 이미 그는 내 코앞에서 나를 응시하고 있었다. 무슨 말이라도 해야 했지만 뭐라 말을 해야 할지 알 수 없어 멍하니 그의 눈만 바라보고 있었다. 그러는 사이 그의 뒤를 따라온 그 산더미 같은 파

도는 이미 머리 위 저 높은 곳으로부터 수직으로 덮쳐 내려오고
있었다.

하늘이 무너져 내리는 듯 빠져나갈 길 없이 쏟아져 내리는 거
대한 파도가 그와 나를 산산이 부숴놓기 직전, 그는 내 손을 잡
고 돌연 물속으로 자맥질하기 시작했다. 그의 손에 이끌려 이리
저리 소용돌이치는 거센 물살을 헤치며 끝없이 아래로, 아래로
내려갔다. 그렇게 한없이 자맥질해 내려가자 어느덧 거센 물살
의 움직임은 사라지고, 주위가 씻은 듯이 고요해졌다. 까만 먹
물로 가득한 깊은 풀에 들어와 있는 듯 아무것도 보이지 않았
다. 내 손을 잡고 있는 따스한 손을 통해 그의 존재를 알 수 있
을 뿐이었다. 언제 내 숨이 다되어버릴지 모를 일이었지만, 형
언할 수 없는 그 평화 속에서 숨이 멎는다면 차라리 감미로울
것만 같았다.

비바람도, 거센 물살도 없었다. 그곳엔 그렇게 바다가 없었다.

*

"어쨌든, 너무했어. 얼마나 걱정이 되던지……"
한밤의 시멘트 광장은 사람들로 북적거리지도 않았고 비둘기
가 날아다니지도 않았다. 다만 광장의 가장자리로 지나다니는
몇몇의 검은 그림자들만 보일 뿐이었다. 그러고 보니 한낮에 광

장을 가득 채우곤 하던 그 많은 사람들의 모습은 마치 환영이었던 것처럼만 느껴졌다. 그와 나는 텅 비다시피 한 어두운 광장 한가운데, 한밤중이라 물을 뿜지 않고 그저 고인 물만 조용히 머금고 있는 원형 분수대 둘레에 걸터앉았다.

"어이, 미안하다고요. 나도 답답해서 미치는 줄 알았어."

모노 핀을 둘러메고 바다에 도착하자 억수 같은 비바람이 시작돼 어차피 그날 밤은 성난 바다를 바라보기만 할 수밖에 없었단다. 휴대 전화는 배터리가 다 소모돼 있었고, 바다에 면한 허름한 식당이 있어 전화를 써보려 했지만 강풍으로 전신주가 피해를 입었는지 일대의 전화가 모두 불통이 된 상황이었다고 했다. 결국 그는 그 식당에서 비가 쏟아지는 바다만 바라보다 하룻밤을 자고 다음 날 오후쯤 비가 멈춘 다음에야 바다로 들어갈 수 있었다고 했다.

"지난 주말엔 그렇게나 퍼붓더니 오늘 밤엔 별이 다 보이네."

그가 하늘을 올려다보며 말했다.

"많이 아쉬워? 실컷 헤엄치지 못하고 와서?"

"아니, 이젠 바다에 가지 않아도 될 것 같아."

"……"

"거기에 바다가 없더라구."

"……"

"어릴 적 가보았던 어렴풋한 느낌을 붙잡고 바다로 다시 찾아가 뛰어들고 싶었어, 오랫동안. 수시로 바다가 그리워지는 걸

참을 수가 없었지. 그런데 바다를 찾아가니까, 그토록 간절히 상상하던 바다가 없었어. 바다가 없더라구."

그렇게 말하는 그의 표정에서 깊은 실망이 묻어났지만, 그렇다고 담담함을 잃지도 않았다.

"바다는 상상 속에만 있는 거였구나."

나직하게 한숨을 내쉬는 그를 향해 내가 말했다.

"상상 속에만……"

"그랬구나."

"……"

"그럼 앞으로는 풀에서 수영할 때 눈 감지 않겠네?"

언젠가 물어봐야겠다고 생각한 점이 이해가 된 나는 그의 기분도 좀 풀어줄 겸 한마디 던졌다. 그는 분명 바다를 상상하고 느끼기 위해 풀에서 눈을 감고 수영했던 것이다. 나의 물음에 그는 그동안 눈을 감고 수영한 것을 어떻게 알았느냐는 듯한 표정으로 내 얼굴을 얼마간 빤히 바라보다가 입을 열었다.

"글쎄. 그건 잘 모르겠다. 바다에 가서 실망했어도 바다를 상상하는 건 그칠 수 없을 것 같기도 하고……"

"……"

"그럼 이제 네 얘기 좀 해줘. 만나긴 했어?"

그러고 보니 그 도시를 다녀와서 그가 내게 전화해 어떻게 됐느냐고 물었을 때 나는 나중에 얘기해주겠다고만 말했던 터였다.

"응, 만났어. 하려고 했던 얘기도 다 했고."

"힘들진…… 않았고?"

"힘들긴. 그냥 아무렇지도 않았어. 내가 원래 그렇잖아."

"……"

"……"

확실히 나는 연기력이 없는 편이다. 지나치게 태연한 내 말투를 보고, 내가 무엇인가를 말하지 않고 있다는 사실을 그가 알아챈 듯했다. 나중에 내가 정말로 담담하게 말할 수 있는 상황이 되면 그에게 모두 말해줄 것이다. 나 자신에게조차 아닌 척해왔지만 실은 내가 본 적도 없는 그 사람을 참말 그리워하며 살아왔다는 것을, 그런데 그 사람을 만나 얼굴을 마주하자 그 그리움이 덜어지기는커녕 오히려 더욱 깊어지기만 했다는 것을, 다시 말해 이미 내가 그리워하던 그 사람은 그곳에 없었다는 것을, 그래서 앞으로 또다시 그 사람을 볼 이유가 없어진 것은 애초의 내 생각대로 된 셈이지만 오히려 더욱 깊어진 그 이상한 그리움만은 앞으로도 내내 간직하고 살 수밖에 없겠다는 체념을 안은 채 돌아왔다는 것을……

풍선을 찾아 떠나는 여행

나는 이따금 광장에서 저녁을 먹는다. 회사 동료 중 누군가는 내 그런 습관이 심심함을 달래기 위한 것이라고 했지만, 딱히 그렇다고 할 수만도 없다. 그의 말대로라면 내가 한낮의 광장 또한 좋아하지 않을 이유가 없다. 그렇지만 나로 하여금 한없이 그 속에 젖어들고픈 욕구를 느끼게 하는 건 해 질 녘의 광장뿐인 것이다. 그날도 퇴근 후에 특별한 약속이 없었기에 나는 집으로 향하는 길 중간쯤에 있는 시멘트 광장에 들렀다. 그러고는 치킨과 샐러드, 콜라 등등의 먹을거리를 사서 어두워져가는 광장 가장자리 벤치에 앉아 입을 오물거리기 시작했다.

언젠가 혼자 점심을 먹으러 광장을 찾은 적도 있긴 있었다. 부근 학교에서 단체로 온 듯 화판을 늘어놓고 그림을 그리는 여고생들, 광장 한가운데 분수를 배경으로 사진을 찍는 가족들과 연인들, 이따금 순찰을 돌며 무엇인가를 기록하는 경찰관, 롤러블레이드나 스케이트보드를 타고 사람들 사이를 내달리는 아이들, 음악을 틀고 동작을 맞춰 춤을 추는 한두 무리의 십대들, 구경꾼들, 바닥에 둘러앉아 이야기를 나누는 사람들, 초상화를 그려주고 생계를 유지하는 아마추어 화가들, 사람들이 던져주는 먹이를 쫓아 우르르 날아다니는 비둘기들……, 한낮의 광장에는 그런 광경이 펼쳐졌지만, 솔직히 나는 그날 이후 점심때 광장을 다시 찾아온 적이 없었고, 따라서 오래도록 바라보고 있어본 적도 없었다.

어스름한 저녁 무렵 벤치에 앉아서 바라보는 광장의 풍경은 참으로 비현실적이어서, 그 안에 자리 잡고 있는 사물들뿐만 아니라 이리저리 움직이는 사람들까지 합세해 꼭 오래된 필름을 돌리며 영화를 보고 있는 것 같은 느낌을 준다. 하루에 딱 한 번, 땅거미가 내릴 즈음에만 느낄 수 있는 이 느낌을 나는 매우 좋아한다.

광장이 까만 어둠 속으로 스르르 잠겨가는 것과 동시에 사람들의 모습이 검은 실루엣으로 바뀌며 그 수가 줄어들기 시작하면, 내 마음속에서는 그제야 한낮의 부산함에 눌려 묻혀 있던 감정들이 조금씩 고개를 들기 시작한다. 예를 들면 그리움 같은 감정들은 한낮엔 거의 느껴본 적이 없었던 것 같다. 그래서 어스름한 저녁 무렵 광장의 한쪽에서 어쩌다 사르르 그리움이 느껴지면, 이런 종류의 감정이 내게 있었던가 할 정도로 묘한 신선함을 느끼곤 하는 것이다. 어떤 때는 내가 누구를 그리워하는지 알 수 없는데도 애틋한 감정에 휩싸이는 걸 보면, 그리움에 꼭 대상이 있어야만 하는 건 아닌가 보다.

그런데 언제나처럼 이리저리 시선을 돌리며 이런저런 생각에 빠져들어야 할 터였지만, 그날따라 사정은 그렇질 못했다. 무릎 위에 차려놓은 나만의 저녁 식탁을 정리하려던 즈음부터 나의 시선은 오롯이 한 여자를 향해 있었다. 광장의 한가운데에는 둥 그렇게 사람들이 둘러앉을 수 있는 벤치가 딸린 원형 분수대가 있었고, 여자는 내가 앉은 가장자리의 벤치에서 똑바로 바라보이는 자리에 앉아 있었다. 언제부터 그곳에 있었는지는 확실치 않았다. 어쩌면 내가 오기 전부터 그러고 있었던 것 같기도 했다. 하얀색 셔츠에 짙은 진을 입은 여자는 커다란 검은색 여행 가방을 옆에 세워놓은 채 이미 사람들이 줄어들기 시작하는 광장 한가운데에 앉아 움직일 줄을 몰랐다.

여자는 문득문득 고개를 들어 검은 하늘을 올려다보기도 했고 가끔은 무릎에 팔꿈치를 얹어 손바닥으로 턱을 괴고 있기도 했지만, 대부분은 똑바로 앉아 딱히 어느 곳인지도 모를 허공의 한 지점에 우두커니 시선을 붙박아두고 있었다. 애타게 누군가를 기다리고 있는 것일 수도 있었고, 어쩌면 막 누군가를 떠나온 것일지도 몰랐다. 여자는 오랜 시간이 흐른 뒤에도 자리를 뜨지 않았고, 나는 그런 여자를 바라보느라 자리를 뜨지 않았다. 이제 시멘트 광장에는 스멀스멀 밤의 기운이 스며들어 밝지

156

않은 가로등 불빛들 사이를 까만 먹물로 채워나가고 있었다.

나는 천천히 자리에서 일어난 뒤 몇 사람인가를 스쳐 지나 그녀의 앞에 가 섰다. 여자는 마치 꿈을 꾸는 듯 멍했던 표정을 풀고 내 얼굴을 올려다보았다. 아무런 감정을 느낄 수 없는 무표정한 얼굴이었지만, 여자의 하얀 볼을 타고 마치 유리창에 빗물이 흘러내리듯 눈물이 흐르고 있었다. 순간 당황한 나는 다가가서 무슨 말을 건네려 했는지를 깡그리 잊고 말았다. 어쩌면 애초부터 할 말조차 없었는지도 모른다. 그런데 내가 그러고 있는 사이 어느새 쌩긋한 얼굴로 바뀐 여자가 먼저 말을 걸었다.

"아까부터…… 날 보고 있었죠?"

"……"

"……"

"누굴 기다리는 게 아니었나요?"

"당신이 이리로 걸어오기를 기다리고 있었어요."

"……"

"……"

"혼자 여행하는 중이었군요."

"그래요, 그런데 목적지도 없는 여행이라……"

"그랬군요."

그녀와 나는 광장 한쪽에 면해 있는 바에 들어가서 음악을 들으며 맥주 두 병씩을 마셨다. 나는 그녀에게 왜 혼자서 여행을 떠났는지, 또 왜 울고 있었는지 묻고 싶었지만 대답하기 힘들

것 같아 그만두었다. 대신 그녀와 함께 그곳에 앉아 있었던 시
간의 대부분을 이 도시의 이곳저곳에 관해 설명해주는 것으로
보냈다. 잠시 후 바를 나온 그녀와 나는 얼마간 걸어 내가 사는
아파트에 도착했다. 편하게 있으라는 말과 함께 냉장고를 열어
캔 음료수 하나를 꺼내준 뒤, 샤워를 끝내고 나오자 그녀는 이
미 소파에 쓰러져 있었다. 언제부터 시작한 여행인지 모르지만
그녀는 많이 피곤했는지 쌔근쌔근 소리까지 내가며 잠들어 있었
다. 나는 잠든 그녀의 옆에 앉아 맥주를 마시며 TV와 그녀를 몇
번인가 번갈아 바라보다가 스르르 잠이 들었다.

*

“나, 얼마간 여기서 함께 지내도 돼?”
그녀가 내 아파트에 머문 지 나흘째 되는 날 물었다. 그때 그
녀와 나는 토요일 오후의 나른한 즐거움을 만끽하며 TV로 축구
경기를 보고 있는 중이었다, 무릎 위에 맥주와 팝콘을 놓고 소
파에 깊숙이 파묻힌 채로.
“당연히 되고말고. 그렇지만 그건 여행이 아니잖아?”
내가 좋아하는 팀의 공격수가 공을 몰고 상대 팀의 문전으로
질풍처럼 달려가고 있었다. 함성이 점점 커져 꼭 TV가 들썩거
리기 시작하는 것만 같았다.
“높은 산을 오를 때도 베이스캠프를 만들어놓잖아.”

"베이스캠프? 풋, 그건 그렇네."

그 공격수가 수비수 한 명을 제치고 강하게 찬 공이 상대 팀 골문으로 들어갔다. 골인이 될 때 공을 잡을 듯 말듯 스친 뒤 나뒹구는 골키퍼의 모습은 언제나 극적이라는 생각을 했다.

"그럼 되는 거지?"

"그럼, 된다니까. 그렇지만 오늘까지 나흘간 계속 집에만 있었잖아. 베이스캠프에 아예 사는 사람이 어디 있어?"

그녀는 내가 퇴근을 하고 돌아오면 언제나 집에 있었다. 혹시 내가 회사에 가 있는 동안 어딘가를 다녀온 것일 수도 있긴 하지만 그런 것 같진 않아 보였다. TV에서는 한 점을 먼저 잃은 상대 팀의 반격이 만만찮게 진행되고 있었다. 한동안 대답이 없어 고개를 돌려보니 그녀가 토라진 얼굴이 되어 있었다. 상대 팀 왼쪽 공격수가 문전으로 공을 차 올리는 순간, 나는 리모컨을 들어 TV를 껐다.

"어이, 미안해. 그냥 농담이었어."

당황한 내가 그녀의 어깨를 잡으며 그렇게 말하자 그녀는 갑자기 까르르 소리를 내며 웃기 시작했다.

"어휴, 그렇게 마음이 약해서 어떻게 살려고 그래?"

밝게 웃는 그녀의 얼굴 위로 처음 만났던 날 울고 있던 모습이 스쳐 지나갔다. 순간 그날 물어보려다 말았던, 그녀가 혼자서 여행을 떠난 이유를 다시금 묻고 싶어졌다. 하지만 결국 그러질 못한 것을 보면 그녀의 말처럼 나는 마음이 약한 사람인 것이 분명했다.

"실은 나, 며칠간 여기저기 돌아다녔어."

"어디?"

"처음 만난 날 내게 이 도시의 이곳저곳을 소개해줬잖아, 왜."

"놀이 공원, 동물원, 축구 경기장, 숲으로 둘러싸인 교외의 호수……, 그리고 또 어딜 말해줬더라?"

"일부러 그곳들을 찾아가보려던 건 아닌데, 여기저기 다니다 보니 축구 경기장이 나오지 뭐야. 그래서 표를 사서 경기를 봤어."

그녀는 맥주를 몇 모금 들이켠 후에, 자기가 살던 도시에서도 몇 번인가 축구 경기를 보러 간 적이 있다고 했다. 하지만 나의 느낌으로는, 그녀는 분명 축구 경기보다 사람들이라든지 파란 잔디라든지 하는 경기장의 정취를 더 좋아하는 것이 틀림없어 보였다.

"내일 일요일이니까……, 오늘 늦게 자도 되지?"

그녀가 조심스럽게 물었다. 나는 대답 대신 흔쾌히 고개를 끄덕여주었다.

"그럼 부탁이 있는데……, 오늘 밤 늦게 나랑 같이 축구 경기장에 가줄 수 있어?"

"밤늦게 가면 경기도 안 하는 데다 문도 잠겨 있을 텐데?"

"그래도 그냥 가보고 싶어서."

아마도 그녀는 아무도 없는 한밤의 축구 경기장엘 가보고 싶었지만 혼자서는 무서워서 엄두가 나지 않는 듯 보였다. 생각해보니 나 또한 밤늦게 경기장에 가본 기억은 없었다. 나는 다시 고개를 끄덕이는 것으로 대답을 대신했다.

냉장고를 뒤져 함께 저녁을 만들어 먹은 뒤 나는 회사에서 가져온 일감을 책상 위에 펼쳤고, 그녀는 책꽂이에 꽂혀 있는 책들 중 몇 권을 꺼내 소파로 가서는 엎드린 자세로 읽기 시작했다. 그러다가 밤이 이슥해질 즈음 내가 먼저 하던 일을 끝냈고, 그녀와 나는 서로를 쳐다보고 눈짓을 한 번 찡긋 주고받고는 아파트를 나섰다.

한밤의 축구 경기장은 생각했던 것보다 훨씬 더 어두웠다. 경기가 없는 그곳은 불이 모두 꺼져 칠흑 같은 어둠으로 가득 차 있었고, 아무런 소리도 들리지 않았고, 누구의 그림자도 보이지 않았다. 나는 곧, 한낮의 경기장에서 들끓었던 환호성과 사람들의 밝은 얼굴들이 여운으로 남아 한밤의 경기장이라도 어느 정도는 익숙하지 않을까 하는 막연한 기대를 가졌던 내 자신이 바보 같다고 느꼈다. 어릴 적 불이 모두 꺼진 실내 수영장에 한밤중에 들어갔다가 검은 수면에 비친 내 얼굴을 보고 소리 없이 울어버리고 말았던 기억이 스쳤다. 그녀와 나는 허리 높이께나 오는 철창처럼 된 낮은 울타리를 훌쩍 뛰어넘어 어두운 하늘로 높이 솟아오른 경기장 외벽을 향해 다가갔다.

누가 먼저 그렇게 하자고 말한 것도 아니었지만, 마치 약속이라도 돼 있었다는 듯 그녀와 나는 경기장 외벽에 일정한 간격으로 나 있는 철문들을 따라 돌기 시작했다. 도저히 어찌해볼 엄두조차 나지 않는 그 육중한 철문들은 하나같이 굳게 닫혀 있었고, 그럴수록 그녀와 나의 발걸음은 빨라지고 있었다. 그러다 우뚝 멈춰 선 곳, 조금 빛이 바랜 철문 하나의 아래쪽이 문틀과 어그러져 약간 틈이 벌어져 있었다. 하지만 그 틈은 너무 좁아서 아무리 봐도 내가 들어갈 수는 없어 보였다. 어찌할까 망설이는 표정으로 한참을 서 있던 그녀는 곧 모험을 감행하기 시작했다. 조심스럽게 몸을 비트는 노력 끝에 가까스로 그 사이로 비집고 들어간 그녀는 나를 향해 웃음을 한 번 지어 보이고는 경기장 안으로 향하는 어두운 복도 너머로 사라졌다.

나는 그녀의 그 웃음이 자신감보다는 애처로움 쪽에 더 가까웠다는 느낌이 들어 걱정이 되긴 했지만 이미 그녀가 사라진 뒤라 어쩔 수도 없는 노릇이었다. 그녀가 비집고 들어간 문틈 옆 벽에 기대어 앉아 담배 한 개비를 피워 물었다. 그녀가 움직이고 있을 동선을 머릿속으로 그려보며 담배 한 개비를 다 피운 나는 잠시 검은 하늘을 바라보다 이내 두 개비째를 피워 물었다. 그녀가 컴컴한 어둠 속 텅 빈 관람석에 앉아 있다가 혹시 잠이 든 것이 아닌가 하는 생각을 할 때쯤 나는 이미 다섯 개비째의 담배를 다 피워가고 있었고, 곧 부스럭거리는 소리를 내며 그녀가 나왔다.

내 옆에 나란히 기대앉은 그녀는 처음 시멘트 광장에서 만났던 날처럼 소리 없이 울고 있었다. 내가 셔츠 소매로 그녀의 볼을 타고 흐르는 눈물을 닦아주었지만 그녀의 울음은 좀처럼 그치지 않았다. 조금씩 떨리는 그녀의 어깨를 감싸 안아준 채로 다시 얼마간 시간이 흐르자 그녀의 울음은 천천히 잦아들었다.

"이렇게 무서워하면서 왜……?"

"나도 잘 모르겠어. 이렇게 무서울 줄 알면서도, 그냥 와보고 싶었어. 사실은……"

"……"

"여행도 이렇게 떠났어."

"……"

"무서워서 울게 될 줄 알면서, 그럴 줄 알면서도 그냥 떠났어."

"그랬구나."

그녀와 나는 어깨를 붙인 채로 까만 하늘을 올려다보며 이야기를 나눴다. 날이 흐린 것인지 하늘에는 별이나 달도 보이지 않았다.

"처음엔 토론토에 가려고 했어."

"토론토……, 캐나다에 있는 도시?"

"그냥 이름만 아는 도시야."

"그곳으로 가기가 막막하고 무서웠구나."

"응, 바보같이. 결국 정신을 차리고 보니 이곳이었어."

"……"

"……"

"토론토는 베이스캠프로부터 너무 멀다, 오버."

내 노력이 가상해서였을까, 그녀의 얼굴에 희미한 미소가 어렸다.

"일단 집으로 돌아가자. 토론토라면 볼 수 있는 방법도 있고."

캐나디안 내셔널 타워: 로켓 모양의 얇고 기다란 모양의 이 타워는 지지물이 없는 단독 타워로서는 세계 최고의 높이를 자랑한다. 높이가 무려 553.33m에 이르는 이 타워는 콘크리트로 지어졌으며 토론토를 상징하는 대표적 건축물이다. 타워 2/3쯤에 자리 잡은 둥그런 부분이 스카이 포드인데, 초고속 엘리베이터로 지상에서 1분이면 도달할 수 있는 이곳에 이르면 옥내뿐 아니라 옥외로 나가서도 밖의 경치를 조망할 수 있다. 엘리베이터 역시 유리로 되어 있어 올라가며 밖의 경치를 즐길 수 있다. 그러나 447m의, 세계에서 가장 높은 곳에 위치한 조망대인 스페이스덱에서의 광경은 한층 더 아름답다. 맑은 날이면 이곳에서 120km 떨어진 나이아가라 폭포가 보인다.

아파트로 돌아온 나는 컴퓨터를 켜고 인터넷에 접속해 얼마간 서핑을 했고, 그 결과 그녀에게 토론토와 관련된 웹 사이트를 몇 군데 찾아줄 수 있었다. 그녀는 토론토에 대한 설명과 그 도시의 이곳저곳을 찍어놓은 사진들을 넘겨 보며 밤이 새도록 모니터 앞에 앉아 있었다. 특히 '캐나디안 내셔널 타워'라는 이름이 붙은 높은 탑의 사진을 바라볼 때는 마치 자신이 그 탑 꼭대기에 있는 것처럼, 손에 잡힐 것처럼 가까운 파란 하늘에 넋을 잃은 것처럼 보였다. 그런 그녀를 바라보다 창밖으로 날이 희뿌옇게 밝아올 때쯤 나는 침대로 가서 누웠다. 지난 며칠간 그랬던 것처럼 그녀에게 침대를 내주고 소파에서 자야 한다는 생각이 들긴 했지만, 이미 나는 혼곤히 잠에 빠져들어가고 있었다. 얼마나 잤을까, 부스럭거리는 소리에 잠시 눈을 뜨자 그녀가 내 옆에 와서 쪼그리며 눕고 있었다. 나는 몸을 비켜 자리를 만들어준 뒤 그녀에게 팔베개를 해주었고, 그렇게 나란히 누운 채로 다시 잠이 들었다.

*

　회사원에게 주말이 필요한 것은 꼭 휴식을 위해서만이 아니다. 잊을 만하면 한 번씩 찾아오는 주말이 없다면, 어쩌면 회사원들은 시간의 흐름을 영영 느끼지 못하게 될지도 모를 일이다. 크게 다르지 않은 평일의 하루하루가 지나 일주일이 흘렀다. 내가 퇴근을 하고 집에 돌아오면 그녀는 어딘가를 막 다녀온 듯 샤워를 하고 있기도 했고, 소파에 묻혀 책을 읽거나 TV를 보고 있기도 했으며, 어떤 때는 저녁나절 내내 보이지 않다가 밤에 돌아와 그날의 무용담을 들려준다며 새처럼 재잘거리기도 했다. 물론 잠들기 전 광활한 인터넷을 서핑하며 토론토를 구경하는 것도 잊지 않았다. 그러고 나면 그녀는 마치 자기가 가본 곳인 양 내게 토론토의 이곳저곳을 얘기해주기도 했다.

함께 저녁을 만들어 먹을 때면 실상은 거의 모든 음식을 내가 조리해야만 했던 것이, 그녀는 사실 요리에 관한 한 별로 아는 것이 없었다. 그녀는 만들어진 음식을 먹기만 하기가 미안한 듯 자기도 돕겠다며 주방에서 줄곧 내 옆에 서 있곤 했다. 하지만 실상 내가 그녀와 저녁을 만드는 시간을 좋아했던 것은 그녀의 서툰 솜씨가 요리에 도움이 되어서가 아니었다. 반대로 그녀는 음식 만들기에 열중하고 있는 내 옆에 서서 낮에 다녀온 곳들의 이야기를 늘어놓는 것으로 시간을 보낸 적이 더 많았다. 다만 그녀의 이야기 소리가 옆에서 들려오기 시작하면 나는 마치 해 질 녘 시멘트 광장에서 가끔 그러는 것처럼 비로소 한낮에는 느껴본 적이 없었던 외로움이나 쓸쓸함 같은 감정이 내 속에 있긴 있었구나 하고 깨닫게 되는 것이었다.

다시 찾아온 토요일 오후, 회사 동료들 중 하나가 결혼을 했다. 나는 회사 일이 끝나는 정오쯤 곧바로 결혼식장으로 가서 그 친구의 어깨를 두드리며 축하해주었고, 사람들과 함께 늘어서서 카메라를 향해 웃음을 짓기도 했다. 예식이 끝나 웃고 떠드는 만찬의 자리, 결혼과 회사라는 두 주제 사이를 오가며 사람들과 얘기를 나누는 동안 문득 몇 해 전 나를 떠나간 여자가 아련히 떠오르기도 했지만, 곧 얘기는 계속됐고 어느새 날이 저물었다. 자리가 파해 사람들과 인사를 하고 돌아왔을 때 집은 비어 있었다. 샤워를 하고 소파에 앉아 TV를 보다가 사르르 밀려드는 졸음을 느낄 즈음 전화벨이 울렸다. 그녀는 시멘트 광장의 바에 있다며 혹시 맥주를 마시고 싶으면 나오라고 말했다.

"오늘은 표정이 좀 어둡네……?"

내가 다가가 옆자리에 앉자 그녀는 내 얼굴을 살피더니 그렇게 물었다. 실내에는 절반가량 사람들이 앉아 있었고, 그녀는 남자 하나와 여자 하나가 바텐더로 있는 기다란 바의 맨 오른쪽 끝자리에 앉아 맥주를 마시고 있었다.

"응, 좀 피곤해서 그런가 봐."

"그럼 둘 중 하나겠네. 사람이 많은 곳을 갔다 왔거나, 아니면 굉장히 먼 곳이었거나."

그렇게 말하는 그녀의 눈빛은 꼭 퀴즈 프로그램에 출연한 여고생처럼 반짝였다. 나는 웃으면서, 1번이 정답입니다, 하고 말해주고는 바텐더를 불러 맥주를 주문했다.

"오늘 회사 동료가 결혼했어."

"그랬구나. 결혼식엘 다녀오면 이상하게 피곤하긴 해."

"나만 그런 것이 아니었구나."

"왜 그런 걸까……?"

그녀는 그렇게 물으며 자신의 맥주병을 들어 내 것에 부딪혔다. 둘이 함께 맥주를 들이켠 뒤 한동안 말없이 시간이 흘러갔다. 그녀도 나처럼 실내에 흐르고 있던 산타나Santana의 기타 사운드에 맞춰 가볍게 머리를 흔들고 있었지만, 실은 내게 던졌던 물음에 대해 스스로도 대답을 찾고 있는 것처럼 보였다.

"모두가 하루 종일 웃는 연기를 해야 되니까 그런 건 아닐까?"

내가 그렇게 말하자 그녀는 곧 웃음을 터뜨렸다. 결국 그녀와 나는 나중에 결혼식장에 또 가게 되면 꼭 사람들에게 물어보자는 이상한 다짐으로 해답을 대신하고 말았다.

잠시 후 그녀는 내게 종이 몇 장을 보여주었다. 그 종이들엔 그녀가 인터넷으로 찾은 토론토의 사진들이 컬러로 인쇄돼 있었다. 그녀는 오전에 내가 출근한 뒤 모니터에 뜬 그 사진들을 보다 너무 예뻐서 컬러 프린터로 인쇄했다고 했다. 그러고는 처음 만난 날 내가 얘기해준 '숲으로 둘러싸인 교외의 호수'를 물어 찾아가 그 둘레를 거닐기도 하고 가져간 사진들을 보기도 하며 오후를 보내다 해가 지기 전에 돌아왔다고 했다. 그녀가 그곳에서 보았던 사람들과 풍경에 대해 이야기하는 동안 나는 맥주 한 병을 더 비웠다. 그녀의 이야기가 끝나고 다시 얼마간의 침묵이 흐른 뒤에, 망설임 서린 표정을 짓고 있는 그녀를 보며 내가 먼저 입을 열었다.

"뭘 부탁하고 싶은지 알고 있어."

"……"

"한번 가보자. 이번엔 내가 못 들어갈 일도 없잖아."

한밤, 숲으로 둘러싸인 검은 호수는 한낮에 보는 것보다 열 배는 깊어 보였다. 축축한 물의 기운이 거무튀튀한 나무들의 실루엣 사이로 흘러다니고 있었다. 스스로의 발소리에 움찔움찔 놀라는 그녀의 어깨를 붙잡고 호수로 다가가 물가에 박혀 있는 나무 벤치에 앉았다. 서서히 어둠에 눈이 익숙해지고 있었지만 그녀와 나는 말이 없었다. 침묵이 길어질 듯하자 나는 그녀가 무서워할 것이 분명하다는 생각에 무슨 말이라도 해야겠다고 마음먹었다. 하지만 내 눈앞에 펼쳐진 한밤의 호수는 토요일 오전의 분주한 사무실과 오후의 떠들썩한 결혼식장의 분위기와는 너무나도 동떨어진 것이어서, 솔직히 나 스스로도 적응이 안 되는 건 어쩔 수 없었다.

잠시 후 그녀는 기어들어가는 목소리로 혼자서 호수 둘레를 돌아보고 싶다며 벤치에서 기다려달라고 말했다. 내가 걱정스러운 표정을 지으며 같이 걷자고 했지만 그녀는 조용히 고개를 가로저었다. 그렇게 해서 그녀는 호수의 긴 언저리를 따라 짙은 어둠 속으로 사라졌고, 나는 벤치에 남았다. 한동안 그녀가 사라진 쪽을 바라보던 나는 담배를 한 개비 피워 물었다. 라이터 불이 주위를 밝히는 짧은 순간이 지나자 주위는 더욱더 어둡게만 보였다. 그녀가 호수를 가로질러 정반대 방향쯤에 있을 것 같다는 추측이 들었을 때 그녀를 큰 소리로 불러볼까 하는 생각도 했지만, 오히려 그녀가 더 놀랄 수도 있을 것 같아 그만두었다. 얼마나 시간이 흘렀을까, 네 개비째의 담배를 피우고 있을 때 자박자박 풀을 밟는 소리와 함께 그녀가 돌아왔다. 아니나 다를까 그녀는 소리 없이 울고 있었고, 나는 그녀를 내 옆에 앉힌 뒤에 등 뒤로 팔을 돌려 안아주었다. 그녀는 흐느끼는 목소리로 자기가 바보 같지 않으냐고 물었고, 나는 그렇지 않다고 대답했다. 울음이 그치기를 기다리는 동안 내 셔츠의 가슴께가 그녀의 눈물로 젖었는지 촉촉하게 느껴졌다.

"나, 왜 그런지 알 것도 같아."

울음을 그친 그녀가 시선을 검은 호수 위 어딘가에 못 박은 채 천천히 말했다.

"뭘?"

"결혼식장엘 다녀오면 사람들이 왜 피곤해지는지."

"……"

"다들 웃음을 머금은 얼굴로 결혼하는 남자와 여자를 축하해주지만, 실은 그곳에선 모두들 묻어뒀던 각자의 추억을 떠올리게 되거든."

"묻어뒀던 추억……?"

"응. 떠나간 사랑에 대한 기억 같은 거 말야. 오래된 기억에 깊이 잠겼다 깨어나면 먼 곳으로 여행을 다녀온 것처럼 피곤하잖아."

나는 그녀의 말에 수긍한다는 표시로 고개를 끄덕여주었다.

"맞아. 실은 나도 오늘 결혼식장에서 오래전의 기억을 떠올렸어."

"……"

"결혼하기로 했던 여자가 있었어, 예전에."

"그 여자……, 떠났구나."

"응. 그런데 난 아직도 그 여자가 떠난 이유를 잘 몰라."

"……"

“결혼하기 한 달쯤 전에, 아무런 말도 없이 떠났어.”

“그랬구나.”

“풍선……”

“응?”

“떠나기 얼마 전에 그런 말을 한 적이 있어. 결혼을 한다는 건 오래전부터 손에 쥐고 있던 풍선을 놓아버리는 일 같다고, 그렇게 하늘로 둥둥 떠올라 사라져가는 풍선을 바라보고 있는 느낌이 들 때가 있다고.”

“많이 힘들었겠다.”

“이젠 다 잊은걸 뭐.”

아파트로 돌아와 문을 열고 불을 켜자 조금 전에 보았던 검은 호수의 풍경이 마치 꿈속의 광경이었던 것처럼 느껴졌다. 문득 허기를 느낀 그녀와 나는 토스터로 식빵을 구워 우유와 함께 먹었다. 그녀는 언제 울었냐는 듯 밝은 얼굴이 되어, 늦은 밤에 호수까지 함께 가주는 여행 가이드를 만나게 돼 다행이라고 말했다. 그녀가 인터넷에 접속해 토론토를 둘러보는 동안, 나는 샤워를 하고 먼저 침대로 가 잠을 청했다. 하루 만에 여러 곳을 돌아다닌 터라 피곤함이 몰려왔지만 오히려 잠은 오지 않았다. 얼마 후에 욕실에서 물소리가 들렸고, 이윽고 그녀가 침대로 와 내 옆에 누웠다.

내 팔을 들어다 팔베개를 하며 그녀는 자기가 혼자서 훌쩍 여행을 떠난 이유가 궁금하지 않으냐고 물었다. 나는 그렇긴 하지만 말하기 힘든 이유가 있을 것 같아서 묻지 않았으며, 언제든 말하고 싶어지면 꼭 얘기해달라고 대답했다. 그러자 그녀는 내 귀에다 입을 갖다 대고는, 고마워, 하고 작게 속삭였다. 그녀와 나는 옆으로 누워 서로의 얼굴을 잠시 바라보다가 길게 입맞춤을 했고, 그렇게 마주 보고 누운 채로 곧 잠이 들었다.

*

저녁을 만들어 함께 먹고, 소파에 파묻혀 맥주를 마시며 TV를 보고, 시멘트 광장으로 함께 나가 사람들의 모습을 바라보고, 바에서 음악을 들으며 맥주를 마시고, 가끔은 그녀가 가고파 하는 한밤의 어딘가를 찾아가고, 그러고 나면 그녀가 울고, 돌아오면 토론토를 구경하고…… 그렇게 그녀와 함께 지낸 날들은 한 달을 채워가고 있었다. 그녀의 깔깔거리는 웃음소리, 소리 없는 울음, 퀴즈 쇼에 출연한 여고생처럼 호기심 어린 표정은 시나브로 내게 친숙한 모습들이 되어갔다. 나 또한 그녀에게 친숙한 사람이 되어가고 있었을진대, 나는 간혹 궁금해지곤 했다. 그녀의 여행이 어느덧 생활로 바뀌어가고 있다는 것을 그녀도 느끼고 있을지. 그래서 그녀가 어느 날 이 여행을 끝내게 된다면, 여행의 다음은 무엇이 될지.

*

　비가 쏟아지는 토요일 늦은 오후, 시멘트 광장은 낯설고 고즈넉하기 그지없었다.

　회사에서 집으로 돌아온 후 얼마 지나지 않아 시작된 비는 그 뒤로 한 번도 그치지 않고 테라스의 유리창을 쉼 없이 두드려댔다. 집에 그녀가 없기에 나는 회사에서 가져온 일감을 풀어놓고 몇 시간을 서류들과 함께 보냈다. 그러다가 축구 경기를 할 시간이 조금 지났음을 깨달았고, 그날은 내가 좋아하는 팀의 경기가 있는 날이기도 해서 TV를 켰다. 경기는 하필 비가 오는 이 도시에서 열리고 있었다. 선수들은 쏟아지는 비를 고스란히 맞아 유니폼이 몸에 찰싹 붙은 채로 뛰어다니고 있었고, 관람석을 반쯤 채운 관중들은 비옷을 입거나 우산을 쓴 채로 경기를 지켜보고 있었다. 혹시 그녀가 그 관중석에 있을지도 모른다는 생각을 잠시나마 했지만, 이내 그럴 리가 없다는 쪽으로 결론을 내렸다. 그녀는 한밤중에 아무도 없는 축구 경기장을 찾아갈지언정, 비를 맞아가며 경기를 관람하는 축은 아니었기 때문이다.

　온통 물바다 속에서 진행된 경기가 무승부로 끝나고 나서도 그녀가 들어오지 않자 나는 혼자서 저녁을 먹었다. 그러고는 잠시 서류를 뒤적이며 일을 더 하다, 우산을 받쳐 들고 광장으로 향했다. 왠지 그녀가 그곳으로 갔을지도 모른다는 막연한 추측을 했던 것인데, 그렇지 않더라도 맥주나 한잔 마시고 돌아와야겠다는 생각이었다.

광장은 완전히 텅 비어 있었다. 가끔 우산을 쓰고 광장을 가로질러 사라지는 이들과 광장 언저리를 빠른 걸음으로 지나다니는 이들을 빼면, 광장에 있는 사람이라고는 한가운데 분수대 앞에 우두커니 선 내가 거의 유일해 보였다. 맑은 날이었다면 내가 하루 중 가장 좋아하는 해 질 녘 광장의 정취를 한껏 느끼고 있을 시간이었지만, 텅 빈 광장에는 시멘트로 된 바닥을 세차게 흐르는 빗물 말고는 아무것도 없었다. 광장 한가운데의 분수대는 물을 뿜지 않고 있었는데도 빗물이 넘쳐 오히려 콸콸 물을 쏟아내고 있었다. 빗물이 우산을 두드리는 소리가 드럼통을 치는 것처럼 세차게 났다가 콩을 볶는 것처럼 조그맣게 났다가 하기를 반복했다. 난생처음이었다, 비 오는 날 시멘트 광장에 혼자 서서 그리 오랜 시간을 보내기는.

어쩌면 가끔 지나는 사람들에겐 그렇게 비가 내리는 광장 한가운데에 서 있는 내가 꼭 누군가를 애타게 기다리고 있는 것처럼 보였을지도 모를 일이었다. 솔직히 나 스스로도 누군가를 기다리고 있는 것이 아닌가 하는 느낌이 들기도 했지만, 아무리 생각해도 내가 기다리는 대상을 알 수 없었다. 아니, 그 순간 오히려 손바닥만큼의 기다림마저 완전히 사라졌을 때의 편안함이 빗물처럼 나를 적시고 있었다. 불그스름하게 물들어가며 나를 안심시키는 해 질 녘도 아닌 데다 아무도 없어 을씨년스럽기만 한 이 빗속의 광장을 실은 오래전부터 찾아와보고 싶었다는 생각이 들자, 몇 해 전 아무런 말도 없이 홀연히 떠나버린 그 사람이 조금은 이해가 될 듯도 싶었다.

오래도록 빗속에 서 있으려니 우산도 제 기능을 다했는지 머리 위로 빗물이 떨어졌다. 그 차가움에 꿈에서 깨어나듯 생각을 접은 나는 곧 광장 가장자리의 바로 들어갔다. 실내는 광장만큼은 아니었지만 한산하기는 마찬가지였다. 여느 때보다 훨씬 적은 숫자의 사람들이 드문드문 앉아 있었고, 바 안쪽에도 평소에 남자와 여자 둘이던 바텐더 중 여자 혼자서만 일하고 있어 한산함을 더하고 있었다. 기다란 바의 한쪽 끝에 앉아 맥주를 시킨 뒤 집으로 전화를 걸어봤다. 발신음이 반복되기를 열 번, 그녀는 아직 들어오지 않은 것 같았다. 맥주를 몇 모금 들이켜고 담배를 피워 물자 마치 어디 먼 곳이라도 다녀온 것처럼 온몸이 노곤하게 풀어졌다.

수요일 아침 다섯 시 날이 샐 무렵
하고픈 얘기들은 쪽지에 적어 남긴 채
소리 없이 방문을 닫은 그녀는
손수건을 손에 쥐고
아래층 주방으로 내려와
뒷문을 열쇠로 스르르 열더니
밖으로 걸어나갔어요
자유롭게

엄마가 화들짝 옷을 입을 때

아빠는 코를 골고 있었지요

엄만 계단에 서서 그녀의 쪽지를 읽고는

아빠에게 울며 소리쳤어요

여보, 우리 애가 집을 떠났어요

그 애가 이리도 철없는 짓을 하다니

어떻게 우리에게 이럴 수가 있나요

그녀는 집을 떠났어요

오랫동안 그렇게 혼자 지내다

집을 떠났어요

바이바이

내가 부탁한 비틀스The Beatles의 「She's leaving home」이 다 돌아가자 바 안의 여자 바텐더는 음악을 다른 것으로 바꾸고 난 뒤 다가와 살가운 목소리로, 누가 떠났나 봐요, 하고 물었다. 그렇게 보이나요, 하고 내가 되묻자 바텐더는, 방금 신청하신 노래 때문에요, 하고 말했다. 내가 말없이 웃고만 있자 바텐더는 노래의 가사 때문에 그렇게 물어봤지만 실은 내 표정이 오히려 막 누군가를 떠나온 사람 같다고 말하며 미소를 지었다.

실내에 퍼지는 나른한 음악과 함께 시간이 흘러갔고, 네 병째의 맥주를 마시던 즈음 나는 몸을 돌려 밖을 바라보았다. 한쪽 벽면의 전체를 이루고 있는 커다란 유리창 밖, 시멘트 광장은 완전히 까만 어둠으로 덮여 있었고 비는 여전히 세차게 내리고 있었다. 드문드문 앉아 있던 사람들도 하나둘 자리를 떠 실내는 거의 텅 비다시피 한 상태였다. 나처럼 혼자 앉아 비가 내리는 광장 쪽을 물끄러미 바라보고 있는 남자, 긴 머리를 늘어뜨리고 고개를 숙이고 있는 여자와 굳은 얼굴로 그 앞에 앉아 말없이 맥주만 들이켜고 있는 남자, 손님은 나를 포함해 그렇게 넷이 전부였다. 다시 한 번 집으로 전화를 해볼까 생각도 했지만 약간의 취기를 느낀 나는 바텐더를 불러 계산을 하고 그곳을 나왔다.

쏟아지는 빗속을 걸어 아파트로 돌아와 문을 열고 들어서자 여전히 그녀는 없었다. 나는 곧 군데군데 젖어버린 옷을 벗고 샤워를 한 뒤 책상 위에 널려 있는 서류들을 붙잡고 집을 나서기 전 못다 한 일을 시작했다. 일요일인 다음 날 해도 되는 것이었지만, 이 빗속 어딘가에서 그녀가 울고 있을지도 모른다는 걱정이 들기도 하는 데다 딱히 할 일도 없고 해서 책상에 앉았던 것이다. 어느 정도 취기를 느끼긴 했지만 일을 못 할 정도는 아니었고, 그렇게 한참을 서류들과 씨름한 결과 나는 일을 다 마무리했다.

여전히 그녀는 돌아오지 않았다. 밤은 깊어갔고 테라스의 유리창을 두드리는 빗소리는 계속되고 있었다. 침대로 가서 얼마간 누워 있다가, 아마도 그녀가 여행을 끝내고 떠난 것인지도 모르겠다는 생각을 하며 잠이 들었다.

*

"자는 거야?"

몇 시쯤 됐을까. 조심스럽게 문이 열리는 소리에 잠에서 깼다. 아직도 빗소리가 들려오고 있었다. 어둠 속에서 옷을 벗는 소리가 들렸고, 곧 그녀는 내 옆으로 와 누웠다. 속옷까지 모두 벗은 알몸이었지만, 빗속을 얼마나 돌아다녔는지 온몸이 물기로 촉촉하게 젖어 있었다.

"우산도 안 쓰고 돌아다닌 거야?"

"우산 써도 안 되던걸 뭐."

"몸이 차갑다."

옆으로 몸을 돌려 안아주자 그녀의 차가운 몸이 바르르 떨렸다.

"나, 동물원에 갔다 왔어."

"이 밤에, 비도 오는데?"

"응."

"같이 가자고 하지."

"오늘은 혼자서 가보고 싶었어."

"……"

"역수같이 비가 오니까 담을 넘어 들어가도 경비들이 모르더라고.”

“무서웠겠다.”

“응, 세상에서 그렇게 무서운 곳은 처음이었어. 그런데……”

“……”

“나, 오늘은 울지 않았어.”

“그랬구나.”

“고마워, 당신 덕분이야.”

“그렇지 않아.”

“있잖아, 그 여자……”

“응?”

“당신을 떠났다는 그 여자.”

“……”

“너무 미워하지는 마.”

“……”

“그냥, 어쩔 수 없었어. 놓아버린 풍선을……, 찾고 싶었어.”
내 가슴 위로 그녀의 눈물이 흘러 떨어졌다.

“나, 이젠 가야 할 것 같아.”

“……”

“……”

“기다리는 사람에게, 아니면……?”

거기까지 말했을 때 그녀가 내게 입을 맞추었기 때문에 나는
더 이상 말을 이을 수도, 대답을 들을 수도 없었다. 그녀는 입

을 맞춘 채로 내 위로 올라와 나를 정성껏 애무하기 시작했고, 곧 나와 한 몸으로 합쳐졌다. 내 위에서 나를 부둥켜안고 허리를 움직이면서 그녀는 가냘픈 소리를 흘렸는데, 그건 흥분 상태에 이르러서 뱉어내는 신음 소리 같기도 했지만 계속해서 흘러내리던 그녀의 눈물로 보아 흐느껴 우는 소리였던 것 같기도 하다. 빗소리는 여전히 새어 들어오고 있었고, 그녀의 허리는 마치 슬픈 음악에 맞춰 춤을 추듯 그렇게 쉬지 않고 움직이고 있었다.

*

다음 날 아침 잠에서 깨어나니 그녀의 모습은 보이지 않았다. 그날부터 나는 다시 혼자 지내야 했고, 그리 오래 지나지 않아 혼자서 저녁을 먹고 TV를 보고 잠이 드는 것에 다시금 익숙해졌다. 물론 가끔 그녀에 대한 기억이 떠오를 때가 있다. 특히 해 질 녘 시멘트 광장의 벤치에 앉아 사람들을 바라볼 때면 문득 처음 만났던 그날 광장 한가운데 분수대에 혼자 앉아 울고 있던 그녀의 모습이 떠오르곤 한다. 그렇지만 그뿐이다. 그녀는 이 도시를 여행하고 있었고, 나는 언제나처럼 내 아파트에 살고 있는 것이다.

결국 그녀가 어디로 갔는지 나는 알 길이 없다. 혹 자기를 기다리는 연인 혹은 남편에게로 돌아갔을 수도 있고, 모니터 가득 사진을 띄워놓고 밤새 바라보곤 하던 토론토로 갔을 수도 있다. 하지만 그녀가 여행의 목적지로 삼고 싶어 했던 토론토로 향했을지라도, 그래서 캐나디안 내셔널 타워의 꼭대기 마천루에서 눈이 시리게 파란 하늘을 향해 작은 손을 한껏 뻗어보았을지라도, 어쩌면 지금쯤 그녀는 이미 또다시 토론토를 떠나 낯선 도시에서 도시로 여행을 계속하고 있을지도 모른다. 닿을 듯 닿을 듯 닿을 수 없는 곳으로 떠가는 풍선을 잡으러, 아마도 오래전에 나를 떠난 그 여자처럼.

Blackbird Fly

일생을
자유로워지는 이 순간을 기다려왔잖아
날아라 블랙버드 날아라 블랙버드
어둡고 까만 밤의 빛 속으로
——The Beatles, 「Blackbird」

저녁노을이 질 즈음 빌딩의 옥상에 올라 어두워져가는 도시를 바라보는 건 내 오랜 습관 중의 하나다. 최초의 이유는 기억나질 않지만, 이젠 그렇게 하지 않으면 무언가 허전한 마음이 들 정도다.

그날도 나는 늦게까지 처리해야 할 일들을 일단 제쳐두고 저녁 시간을 틈타 이십 층짜리 건물인 우리 빌딩의 옥상으로 올라갔다. 이 주 전쯤에 홀연히 사라져버린 한 친구에 대해 생각해봐야겠다는 특별한 목적도 가지고서. 그런데 거의 언제나 혼자만의 공간이 되곤 하던 그 장소가 그날은 그렇질 못했다.

여자는 어느새인가 내가 서 있는 난간으로부터 옆으로 열 걸음 정도의 거리를 두고 서서 어두워진 하늘을 바라보고 있었다.

"이 빌딩에 계세요?"

"……"

약간의 웨이브를 넣은 길지 않은 머리를 한 여자는 대답도 없고, 내 쪽으로 돌아보지도 않았다. 방해받기 싫은 모양이군, 하고 생각하며 나 또한 고개를 되돌려 도시를 바라보기 시작했는데,

"난 특별히 사는 곳이 없어요"

하고 조그만 목소리로 여자가 대답했다.

"네에……"

순간 나는, 그렇다면 행려병자인가, 하는 의문이 떠올랐지만, 까만 정장을 차려입은 여자의 옷차림이나 깔끔한 머리 스타일로 봐서 그렇게 볼 수는 없는 노릇이었다.

한동안 나도 여자도 아무런 말이 없었다. 그렇게 얼마간 시간이 흐르고, 나는 특별히 사는 곳이 없다는 여자의 말에 대해 가졌던 궁금증이 내 속에서 조금씩 커져가는 것을 느꼈다.

"그럼, 참 자유로우시겠군요."

나는 여자의 거처에 대한 호기심을 그렇게 우회적인 물음으로 해결해보려 했다.

"그럴 수도 있고 그렇지 않을 수도 있죠. 자유는 믿음 여하에

따른 거니까."

"믿음……요?"

"그건 그렇고 이곳에 와서 무슨 생각에 그렇게 잠겨 있어요?"

"……"

"뛰어내리러 올라온 건 아닌 듯하고……"

나는 도리어 내게 질문을 던지는 여자의 말에 피식, 웃음이 나왔다.

"실은 얼마 전에 한 친구가 사라져버려서요."

처음 만난 여자에게 그런 얘기를 한다는 것이 나 스스로도 의아했지만, 조그만 목소리에 그윽한 눈빛을 가진 여자에게 이끌려 들어가듯 나는 이미 자연스럽게 친구에 대한 이야기를 시작하고 있었다.

"녀석은 나름대로 안정된 직장을 갖고 있었고, 야근이나 철야가 없는 날이면 퇴근 후 곧바로 집으로 돌아가 아내와 아이들을 위해 시간을 할애하는 가정적인 남자였죠. 뭐 특별히 행복해 보이지도 않았지만, 특별히 불행할 이유도 없었다는 겁니다. 그런데 그가 아무런 자취도 없이 홀연히 사라져버렸어요."

"그랬군요……"

"경찰이 조사에 나섰지만 어떠한 자취도 발견할 수 없었죠. 그의 아내 또한 거의 자포자기하는 상황에 이르렀구요. 다만……"

"다만……?"

"에이, 아니에요. 그런 건 단서라고 할 수도 없는데요, 뭘."

“……”

나는 잠시 말을 해야 할까 말아야 할까 생각해보다가, 기왕에 시작한 이야기이기도 하고 여자가 궁금해하는 것 같기도 해서 말을 이었다.

“그를 마지막으로 본 사람이 같은 사무실 동료였다는데, 빌딩의 옥상으로 올라가는 모습을 마지막으로 보았대요. 하지만 그건 별로 중요한 단서가 못 되는 것이, 빌딩에서 뛰어내렸다면 주변에서 시신이라도 발견됐어야 하는데 그렇지 않았거든요.”

그사이 여자는 어느새인가 다시 검은 하늘을 올려다보고 있었다. 여자가 올려다보는 하늘 위로 검은 새 한 마리가 날아가고 있었다. 검은 하늘을 날아가는 검은 새가 어떻게 그토록 뚜렷이 보였는지는 나도 알 수 없다. 검은 새는 천천히, 아주 천천히 날아서 시야를 벗어나고 있었다.

“땅에 발을 딛고 있는 한, 자유는 없어요.”

시선은 멀리 사라지는 새에게 붙박은 채로 여자가 조그맣게 말했다.

“그렇긴 해요. 하지만 어쩌겠어요. 뛰어내릴 수도 없고.”

어린아이처럼 내가 대꾸했다.

“여기서 뛰어내리면……, 어떻게 될까요?”

여자가 빌딩 아래를 굽어보며 물었다.

난, 어떻게 되긴요, 하고 읊조리며 따라서 난간 밖으로 허리를 굽혀 아래를 내려다보았다. 저 멀리 아래로 차들의 헤드라이트 불빛이 온통 뒤엉켜 흐물흐물 흘러가고 있었다. 얼마 안 되어 나는 현기증에 머리가 어지러워졌고, 마치 아래로 빨려 내려갈 것만 같은 두려움이 들어 눈을 감고 천천히 고개를 들어 올려야 했다.

여자는 이미 그곳에 없었다. 나는 지금도 내가 왜 그랬는지 명확히 설명할 수는 없지만 여자를 찾아 주위를 둘러보는 대신 곧바로 하늘을 올려다보았고, 그러자 아까처럼 검은 새 한 마리가 높은 하늘 위에서 아른아른 사라져가는 것이 보였다. 나는 그렇게 멍하니 서서 그 검은 새가 보이지 않게 될 때까지 하늘을 올려다보고 있었다.

나는 아직 아무에게도 이 얘기를 하지 않았다. 사람들은 이런 종류의 일들을 한두 가지씩은 간직하고 살지 않을까 싶다. 상식으로는 잘 이해가 가지 않고, 따라서 당황스럽기도 하고 쉽게 설명할 수도 없지만, 이상하리만치 편안하고 나른하게 느껴지는 그런 일들 말이다.

Ⅲ. 주유소

어느 날 갑자기

한밤의 교외를 차로 달리는 것은 쓸쓸한 일이다. 도심 같으면 늦은 시간이라도 도로를 따라 켜져 있는 가로등과 환하게 불을 밝힌 간판들, 그리고 그 사이로 돌아다니는 사람들의 모습이 안온함을 느끼게 해주는데 말이다. 그래서인지 어두컴컴한 교외의 도로를 달리다 주유소로 들어오는 자동차는 어딘지 모르게 쓸쓸해 보인다. 넓은 주유소 한가운데에 자동차가 멈춰 서고 창문이 스르르 내려가면, 그 안에서 나타나는 얼굴들은 환한 불빛 속에서 오히려 더욱 고독하게 느껴진다. 물론 그들은 이 고즈넉한 곳에서 밤새 일하는 나를 그렇게 생각할지도 모를 일이지만.

"가득 채워주세요."

조그만 목소리로 여자가 말했다. 나는 언제나처럼, 가득요, 하고 한 번 따라서 말한 뒤 주유를 시작했다. 그녀는 운전석에 앉은 채 무표정한 얼굴로 넓고 환한 주유소를 천천히 둘러보기 시작했다. 그러다가 그녀의 시선이 내 뒤편에 멈추는 듯싶더니 그곳에 붙박여 한참을 머물러 있었다. 나는 그녀가 무엇을 쳐다보는지 알 것 같았기에 뒤를 돌아보거나 하지는 않았다. 어느새 주유가 끝났고, 계산을 끝낸 뒤 그녀의 차는 다시 출발했다.

그런데 몇 미터쯤 가는 듯싶다가 멈춰 선 차는 후진으로 되돌아왔고, 다시 창문이 스르르 내려갔다.

"저……, 있잖아요."

"네."

"이 근처에 뭐 좀 먹을 곳이 없나 해서요."

"아, 네."

그녀는 세련된 커트 머리에 하얀 얼굴에서 엿보이는 조금은 도도한 기색과는 달리 조심스러운 말투로 내게 물었다.

"한 오 분쯤 가면 밤새 하는 곳이 있는데요."

"어느 쪽으로……?"

"저쪽으로 해서요……"

손을 들어 방향을 일러주려던 나는 문득 허기를 느꼈다. 그러고 보니 밤새 일하려면 뭘 좀 먹기는 먹어야 할 시간이었다.

"그럼 저도 좀 태워다 주실래요?"

그녀는 나를 약간 경계하는 눈빛이 되어 잠시 고민에 빠지는 듯했다. 나는 괜한 제의를 해서 어색한 상황을 만들었다 싶어, 그냥 걸어서 가도 돼요, 하고 말했다. 다시금 손을 들어 방향을 설명하려 하자 그녀는 보일 듯 말듯 한 번 웃더니, 타세요, 하고 말했다. 실내에서 졸고 있는 여자 동료에게 잠시 다녀오겠다고 말해둔 뒤 그녀의 차에 올랐다.

그렇게 해서 잠시 뒤 나는 그녀와 바퀴도 없는 낡은 버스를 개조해 어두운 도로변에다 만들어놓은 작은 식당에서 국수를 먹게 되었다. 버스 차창을 따라 길고 좁게 만들어져 있는 탁자에 의자 하나를 사이에 두고 나란히 앉았다. 늦은 밤에 손님은 그녀와 나 둘밖에 없었고, 혼자 와서 국수를 먹을 때면 종종 나와 시시콜콜 얘기를 나누곤 하던 주인도 내가 낯선 여자와 함께여서 그런지 나지막하게 틀어놓은 작은 TV 화면만 물끄러미 바라보고 있었다. 후루룩후루룩 소리를 내며 국수를 다 먹는 동안 그녀와 나는 한마디 말도 하지 않았다. 식당 버스의 창밖으로 가끔 차들이 지나갔고, 그럴 때면 그녀의 얼굴 위로 자동차의 헤드라이트 불빛이 빠르게 스쳐 지나가곤 했다.

"많이 변했네요, 이 도시도."

주인이 종이컵에 담아 가져다준 커피를 한 모금 마신 뒤에 그녀가 먼저 입을 열었다. 정면으로 바라보니 스물두세 살 정도 되어 보이는, 나와 엇비슷한 나이의 얼굴이었다.

"오랜만에 왔나 봐요……?"

"일 년 전까지 여기서 살았거든요."

이곳을 떠난 데엔 그만한 이유가 있었을 테지만, 그녀는 그 이유에 관해서는 얘기하지 않았다. 다만 그녀는 어떤 사람을 찾아보려 일 년 만에 이 도시로 왔으며, 밤늦도록 시내 이곳저곳을 거닐다가 조용한 곳에서 잠을 청하고 싶어 교외로 나왔다고 말했다. 어느새 그녀의 표정에선 처음처럼 날 경계하는 빛은 사라지고 없었다. 나는 그녀에게 멀지 않은 곳에 있는 조용하고 깨끗한 모텔 두어 곳을 알려주었다. 그리고 혹 누군가를 기다리거나 혼자서 술을 마시고 싶을 때 도움이 될까 해서 내가 종종 찾아가는 시내의 바 한 군데를 알려주었다. 커피를 다 마시고, 혼자서 주유소를 지키고 있을 동료에게 가져다줄 먹을거리를 사서 다시 그녀의 차를 탔다.

"꼭 만났으면 좋겠네요."

"네?"

"당신이 찾는다는 사람 말이에요, 누군지는 몰라도."

내가 그렇게 말하자 환하게 불을 밝힌 주유소에 나를 내려주며 그녀는 고맙다고 했다. 이윽고 그녀의 차는 다시금 어두운 도로로 접어들어 멀리 사라져갔다. 잠시 어두운 도로를 쳐다보다 뒤돌아서니 실내가 훤히 들여다보이는 유리창 위에 붙은 커다란 타이어 광고 포스터가 눈에 들어왔다. 포스터 속에서는 언제나처럼 늘씬한 몸매의 여자가 아슬아슬한 수영복 차림으로 타이어 위에 손을 얹고 밝게 미소 짓고 있었다. 주유를 할 때면 운전석에 앉은 거의 대부분의 사람들은 남자든 여자든 포스터 속의 미녀를 한동안 바라본다, 아까 그녀처럼. 남자들은 그럴 만하다 치고, 여자들의 시선이 그곳에 머무는 이유는 무엇일시

문득 궁금해졌다.

*

"안 잤어요?"

아버지는 말없이 고개를 끄덕거렸다.

아버지가 말을 하지 않은 지는 이미 오래됐다. 하루에 한마디도 하지 않고 살아가는 것이다. 하지만 솔직히 말을 하지 않는 아버지가 내게 대단히 이상하게 느껴지거나 하지는 않는다. 그건 아마도 내가 어릴 때부터 한마디씩 한마디씩 아버지의 말수가 줄어드는 짧지 않은 시간 동안 나도 모르게 조금씩 거기에 익숙해졌기 때문인 것 같다.

나는 동이 터올 무렵 집으로 들어섰고, 아버지는 그때까지 TV를 틀어놓고 밤새 영화만 나오는 채널을 보고 있었다. 나는, 이제 그만 자야죠, 하고 말한 뒤 따뜻한 물로 샤워를 하고 내 방 침대로 갔다.

*

문을 열고 들어서자 낯익은 풍경이 눈에 들어왔다. 허공을 돌아다니는 담배 연기, 술병을 가운데 놓고 말없이 서로를 쳐다보고만 있는 젊은 남자와 여자, 컴퓨터가 연결된 주크박스에 동전을 넣고 음악을 트는 남자, 혼자 술을 마시다 테이블 위에 엎드려 잠이 든 여자, 그 여자를 멀리서 바라보고 있는 또 다른 남자…… 그들 사이를 가로질러 바로 다가가 맥주를 시켰다. 바텐더는 내게, 오늘은 비번인 모양이지, 하는 말로 인사를 대신했고, 나는 고개를 끄덕여 인사를 받아주었다. 담배 한 개비를 피워 물고 맥주를 몇 모금 들이켰을 즈음 누군가 내 어깨를 쳤다.

"정말 여기 자주 오는 모양이네."

이틀 전 주유소에서 만났던 그녀였다.

그렇게 해서 나는 그녀와 바에 나란히 앉아 함께 맥주를 마시게 되었다. 맥주 한 병씩을 다 마실 동안 그녀도 나도 말을 하지 않았다. 나는 때마침 흘러나오는 벤 이 킹Ben E. King의 노래 「Stand by Me」를 흥얼거리며 따라 불렀고, 그녀도 지그시 눈을 감은 채로 리듬에 맞춰 가볍게 고개를 끄덕거리고 있었다.

밤이 찾아와 세상은 암흑이 되고

볼 수 있는 빛이라곤 오직 저 달뿐

하지만 난 겁내지 않을 거예요

난 겁내지 않을 거예요

당신이 내 곁에 있어만 준다면

"오래 했어, 주유소 일은?"

노래가 끝나자 그녀가 내 쪽으로 고개를 돌리며 물었다.

"아니, 실은 오랫동안 일하던 곳이 있었어."

"그만둔 거야?"

"응. 새 직장을 찾을 때까지 얼마간 주유소에서 일하고 있어."

얼마 전 내 스스로 그만두기 전까지 나는 오랫동안 놀이 공원에서 일했다. 하루에 두 번 있는 퍼레이드에 이런저런 배역으로 출연하는 것을 제외하면 내가 온종일 일했던 곳은 사람들이 탄 나무 보트가 물을 타고 흘러 통과하는 어두운 동굴 속이었다. 설렘 반 두려움 반의 표정을 한 사람들이 보트를 타고 동굴 모퉁이를 돌면 가면을 쓴 내가 갑자기 튀어나와 사람들을 놀라게 한다. 놀라움이 가시고 나면 간단한 마술로 가족들에게는 사탕을, 연인들에게는 꽃을 선물하고 다시 어두운 곳으로 사라지는 것이 내 임무였다.

"재미있었겠다."

"……"

"왜 그만뒀는지…… 물어봐도 돼?"

"응, 더 이상 그 일을 할 이유가 없어져서."

그렇게 대답하면서 나도 모르게 표정이 굳어졌나 보다. 그녀는 내가 일을 그만둔 이유에 관해서는 더 묻지 않았다. 맥주를 마시며 내 얘길 듣는 그녀의 표정도 그리 밝아 보이지 않았으나, 어쩌면 그건 어두운 조명 때문이었는지도 모른다. 그러고 보면 처음 주유소로 차를 몰고 들어와 창문을 내릴 때부터 그녀의 얼굴에는 딱히 이렇다 할 표정의 변화가 없었다. 사실 몇 마디 말을 나눠본 사이도 아니었기에 특별한 감정의 변화가 얼굴에 나타날 일도 없었긴 하지만, 여하튼 그녀의 무표정한 얼굴은 꼭 무슨 포스터 속에서 나를 바라보는 미녀 같다는 느낌을 주기에 충분했다.

"그날 포스터는 왜 그렇게 쳐다봤어?"

생각난 김에 그녀에게 물었다.

"응?"

"주유소 유리창에 붙어 있는 포스터 속의 여자 말이야."

"그런 게 있었던가……?"

"……"

"아, 기억난다. 타이어 광고."

"그래, 한참을 쳐다봤잖아."

"한데 실은 그걸 쳐다본 것이 아니었어."

"그럼……?"

"유리창 속 실내를 쳐다봤던 거야."

"그랬구나."

"한 사람이 앉아서 꾸벅꾸벅 졸고 있더라."

"훗. 그 여자애, 낮에도 졸아."

"그 모습이 어찌나 평화롭던지."

그렇게 말하는 그녀의 얼굴이 언뜻 참으로 편안해 보였다. 바의 실내가 그리 밝은 편이 아닌 데다 워낙 표정이 없는 얼굴이라 확실하진 않았지만, 그녀는 마치 꿈꾸듯 어느 평화로웠던 한 때의 기억 속에 잠겨 있는 것만 같았다. 나는 그녀에게 그 기억에 관해 묻고 싶어졌지만, 그녀가 내게 묻지 않은 것처럼 나도 묻지 않았다. 더구나 그녀를 만난 이후로 처음으로 보게 된 그 편안한 표정을 건드리고 싶지가 않았다.

얼마간 음악을 듣다가 나는 그녀에게, 그녀가 이 도시를 떠나 있던 지난 일 년 동안 없어진 것들과 새로 생긴 것들에 관해 기억나는 대로 이야기해주었다. 그러다가 문득 그녀에게 혹 찾는다던 사람은 만났느냐고 묻자 그녀는 아직 만나지 못했다고 대답했다. 나는 그녀에게 혹시 내가 뭐라도 도울 만한 일이 있으면 언제든 얘기하라고 했다. 그 후로도 그녀와 나는 여러 병의 맥주를 마시며 이런저런 얘기를 나누다 밤이 이슥할 무렵 바를 나와 헤어졌다.

*

"그럼, 꼭 좀 부탁하네."

건물 주인은 착한 사람이다. 이미 집세를 후하게 쳐서 입금했으니 짐을 싸서 나가라고 윽박질러도 나로선 아무 할 말이 없을 터인데, 언제나 이렇게 도리어 사정하는 투다. 이 건물엔 이제 나와 아버지만 산다. 주인이 낡은 이 건물을 허물고 새 건물을 짓기로 결정해 다른 집들은 모두 이사를 갔다. 그래서 지금은 밤이면 건물을 통틀어 딱 우리 집 한 곳만 불이 켜지는 상황이 됐는데, 이제 그럴 수 있는 날도 얼마 남지 않았다. 주인이 준 육 개월의 유예 기간도 이제 딱 보름이 남았기 때문이다.

"알겠습니다. 기한에 꼭 맞춰드릴게요."

걱정 말라는 투로 대답하고 주인을 돌려보냈지만 마음이 답답했다. 분명 내가 이사를 가자고 하면 고개를 설레설레 흔들 아버지 때문이었다. 생각해보면 말을 하지 않게 된 아버지는 참 편할 것 같다. 끄덕끄덕, 아니면 설레설레. 이렇게 두 가지의 고갯짓으로 모든 의사소통이 해결되니 말이다.

*

"며칠 전 그 여자는 누구야……?"

식당 버스의 주인은 짐짓 궁금해서 못 견디겠다는 표정을 하고 내게 물었다.

"오랜만에 여길 왔대요."

나는 국수를 입에 넣는 사이사이 주인에게 그녀에 대해 이야기해주었다. 그러나 나는 이미 잘 알고 있었다. 주인이 그녀에 관해 물은 것은 딱히 그것이 궁금해서라기보다, 이토록 깜깜한 밤에 한적하기만 한 교외 도로변의 버스 식당을 혼자서 지키고 있자면 어쩔 수 없이 빠져들게 되는 외로움을 달래기 위해서라는 것을 말이다. 아니나 다를까 이야기를 듣는 동안 주인은 TV와 창밖으로 종종 시선을 돌리며 내 말에 그리 집중하지 않는 모습이었다.

값을 치르고 밖으로 나오자 차 한 대가 내 앞에 와서 멈춰 섰다. 스르르 창문이 내려가고 그녀의 얼굴이 나타났다.

"국수 먹으려고?"

"아니, 갈 데가 없어서……"

"……"

목소리가 조금 떨리고 있는 듯해 차창 안으로 들여다보니 그녀는 울고 있었다. 하지만 묘하게 표정이 없는 그녀의 얼굴 때문에, 만약 주르륵주르륵 눈물이 흘러내리고 있지 않았다면 나는 그녀가 울고 있다는 것조차 몰랐을지도 모른다.

옆자리에 앉아 얼마간 기다려봤지만 그녀의 울음은 쉬이 그칠 줄을 몰랐다. 위로의 말이라도 건네고 싶었지만 그녀가 우는 이유를 몰라 무슨 말을 해야 할지 알 수가 없었다. 그래서 나는 그녀의 울음이 끝날 때까지 옆에 앉아 말없이 기다리기로 했고, 그녀 또한 별말 없이 계속해서 울기만 했다. 가끔씩 도로 위에 내리깔린 까만 어둠을 휘저어놓으며 차들이 지나갔고, 그럴 때면 헤드라이트 불빛이 그녀의 볼을 타고 흐르는 눈물을 반짝거리게 만들곤 했다. 그렇게 한참이 지나서야 그녀의 눈에서 흘러나오던 눈물이 조금씩 잦아지더니 울음이 멎었다.

"나랑 같이 가볼래?"

"……"

"내 예전 직장에."

“지금?”

“그래, 지금.”

그녀를 달래주려는 나의 제안은 어느 정도 효과가 있는 듯했다. 그녀는 부어오른 눈두덩이 속 초롱초롱한 눈빛으로 나를 쳐다보더니 이내 못 이기는 척 차를 몰기 시작했다. 주유소에 들러 그녀가 잠시 밖에서 기다리는 동안, 함께 일하는 여자 동료에게 미안하지만 오늘은 혼자서 좀 일해줄 수 없겠느냐고 청했다. 이유를 묻기에 나는 누가 울고 있어서 그렇다고만 대답했고, 그러자 마음 좋은 동료는 언젠가 자기가 급한 일이 있을 때 꼭 보답하라고 말하며 흔쾌히 다녀오라고 했다.

사십 분가량 밤길을 달려 놀이 공원에 도착했다. 비록 불이 모두 꺼져 있긴 했지만 익숙하고 정겨운 풍경이 나를 기다리고 있었다. 자정이 넘은 시각 어둡디어두운 놀이 공원에 당직자를 제외하고는 사람이 있을 리 없었다. 당직실로 전화를 걸어보니 다행히 나와 친하게 지냈던 사람의 낯익은 목소리가 흘러나왔다. 미리 사온 맥주와 안주를 당직실에 넣어주고, 그녀와 나는 아무도 없는 드넓은 놀이 공원의 이곳저곳을 쏘다녔다. 아무도 없는 한밤의 놀이 공원에 들어와본 적이 없는 그녀는 모든 놀이 기구들이 멈춰져 있는 광경을 신기한 듯 둘러보며 걷고 또 걸었다.

얼마 후 그녀와 나는 회전목마 앞 벤치에 나란히 앉아 준비해 간 캔 맥주를 꺼내 함께 마시기 시작했다. 환한 낮이었다면 회전목마는 엄마와 함께 온 아이들이나 사랑에 빠진 여인들을 태우고 빙글빙글 돌았을 테지만, 말들은 마치 무슨 마술에라도 걸린 것처럼 모두 제자리에 멈춰 선 채로 조금도 움직일 줄을 몰랐다.

"무슨 생각을 그렇게 해?"

말없이 맥주만 마시는 내게 그녀가 먼저 물었다.

"응, 그냥 여기서 일하던 때가 떠올라서."

"오랫동안 일했다니 추억이 많겠다."

이제 얼굴에서 울음의 흔적이 완전히 가신 그녀에게 나는 놀이 공원에서 일할 때에 겪었던 여러 가지 일들에 관해 시시콜콜하게 얘기해주었다. 높이 걸린 레일 위를 달리던 롤러코스터가 멈춰버려 구조대가 출동한 이야기를 해줄 때에는 마치 눈앞에서 그 광경이 벌어지기라도 하는 양 그녀의 두 눈이 휘둥그레 커지기도 했다. 거의 비슷한 속도로 캔 맥주를 다 마신 그녀와 나는 이내 하나씩을 더 꺼내어 마시기 시작했다.

"그 사람을 찾을 수가 없어."

"……"

"꼭 만나야 하는데."

"그래서 울었구나."

"이 도시를 떠났나 봐. 집도 이사했고, 휴대 전화 번호도 다른 사람이더라고."

"정말 보고 싶은 모양이구나, 그 사람."

"아니."

"……"

"미안하단 얘기를 꼭 해줘야만 되거든."

그렇게 말하는 그녀의 눈가에 다시금 천천히 눈물이 고이고 있었다. 하지만 이번에는 눈물을 떨구는 대신 쌩긋 한 번 웃는 것으로 꿈에서 깨어나듯 막 시작되려는 울음을 멈췄다. 그러고는 곧 명랑한 목소리로 아무도 못 들어오는 한밤의 놀이 공원을 볼 수 있게 해줘서 고맙다고 말했다. 그녀와 나의 발밑으로 후다닥 고양이 한 마리가 지나갔던 것과 순찰을 돌던 경비과 아저씨가 인사를 하고 지나갔던 것 말고는 아무것도 움직이는 것이 없었고, 그녀와 나의 말소리 외에는 아무 소리도 들리지 않았다. 그렇게 그녀와 나는 모든 것이 잠들어 있는 놀이 공원의 벤치에 희뿌옇게 동이 틀 때까지 앉아 있었다.

*

아침 일찍 문을 열고 들어서자 아버지는 TV 영화 채널을 틀어놓은 채 벽에 기대어 잠이 들어 있었다. 그 시각까지는 잠들지 않고 있는 경우가 대부분인데, 아마도 어젯밤엔 혼자서 술을 마신 모양이었다. 별수 없이 이사 얘기는 나중에 해야겠다고 생각하고 더운물을 틀어 샤워를 했다. 따스한 물의 기운이 밤새 굳어졌던 몸 구석구석을 나른하게 녹였다. 수건으로 머리를 닦으며 방으로 가는데 어느새 아버지가 깨어나 있었다.

“우리 이사 가야 돼요.”

“……”

“이번엔 어쩔 수가 없어요.”

“……”

“이 건물이 낡아서 부숴야 한다잖아요. 이제 며칠 안 남았어요.”

“……”

내가 거기까지 말했을 때 아버지는 조용히 고개를 가로저었다. 충분히 예상했던 일이지만 막상 그 모습을 보니 마음이 답답해지는 것은 어쩔 수가 없었다.

기다려도 어머니는 돌아오지 않아요.

그렇게 말하고 싶었지만 나는 하려던 말을 그만두고 그냥 침대로 갔다. 내일도 모레도 계속해서 설득해봐야겠다고 생각하며 잠을 청했다.

*

“무슨 생각을 그렇게 해?”

어느새 내 옆에 그녀가 와 있었다. 실내는 부연 담배 연기로 가득 차 있었고, 그 사이로 누군지 모를 연주자의 색소폰 소리가 흐느적거리며 흘러다니고 있었다.

“응, 놀이 공원에서 일할 때가 생각나서.”

“좋은 생각, 안 좋은 생각?”

“좋은 생각.”

대답은 그렇게 했지만 그녀는 내 말이 사실이 아니라는 것을 눈치 챈 듯했다. 깊은 꿈에서 막 깨어난 듯한 내 표정과 촉촉하게 물기가 어린 내 눈을 그녀는 이미 보았을 터이다.

그녀는 내 옆에 나란히 앉아, 바 안에서 등을 돌리고 CD 플레이어를 만지고 있는 바텐더에게 맥주를 달라고 말했다. 그리고 연이어, 벤 이 킹의 「Stand by Me」 좀 틀어주세요, 하고 말했다. 하지만 바텐더는 음악 소리가 커서 그런지 잘 알아들을 수 없다는 표정으로 한 손을 들어 귀를 기울이는 시늉을 했고, 그러자 그녀는 잠깐 기다려보라는 손짓을 한 뒤 쪽지에 그 내용을 적어 바에 올려놓았다. 잠시 후 노래가 흘러나오자 그녀와 나는 간혹 맥주를 홀짝거리며 리듬에 맞춰 고개를 까딱거렸다.

난 울지 않을 거예요
난 울지 않을 거예요
눈물 한 방울도 흘리지 않을 거예요
당신이 내 곁에 있어만 준다면

“이 노래 좋아하나 봐.”

그렇게 말하자 그녀는 몇 번 고개를 끄덕인 뒤 말을 시작했다.

“좋아하기도 하고…… 실은 이 도시에 살 때 얼마간 일하던 곳이 있었는데, 거기서 자주 이 노래를 들으면서 일하곤 했거든.”

“노래랑 어울리려면……, 혹시 밤에 일하는 곳?”

“응, 종종.”

“그리고……, 사람이 많지 않은 곳?”

“잘 맞추네.”

“……”

“……”

“어디지?”

“주유소.”

“……”

“나도 주유소에서 일한 적이 있거든. 이곳을 떠나기 직전까지.”

“그랬구나.”

그때부터 그녀와 나는 주유소에서 일할 때 흔히 겪는 일들에 관해 얘기를 나누기 시작했다. 그녀는 간간이, 그때 이런 일이 있었지 뭐야, 하는 말을 섞어가며 일 년 전의 기억을 내게 풀어놓았고, 나는 거기에다, 어디 그뿐인 줄 알아, 하고 맞장구를 치며 내가 겪은 얘기를 덧붙였다. 사이사이 음악이 흐르면 그녀는 말없이 생각에 잠기기도 했고, 그럴 때면 무슨 좋지 않은 기억이 떠오르기라도 하는 듯 조금씩 미간을 찌푸리기도 했다. 그렇지만 그러고 나면 어느새 명랑한 얼굴이 되어 다시금 말을 이어나갔다.

애기를 나누다가 문득 그녀가 처음 내가 일하는 주유소를 찾은 날 불 켜진 실내를 물끄러미 바라본 것은 그때와 관련된 어떤 평화로운 추억을 되새기고 있었던 것이라는 생각이 들었다. 그러고 보면 나도 가끔은 주유소 유리창 속으로 누군가 꾸벅꾸벅 졸고 있는 실내를 들여다볼 때면 평화로움이라고 표현할 만한 감정을 느끼곤 했던 것 같다. 한없는 권태와 분간할 수 없이 섞여 있긴 하지만, 차마 어찌해볼 수 없는 노곤하고 나른한 그런 평화로움 말이다.

*

일하러 나가기 전에 오랜만에 저녁을 만들어 아버지와 함께 먹기로 했다.

몇 가지 찌개 이름을 대자 아버지는 김치찌개라는 말에 고개를 끄덕였다. 냉장고를 열어 기왕에 사다 채워넣을 것들을 확인하고 집을 나섰다. 상가는 집으로부터 걸어서 오 분쯤 되는 거리에 있는데, 그 중간에는 작은 공원이 하나 있다. 해 질 녘의 공원에는 엄마 손을 붙잡고 나온 아이들이 이제 곧 저녁을 먹으러 들어가기 전의 마지막 즐거움을 만끽하고 있었다. 문득 아버지와 함께 그 공원에 나가보곤 했던 기억이 떠올랐다. 생각해보니 무척이나 오래된 일이었다. 주유소 일을 시작하고 밤낮을 거꾸로 지내게 되면서부터는 아예 한 번도 없는 것 같았다. 물론 그곳에 나가봐야 나나 아버지나 한마디 말도 없이 벤치에 앉아 아이들과 주변 풍경을 물끄러미 바라보다 돌아오는 것 말고는 하는 일도 없긴 하지만.

커다란 종이봉투를 안고 집으로 돌아오니 아버지는 창가에 서서 담배를 피우고 있었다. 쌀을 씻어 밥을 짓고 찌개를 끓이고 생선도 두 마리를 구웠다. 그러는 동안 아버지는 달그락거리는 소리를 내며 싱크대에 아무렇게나 쌓여 있는 그릇들을 씻었다. 잠시 후 아버지와 나는 조촐하게 음식들이 차려진 식탁에 마주 앉아 저녁 식사를 시작했다.

“어떻게 하죠, 며칠 안 남았는데.”

“……”

“나도 굳이 다른 곳으로 옮겨 가고 싶진 않아요.”

“……”

“하지만 어쩔 수 없잖아요.”

“……”

“오늘도 건물 주인이 전화를 했어요.”

“……”

내가 거기까지 얘기했을 때 아버지는 조용히 수저를 내려놓더니 담배를 피워 물고는 다시 창가로 갔다. 아버지가 내뿜는 담배 연기는 허공에서 천천히 원을 그리며 돌기만 할 뿐 여간해서 창밖으로 빨려 나가지 않았다.

제발 그만 좀 하세요.

그렇게 소리치고 싶었지만 나는 하려던 말을 접어두고 먹던 음식을 마저 비웠다. 집을 나와 걸어가다 뒤돌아 올려다보니 언제나처럼 낡은 건물 한쪽에 딱 한 곳, 우리 집 창문에만 불이 켜져 있었다.

*

언제부터인가 후두둑후두둑 소리를 내며 빗방울이 떨어지고 있었다. 빗줄기는 많게도 적게도 아닌, 그저 비가 오는구나 싶을 정도의 세기로 이어졌다. 멀리서부터 구불거리며 다가와 환하게 불을 밝힌 주유소를 거쳐 다시 저 멀리로 꺾어지며 사라지는 교외의 도로 위로, 차들도 평소보다 훨씬 더 뜸하게 지나갔다. 무료한 표정이 된 여자 동료는 유리창 속 실내에서 라디오를 들으며 피식피식 웃고 있었고, 나는 밖에다 의자를 내놓고 앉아 차들도 잘 지나가지 않아 더욱 어둡게만 보이는 빗속의 도로를 물끄러미 바라보고 있었다.

나는 텅 빈 주유소 한쪽에 앉아 간간이 아버지를 설득해 이사를 가야 한다는 생각을 하며 멍하니 넋을 놓고 있었지만, 혹시 누가 이런 내 모습을 봤다면 꼭 누군가를 기다리고 있는 것처럼 보였을지도 모를 일이다. 그러고 있는 사이 낯익은 차 한 대가 빗길로부터 미끄러져 들어와 내 앞에 섰다.

"꼭 누굴 기다리고 있는 것 같네."

그녀는 창문을 내리는 대신 차를 한쪽 벽에 붙여 세운 뒤 내게로 걸어와서 말했다. 그러고는 자기도 의자를 하나 내줄 수 없느냐고 청했고, 잠시 후 그녀와 나는 나란히 앉아 비 오는 도로를 바라보게 되었다.

"나 이제 돌아가야 돼."

멀리 어두운 도로 끝에 시선을 못 박은 채로 그녀가 말했다.

"어렵게 낸 휴가가 내일로 끝이거든."

"그 사람, 못 찾아서 어떻게 해?"

"어쩔 수 없는 일인걸 뭐."

그렇게 말하는 그녀의 표정은 언뜻 담담해 보였으나, 어찌 보면 안타까운 기색이 아직 많이 남아 있는 것 같기도 했다. 그 말을 끝으로 그녀는 한참 동안 입을 열지 않았다. 다만 옛 추억을 되살리려고 그러는 것처럼 깊은 생각에 빠진 듯한 몽롱한 시선으로 환한 주유소 이곳저곳을 아주 천천히 훑어보기 시작했다. 내가 짧지 않은 간격을 두고 담배 세 개비를 피우고 나서야 그녀는 표정을 풀고 시선을 내게로 돌리며 말을 꺼냈다.

"실은 부탁이 하나 있어."

"……"

"나 오늘 밤에 같이 일해도 돼?"

"여기서?"

"응, 여기서."

"잠도 안 자고?"

"괜찮아, 하룻데 뭘. 그냥 예전처럼 일해보고 싶어서."

거기까지 얘기했을 때 빗길에서 차 한 대가 미끄러져 들어와 주유기 앞에 섰다. 내가 뭐라고 말을 하기도 전에 그녀는 차로 달려가, 어서 오세요, 하고 인사를 하더니, 가득요, 하며 운전자의 말을 한 번 따라 하고는 곧바로 주유를 시작했다. 실내에서 그 모습을 본 동료는 의아한 얼굴을 하고 있다가 그녀가 돈을 받아다 건네주자 내 쪽을 한 번 쳐다보고는 이내 웃는 얼굴이 되어 계산기를 두드리며, 잘하네요, 하고 그녀에게 말했다.

그렇게 해서 그녀와 나는 비 오는 교외의 도로 옆 주유소에서 함께 일하게 되었다. 하지만 엄밀히 말하자면 함께 일했다기보다는 의자를 놓고 나란히 앉아 함께 차를 기다렸을 뿐 실상 일은 그녀 혼자 했다고 봐야 한다. 간간이 차가 들어오면 그녀는 내가 일어서기도 전에 어느새 명랑한 얼굴로 뛰어가 주유를 한 뒤 깍듯이 인사까지 하고는 내게 미소를 지어 보였다. 그럴 때 그녀의 모습은 마치 어릴 적 뛰어 놀던 놀이터에 어른이 된 뒤에 찾아와 오랜만에 아이처럼 뛰어 놀고 있는 사람 같아 보였다.

그러기를 두 시간 남짓, 새벽 두 시가 넘어가자 이제 주유소로 들어오는 차도 거의 없었다. 내 옆에 앉은 그녀는 오랫동안 말이 없었고, 라디오에서 흘러나오는 나직한 음악 소리는 빗소리에 섞여 자장가처럼 들려오고 있었다. 사르르 졸음이 몰려와 의자 등받이에 머리를 대고 깜빡 잠이 들었다. 얼마나 시간이 흘렀을까. 문득 잠을 깨어 옆에 앉은 그녀를 보니 어깨가 조금씩 흔들리고 있었다. 그녀는 몸을 돌려 유리창 속 실내를 바라보며 소리 없이 울고 있었다.

"사람은 왜 사람을 떠날까?"

두 볼을 타고 눈물이 흘러내리고 있었지만 그녀의 목소리는 낮고 차분했다.

"글쎄."

"나, 그 사람을 떠났어."

"……"

"어느 날 갑자기, 낯선 남자의 차를 타고."

"그랬구나."

그녀는 일 년 전 이 도시를 떠나기 전까지 그 남자와 주유소에서 함께 일을 했으며, 지금 돌이켜봐도 그때는 참으로 평화로운 시간들이었다고 했다. 그러다 어느 날 밤 주유소로 들어온 낯선 남자의 차를 타고 아무런 인사도 없이 훌쩍 떠나버렸는데, 아무리 생각해봐도 그렇게 떠난 이유를 자신도 알 수가 없더라고 했다. 그 사람이 싫어진 것도 아니었고 낯선 남자에게 끌리거나 한 것은 더더욱 아니었다고 했다. 다만 낯선 남자가 차문을 열며 함께 가자고 했을 때 모든 것이 권태롭게만 느껴지며 어디로든 가버리고 싶은 마음이 들었다고 했다. 나는 그치지 않고 흐르는 그녀의 눈물을 손으로 닦아주었고, 그러자 그녀는 울음을 진정시키려는 듯 비가 떨어지는 어두운 하늘을 한참 동안 말없이 올려다보았다.

"이제 미안한 마음 그만 가져도 될 것 같다."

“……”

“찾아 헤매고, 괴로워하고…… 그렇게 힘든 네 몫을 했잖아.”

빗줄기는 많이 약해졌지만 완전히 그칠 것 같지는 않았다. 두꺼운 구름으로 뒤덮인 하늘이 아주 조금씩 밝아지려는 기색을 보일 때쯤, 그녀는 내게 이제 그만 자기가 사는 도시로 돌아가야 할 것 같다고 했다. 그녀의 얼굴은 울어서 그런지 잠을 못 자서 그런지 눈이 조금 부어 있는 상태였지만 표정이 그리 어두워 보이지는 않았다.

잘 지내라는 인사와 함께 시동을 걸고 출발한 그녀의 차는 몇 미터쯤 가는 듯하다 잠시 멈춰 서더니 후진으로 내게 되돌아왔다. 창문이 스르르 내려가고, 그녀는 창밖으로 얼굴을 내밀고는 내게 고맙다고 말했다. 천천히 주위가 밝아오는 가운데 비 오는 교외의 도로로 진입한 그녀의 차는 구부러진 길을 따라 한참을 멀어지더니 곧 시야에서 사라졌다.

*

“정말 오랜만이죠, 이 공원에 이렇게 함께 나와본 것이.”

“……”

“저 애 좀 봐요, 넘어져도 혼자서 씩씩하게 잘 일어나네.”

“……”

“아직도 어머니 기다리고 있는 거 다 알아요.”

“……”

“이제 그 정도면 됐어요.”

“……”

“떠나보낸 아버지만큼이나……”

“……”

“어느 날 갑자기 떠난 어머니도……”

“……”

“힘든 자기 몫을 다하지 않았겠어요.”

“……”

“다른 도시에 사는 친구가 우연히 어머니를 본 것 같대요.”

“……”

“이메일로 어머니 사진을 보여준 적이 있거든요.”

“……”

“잘 살고 있는 것 같아 보였대요, 새 가족들이랑.”

“……”

“휴, 그나저나 짐이 너무 많아서 걱정이네.”

“……”

*

동굴 속은 어두컴컴하지만 눈이 익숙해진 내겐 구석구석이
다 잘 보인다. 푹신푹신한 스티로폼 재질에 칠을 입혀서 제법

웅장한 동굴 모양으로 만들어놓은 터널 바닥으로는 물이 흘러가고, 오 인승 보트를 타고 출발해 끝까지 가는 데에 칠 분이나 걸릴 정도로 그 길이가 길다. 얼마간 거리를 두고 터널은 좌우로 꺾어지곤 하는데, 그렇게 꺾어지는 지점에는 머리가 여러 개 달린 큰 용의 움직이는 모형이나 불꽃과 연기를 내뿜는 애꾸눈 해적들의 대포 등이 설치되어 있어 탑승자들에게 괜찮은 볼거리를 제공한다.

하지만 뭐니뭐니 해도 출발한 지 오 분가량 되는 지점에서 등장하는 해골 인간이야말로 이 탑승물의 숨겨진 카드라 할 수 있다. 물을 따라 잘 흘러가던 보트가 무엇인가에 걸리면서 잠시 멈추는가 싶다가, 컴컴한 동굴 벽면에서 하얀 뼈들만 붙어 있는 해골 인간이 튀어나와 보트 위로 뛰어오른다. 해골 인간은 놀라 자빠지는 사람들의 얼굴을 유심히 살펴보며 잠시 멈춰 서 있다가, 그제야 그것이 가면이라는 사실을 알아차리고 안도의 미소를 짓는 그들에게 마술을 부려 꽃과 사탕을 나눠준다. 이내 해골 인간은 손을 흔들며 벽면으로 사라지고 다시금 보트는 움직이기 시작한다.

해골 인간으로 일하는 것은 아무리 생각해봐도 즐거운 쪽에 속한다. 물론 동굴의 시작부터 입을 맞추는 데에만 목적이 있는 연인들이 가끔 보트에 뛰어오른 나를 밀쳐 물속으로 빠뜨리는 때도 있고, 도무지 겁을 먹지 않는 짓궂은 아이들이 내 가면을 붙잡아 벗겨버릴 때도 있긴 하다. 하지만 대부분의 경우 소스라치게 놀랐다가 꽃과 사탕을 주는 나를 향해 환하게 미소 짓는 사람들의 모습을 보면 어느새 해골 가면 속에서 나도 따라 미소를 짓게 되는 것이다.

이제 대여섯 대의 보트만 더 보내면 오늘 일이 끝난다. 그렇다고 해봐야 동료들과 바에 가서 맥주를 마시거나 집에서 아버지와 저녁을 먹고 비디오를 빌려다 영화를 보는 정도밖에는 특별히 할 일이 없는 나지만, 그렇다고 해도 퇴근 시간은 누구에게나 즐거운 법이다.

저쪽 모퉁이에서부터 동굴 속을 흐르는 물소리 사이로 도란거리는 말소리가 들려오기 시작한다. 내가 숨어 있는 이곳 좁은 공간은 동굴 벽에 반사되는 말소리들이 다시 한 번 모이는 지점이어서 비교적 또렷하게 그 내용을 알아들을 수가 있다. 세 사람, 그것도 한 가족이 분명하다.

"무섭지 않아?"

"아니, 하나도 안 무서워."

"야, 용감하네."

"엄마는 무섭나 보지?"

"응, 엄마는 진짜로 무서워."

"걱정 마, 내가 지켜줄게."

곧이어 까르르, 세 사람의 웃음소리가 동굴 벽을 따라 울린다.

"집에는 언제 가?"

"왜, 벌써 가고 싶어?"

"아니, 더 놀다 가고 싶어서."

"녀석도. 걱정 마. 오늘은 여기서 자고, 내일 집에 갈 거야."

아마도 이 도시에 사는 사람들이 아닌 모양이다.

"여기를 돌면 뭐가 있을까?"

"어, 아빠. 보트가 왜 안 가지?"

아이의 목소리가 코앞이다. 이제 내가 나설 차례다.

쏜살같이 튀어나가 두 팔을 크게 벌리고 세 사람이 앉아 있는 보트 위로 뛰어올랐다. 중년의 남자와 여자, 그리고 그들의 나이에 비해선 많이 어려 보이는 예닐곱 살가량의 남자 아이가 소스라치게 놀라며 나를 쳐다봤다. 잠시 움직임을 멈추고 그들의 얼굴을 차례차례 응시했다. 그들도 나도 숨죽이고 서로를 바라보고만 있었다. 잠시 후 세 사람은, 에이 뭐야, 놀랐잖아, 하고 말하며 웃음을 터뜨렸다.

그런데 나는 도무지 움직일 수가 없었다. 하얀 얼굴의 그 중년 여자에게 시선을 못 박은 채로 움직일 수가 없었다. 이제 곧 마술을 부려 꽃과 사탕을 나눠주어야 하는데도, 온몸에서 힘이 다 빠져나간 듯 손가락 하나 까딱할 수가 없었다. 왈칵 눈물이 솟더니 샘물처럼 흘러나왔다. 눈물에 젖은 가면 때문에 도리어 내 얼굴 전체가 젖어들고 있었고, 그런 내 얼굴을 본 아이는, 엄마 해골이 울고 있어, 하며 다시 웃음을 터뜨렸다.

흐느적거리며 손을 움직여 허겁지겁 사탕이며 꽃을 전해주고 터벅터벅 동굴 벽 속 좁은 공간으로 돌아왔다. 다시금 보트는

216

물을 따라 흐르기 시작해 반대편 모퉁이를 돌아 사라져갔다. 눈
에서는 눈물이 그칠 줄 모르고 솟아 나왔고, 속에선 오랫동안
꼭꼭 숨겨뒀던 말 하나가 눈물처럼 솟아 나왔다. 엄마, 엄마,
엄마……

바다 위의 주유소

딩동.

초인종 소리가 들렸고, 그 소리에 잠에서 깼다. 혹시 꿈속에서 들은 걸까. 침대에 누운 채로 잠시 더 기다려본다. 창을 통해 달빛이 새어든다. 얼마간 귀를 세우고 가만히 있어봐도 소리는 다시 들리지 않는다. 정말 꿈속에서 들은 걸까. 아니면 지금 이 상황도 꿈은 아닐까. 궁금해진 나는 실내를 가로질러 문으로 다가간다. 만약 문밖에 누군가 서 있다면 모두가 잠든 이 시간에 도대체 누굴까. 혹시 돌아온 걸까. 이제야 집으로 돌아온 걸까. 천천히 문을 열고 고개를 내민다. 어두운 문밖엔 아무도 없다.

*

"오늘 촬영 몇 시에 온다고 했지?"

우두커니 생각에 잠긴 내 어깨를 툭 치며 동료가 묻는다.

"아, 잠시 후면 올 거야."

"아침부터 무슨 생각이 그리 많아."

"으응, 그냥."

내가 사는 도시는 바다를 끼고 있다. 그리고 내가 일하는 직장은 바다와 딱 붙어 있다. 상어, 바다거북, 가오리, 펭귄 들이 파란 물속을 헤엄쳐 다니는 곳. 사람들은 내 직장을 아쿠아리움이라고 부른다.

오늘 오후에는 지역방송사에서 촬영을 오기로 돼 있다. 「아쿠아리움 사람들」이라는 제목으로 간단한 교양 프로를 제작한다고 했다. 그러고 보니 이곳엔 해저 생물들만 사는 것이 아니었다. 사람들도 백 명 가까이 살고 있다. 방송사 제작진과 통화하면서 '사람들'이라는 표현을 듣고 나서야 문득 그런 생각이 드는 것을 보면, 확실히 이곳의 주인공은 사람이 아니라 물고기들인 모양이다.

방송사 PD는 내게 어떤 사람들이 '그림이 되느냐'고 물었고, 나는 으레 그랬던 것처럼 상어를 비롯한 수중 생물 사육사들, 다이버들, 그리고 얼굴이 예쁘장하고 다리가 긴 가이드와 사이보그처럼 강인해 보이는 시설 보안요원 등을 추천해줬다. 하지만 실제로 이곳에 오는 방송 제작진들은 결국엔 상어에게로 카메라를 집중시키게 된다는 걸 나는 경험으로 알고 있다. 특히 사 미터 길이에 어마어마한 덩치를 자랑하는 '빅보스'가 대형 수족관의 새파란 물을 헤치고 유유히 다가오는 것을 보면 내가 카메라맨이라도 숨을 죽이고 앵글을 고정시키지 않을 수 없을 터이다.

잠시 후 카메라에 담을 만한 곳들을 이곳저곳 미리 둘러보던 내가 생명 유지 장치들을 물끄러미 바라보고 있을 때, PD 일행이 카메라와 조명 장비들을 둘러메고 나를 찾아왔다.

"이곳은 생각보다 덥군요?"

악수를 건네며 PD는 그렇게 말했다. 대부분의 방문객들처럼 말이다. 밖에서들 상상하는 것과 달리 실상 아쿠아리움이라는 '일터'는 그리 시원하질 못하다. 물론 관람객들이 움직이는 길을 따라서는 늘 시원한 에어컨 바람이 돌아다니지만, 그 이면의 공간들은 오히려 후텁지근하다고 표현하는 것이 적당할 정도다. 처음 이곳에서 일하게 됐을 땐 직장이 시원해서 참 좋겠다고 말하는 사람들에게 일일이 그렇지 않다고 설명하곤 했지만, 그것도 조금 피곤해진 터라 요즘은 그냥 '그렇죠 뭐' 하고 넘어가버린다.

정해진 순서대로 촬영을 하고 인터뷰를 진행하는 그들 일행을 따라다니는 것으로 나의 일과가 시작됐다. 바다 깊은 곳에 사는 물고기들을 촬영할 땐 조명을 너무 강하게 밝히지 말아달

라고, 인터뷰이들에게 너무 개인적인 질문은 자제해달라고 부
탁해가면서 말이다.

*

오늘은 바다의 표정이 어둡다. 몇 년 전 이 도시로 와서 바다
를 바라볼 때면 매일 보는 바다의 표정이 사뭇 달라져서 놀라곤
했다. 하지만 얼마 지나지 않아 나는 알게 됐다. 바다는 오롯이
하늘의 얼굴을 따라서 그 표정을 달리한다는 것을. 오늘처럼 거
무튀튀한 먹구름이 잔뜩 낀 하늘이면, 말할 것도 없이 바다 또
한 잔뜩 찌푸린 표정을 하고 있는 것이다.

퇴근길에 차를 세워놓고 이렇게 차창 밖으로 바다를 바라보
는 것도 참 오랜만이다. 마치 사과파이를 만들어 파는 사람이
정작 출출해지면 사과파이는 거들떠보지도 않듯이 오랫동안 바
다는 내 출퇴근길 풍경의 들러리 정도로 전락한 것이 사실이다.
한데 오늘따라 그냥 다시 한 번 그래 보고 싶었다. 어쩌면 너무
새파래서 가끔은 실재하는 바다가 아니라 무슨 애니메이션을
보고 있는 듯한 착각이 들 만큼 비현실적이리만치 바다같이 꾸
며놓은 수족관들만 보다가, 저렇게 적당히 우중충한 빛깔의 바
다가 문득 보고 싶어졌는지도 모른다.

신발을 벗어 들고 맨발로 모래 위를 걷다 밀려오는 바닷물에
살짝 발을 담가보는 여자, 멀리 수평선을 바라보고 있는 여자의

옆에 앉아 볼에다 입을 맞추고 있는 남자, 교복을 입은 채로 동 그렇게 둘러앉아 모래로 뭔가를 열심히 만들고 있는 한 무리의 여중생들…… 그리고 운전석에 앉아 그들을 물끄러미 바라보고 있는 나. 차창을 닫아놓아서일까. 바다와 사람들이 만들어내는 풍경이 아늑하고 평화로워 보였다.

한데 어느 순간, 그렇게 하기로 미리 정해놓기라도 한 듯 사 람들이 일시에 후다닥 뛰기 시작했다. 빗방울이 차창을 몇 번 때린다 싶더니 이내 쏴아 하는 소리를 내며 퍼붓고 있었다. 굵 은 빗줄기를 피해 사람들은 여기저기로 도망치듯 사라졌고, 채 몇 분 지나지 않아 모래사장은 텅 비었다. 딱 한 사람만 빼고.

그녀는 만약 내 차에서 내려 걸어간다면 오십 걸음 정도 떨어 진 모래사장에서 바다쪽을 보고 앉아 있었는데, 투명한 우산을 쓴 채로 덩그러니 혼자 남아 있었다. 아무도 없는 모래사장에서 물안개를 날리는 세찬 빗줄기 속에 그녀 혼자 그러고 있는 모습 을 빗물이 번지는 차창을 통해 보고 있자니, 마치 누군가가 거 친 붓 터치로 그려놓은 유화를 보는 것만 같았다. 무슨 생각을 하고 있을까. 떠나간 누군가를 생각하고 있는 것일까. 어쩌면 자신이 떠나온 누군가를 생각하고 있는 것인지도 모른다. 그도 저도 아니면 다만 비 오는 날 바다를 보는 것이 그녀의 오랜 취 미일 수도 있을 것이다.

퇴근길에 차를 세워놓고 하릴없이 남의 생각이나 추측하고 앉아 있는 나 자신이 조금 한심스럽다는 의식이 들 때쯤, 저 멀리 그녀가 천천히 몸을 일으켰다. 시계를 보는 듯 손목을 들어 눈앞에 한 번 갖다 대었다가 몸을 돌려 내 차가 있는 쪽으로 똑바로 걸어오기 시작했다. 잠시 후 내 차 바로 앞에서 보도로 올라선 그녀는 다시 방향을 틀어 사라져갔다. 빨간색 상의에 짙푸른 색깔의 바지. 그녀는 주유소 유니폼을 입고 있었다.

혼자서 그곳을 지키던 그녀마저 가버리자 바야흐로 비 오는 모래사장은 완전히 텅 비어 있었다. 그새 어둠이 깔려 멀리 바다 쪽부터 조금씩 보이지 않게 되더니, 이내 주위가 온통 까맣게 돼버렸다.

……아 정말 덥군요. 혹시 청취자 여러분은 라디오 방송 중엔 스튜디오 안에 에어컨을 켜지 않는다는 사실을 아시는지요? 윙— 하는 소리 때문에 아예 꺼놓는 경우가 대부분이랍니다. 그럼 어떻게 하느냐구요? 하하. 어쩌긴요. '땀 흘려 일하는 디제이'라는 말에 만족하고 살아야죠. ……당신은 지금 어디 계십니까? 혹 어두운 바닷가에 홀로 앉아서 떠나간 어떤 사람을 하염없이 그리워하고 있진 않으십니까? 그렇다면 잘 한번 생각해보십시오. 어쩌면 떠나간 건 그 사람이 아니라 당신일 수도 있거든요. 사람 사이에 만나고 헤어지는 데에 아무리 생각해도 '순전히 일방적인 사건'이란 없지 않겠습니까. 얘기가 너무 길어졌네요. 오늘처럼 비 오는 날 이런 음악은 어떨까요……

음악이 시작되자 볼륨을 약간 높이며 차를 움직였다. 라디오

디제이의 말 때문이었을까. 오랫동안 멈춰 서 있다 천천히 차를 움직이는 내 모습이 모래사장에 한참을 앉아 있다가 모래를 털며 일어서고 있는 것처럼 느껴졌다. 번화한 도로로 나와 퇴근을 서두르며 늘어서 있는 차들의 긴 행렬 사이로 끼어들 때쯤, 좁디좁은 스튜디오 안에서 연신 땀을 닦고 있을 디제이보다는 에어컨을 틀고 운전하고 있는 내가 적어도 이 순간만은 더 행복할지도 모른다는 생각이 들었다.

*

나처럼 가족이 없이 혼자 사는 사람에게 회사에서 당직을 서는 일은 그리 괴로운 일이 아니다. 더구나 이곳처럼 스물네 시간 생명 유지 장치가 거의 모든 일들을 알아서 해주고 있는 경우라면, 오랜만에 한 번씩 돌아오는 당직이란 그저 책을 읽거나 공상에 잠기는 정도의 시간일 뿐이다. 물론 두어 차례의 정해진 순찰 시간이 있긴 하지만, 그마저도 익숙한 동선을 따라 한 바퀴 돌면서, 예를 들어 상어 수족관 위의 조명이 햇빛에서 달빛으로 자동 전환됐는지 정도만 점검하면 되는 지극히 단순한 일들인 것이다.

한밤의 아쿠아리움은 고즈넉하기 이를 데 없다. 물론 당직실이 있는 곳은 윙— 하는 기계 소리와 물이 흐르는 소리 때문에 조용하다고는 말할 수 없지만, 어두운 수족관 통로들을 따라 돌

때면 수백 종, 수만 마리의 바다 생물들이 검푸른 물속에서 별 움직임 없이 멈춰 서 있는 풍경이 마치 깊은 밤 적막한 심해를 홀로 유영하는 다이버가 된 듯한 느낌이 들게 한다. 그런데 그 느낌은 어두운 물 색깔만큼이나 무겁고 깊은 것이어서, 오히려 밤에도 환하게 불이 켜진 시설 보안팀으로 가서 이상 유무를 전달하려 실내로 들어섰을 때 처음 몇 분간은 도무지 사람들이 사는 현실로 돌아왔다는 느낌이 들지 않을 정도다.

"별 이상 없지?"

"그렇지 뭐."

"대체 홍보실 사람들에게 왜 당직을 서게 하는 거야? 우리가 다 하는데."

"별수 없잖아."

"어서 가서 쉬어. 이제 할 거 다 했잖아."

"그래, 수고."

새벽 네 시. 그렇게 두 번의 순찰까지 마치고 나서 집에 가기 위해 차를 몰고 밖으로 나왔다. 어두운 바닷가의 도로는 차들이 많이 다니지 않았지만, 멀리 모래사장에는 사람들의 검은 그림자들이 드문드문 눈에 띄었다. 핸들을 잡고 있는 내 눈에 문득 계기판의 주유 램프가 켜져 있는 것이 보였다. 램프가 켜졌다고는 해도 남은 휘발유로 집까지는 가고도 남을 터였지만, 왠지 주유 램프가 켜지고 나면 신경이 거슬려 나는 꼭 곧바로 주유소를 찾곤 한다.

"어서 오세요."

주유소로 들어서는 내 차를 보고 달려온 여자. 새벽녘까지 일한 사람 치고는 꽤 낭랑한 목소리였다.

"얼마나 넣어드릴까요?"

"가득 채워주세요."

말을 주고받으며 얼굴을 봤다. 어디선가 본 듯한 느낌이 들었지만 퍼뜩 생각이 나질 않았다. 그러나 주유를 하는 동안 주유기 옆에서 발을 까딱거리고 있는 모습을 보고 있자니 어렴풋한 기억이 확실해졌다. 며칠 전, 세차게 내리는 빗속에서 바다를 바라보던 그녀가 분명했다.

"혹시 절 아세요?"

카드를 건네주며 내가 그녀의 얼굴을 너무 빤히 바라보고 있었나 보다. 나보다 열 살은 어려 보임직한, 그러니까 이십대 중반가량의 깨끗하고 밝은 얼굴이었다.

"아 예. 며칠 전 바닷가에서……"

그냥 아무것도 아니라고 하면 될 것을. 나도 모르게 말이 나와버렸다.

"네?"

"며칠 전 비 오는 바닷가에 앉아 있는 걸 본 것 같아서요."

"풋."

그녀는 초승달처럼 눈이 변하며 짧은 웃음을 내뱉었다. 그러고 나서 혹시 자기를 좋아하느냐고 물었다. 조금 당황스러워 별 대답을 못 하고 있는 내게, 자기를 좋아하는 게 아닌 바에야 어떻게 바닷가에 혼자 앉아 있는 자길 며칠이 지나서도 기억을 할 수가 있느냐며 다시 웃었다. 그러곤 쪼르르 사무실로 달려가 계산을 마치고 난 뒤 카드와 영수증을 돌려주면서, 농담이니 신경 쓰지 말라고 했다.

"저…… 부탁 하나 들어줄 수 있어요?"

다시금 시동을 거는 내게 그녀가 조심스럽게 물었다.

"오늘 일 끝났는데, 어디 음반 많은 바 한 군데에 좀 내려주실래요?"

그렇게 해서 그녀와 나는 바닷가 주유소로부터 차로 이십 분 가량의 거리에 있는 바의 실내에 나란히 앉아 음악을 들으며 칵테일을 마시게 됐다. 마침 당직을 서고 난 뒤라 그렇지 않아도 한잔하고 싶었다고 하자, 그녀는 역시 내가 자길 좋아하는 것이 맞다며 또 한 번 밝게 웃었다. 잠시 후 바에 앉자마자 그녀가 바텐더에게 부탁한 마마스 앤드 파파스의 「Dancing in the street」가 흘러나왔고, 그러자 그녀는 칵테일 한 모금을 입에 머금은 채로 한동안 눈을 감고 음악을 들었다.

세상을 향해 소리쳐봐

새로운 비트에 맞출 준비가 되었냐고

여름이 왔으니 때가 된 거야

거리에서 춤을

......

네가 뭘 입고 있든 무슨 상관이야

그냥 이곳에 있기만 하면 된 거야

한번 해봐, 사내 녀석 모두 여자애 하나씩 붙잡고

온 세상 여기저기서

춤을 출 거야

거리에서 춤을

무척이나 오래된 노래를 알고 있다고 하자 그녀는 어떤 남자가 오래전부터 좋아하는 노래라 자기도 듣게 됐다고 대답했다. 그 남자가 누구인지 물어보려 했지만, 그녀의 표정이 그 주제로 얘기를 이어나가고 싶지 않은 기색인 것 같아 나는 하려던 물음을 접었다. 한데 그녀가 대뜸 나를 놀라게 했다.

"아쿠아리움 일은 재미있나 몰라."

"……"

어떻게 그걸 알았냐는 듯 눈이 동그래진 내게 그녀는 장난스러운 웃음을 띠고 말했다.

"차 앞유리 한쪽에 스티커가 붙어 있던데 뭘. 'AQUARIUM' 이란 글자 밑에 상어가 그려져 있는."

"그랬구나."

"거기 진짜로 상어도 있어?"

"응. 가장 큰 놈은 사 미터가 넘어."

"어떤 기분일까, 그런 생물이랑 함께 사는 일은."

나는 그녀에게 '상어라는 생물과 함께 사는 일'에 관해 생각나는 대로 말해줬다. 먹이를 충분히 주지 않을 경우 수족관 안의 다른 어류들을 잡아먹기도 하지만, 사람들이 생각하는 것만큼 포악하거나 호전적인 모습을 웬만해선 보이지 않는다는 등의 얘기. 그녀는 내 얘기를 듣는 동안 내내 재미있다는 표정이었고, '빅보스'에 대해 말할 때는 짧은 감탄사를 내뱉기도 했다.

그녀와 나는 몇 곡의 음악을 더 신청해 듣고, 칵테일을 한 잔씩 더 마셔가며 얘기를 나눴다. 그녀는 자신이 아쿠아리움이 생기기도 전에 이 도시에서 살았던 적이 있었고, 이제 오랜만에 다시 돌아와 어떤 남자와 함께 지내고 있다고 했다. 아쿠아리움이 생긴 것이 사 년 전이니까, 적어도 그녀가 이 도시를 떠나 있었던 시간이 그 이상인 것은 분명했다.

"마마스 앤드 파파스 좋아하는 남자?"

"응. 바닷가 주유소 사장."

"많이 사랑하는 모양이네, 그 남자를."

"아니."

"……"

"참 오랜만에 왔는데, 아직도 그 자리에 그대로 있더라고."

"……"

"변한 게 하나도 없는 그 사람을 보면 답답해."

"그런데 왜……?"

"또 떠날 거야. 그 사람, 실은 나 말고 기다리는 사람이 있거든. 난 그 사람 인생에 들러리가 되긴 싫어. 부담 주는 것도 싫고."

'그 사람'에 관한 그녀의 이야기는 거기서 그쳤다. 창밖으로 희뿌옇게 날이 밝아오고 있었다. 남은 칵테일을 다 비우고 바를 나오면서 그녀는 내게 함께 술을 마셔준 것과 자신의 얘기를 들어준 것에 대해 고맙다고 말했다. 그러면서 다음에 또 한잔하게 되면 이번에는 자기가 내 얘기를 많이 들어주겠노라고 했다. 태워다주겠다고 하자 그녀는 이제 버스가 다니니 괜찮다며 내게 손을 흔들어 보이고는 정류장 쪽으로 걸어갔다. 날은 밝아오고 있었지만 구름 긴 하늘은 쉬이 환해지지 않고 있었다. 어쩌면 그녀는 오늘 또 비 오는 바다를 바라볼지도 모르겠다고 생각하며 나는 당직 다음 날의 나른한 하루를 찾아 집으로 향했다.

*

딩동.

초인종 소리에 잠에서 깼다. 아니, 아직 꿈속일 수도 있다. 하지만 꿈이라고 하기엔 실내의 모습이 평소와 너무 똑같다. 밖엔 비가 오는 것인지 커튼을 걷어놓았는데도 실내가 까만 어둠 속에 잠겨 있다. 초인종 소리는 다시 들리지 않는다. 조심스럽게 문으로 다가간다. 만약 발소리를 크게 내면 문밖에 서 있던 누군가가 그 소리에 놀라 되돌아가버릴지도 모를 일 아닌가. 돌아온 걸까. 이렇게 갑자기 돌아온 걸까. 천천히 문을 열고 고개를 내민다. 문밖엔 아무도 없다.

*

수달이 새끼를 낳았다. 어미 수달의 산고를 곁에서 체험한 사육사는 "이런 맛에 이것들을 키운다"며 눈물을 글썽거렸다. 축 늘어진 어미 수달과 꼬물거리는 새끼 수달들이 보호실에서 지내는 동안 수달 수족관에는 수놈 혼자서 헤엄치게 될 터이다. 사육사는 싱글벙글 웃음을 참지 못하는 얼굴로 새끼줄에 주렁주렁 고추를 매달아 수달 수족관 앞에 걸고는 '수달이 새끼를 낳았어요'라는 간판을 달아놓았다. 나는 그 모든 장면들을 사진으로 찍어 신문사와 방송사들에 보내고 확인 전화를 하는 것으로 하루를 보냈다.

아쿠아리움의 문을 닫는 것은 아홉 시, 관람객을 받는 것은 여덟 시까지다. 그러니까 여덟 시부터 한 시간 동안은 들어오는 관람객은 없고 나가는 이들만 있다는 얘기다. 하루 종일 사람들로 복작거리던 이곳이 썰물이 빠지듯 사람 수가 줄어들면서 이내 고요함을 되찾게 되는 시간이다. 퇴근을 위해 지상으로 올라가는 엘리베이터로 향하는 길엔 상어 수족관을 지나야 한다. 상어, 자이언트 피쉬, 바다거북, 가오리 들과 수를 셀 수도 없는 작은 물고기들이 여느 때와 다름없이 짙푸른 물속을 돌아다니고 있었다. 지난 몇 년간 이곳에서 일하면서 스스로에게 일러둔 점이 하나 있었다. 결코 수족관 물빛을 넋 놓고 쳐다보기 시작하지 말 것. 거대한 수족관에 가득 들어찬 파랗디파란 저 물빛을 시선을 풀고 바라보고 있다 보면, 도대체 시간이 얼마나 흘렀는지 느낌도 없어지는 듯싶다가 나중에는 눈을 떼려 해도 뗄 수 없는 묘한 상태가 돼버리는 수가 있다. 그럴 땐 누가 옆에 와서 어깨라도 쳐주지 않으면 도무지 그 상황에서 헤어날 수가 없는 것이다.

"여기 있었네?"

누군가 어깨를 툭 쳐 깊은 잠에서 깨어났다. 돌아보니 며칠 전 주유소의 그녀가 생글거리며 웃고 있었다.

"왔구나. 주유소 일은 어떻게 하고?"

"오늘은 일 안 해도 돼."

나는 마법에 걸린 어린아이처럼 상어 수족관의 물빛에 정신을 빼앗기고 있던 내 모습이 좀 창피한 느낌이 들어 짐짓 태연한 척 표정을 꾸몄다. 하지만 어쩌면 그녀는 아까의 내 모습을 오랫동안 보고 있었는지도 몰랐다.

"우와. 저놈이구나."

상어 수족관 옆으로 이어져 있는 수중 터널, 그러니까 그녀의 머리 위쪽으로 거대한 몸집의 생물체가 나타났다. 빅보스는 분명 처음 마주한 상대를 완전히 사로잡고도 남을 만큼 크고 멋진 외모를 갖고 있었다. 그녀는 내 옆에 서서 녀석의 거만하면서도 부드러운 움직임에 시선을 고정한 채로, 자긴 상어를 이렇게 가까이서 본 적은 처음인데 맨 처음 일 초를 제외하면 무섭다는 생각보다는 아름답다는 생각이 더 많이 든다고 했다.

"참 이상하다."

"뭐가?"

"저 상어. 만난 지 십 분이 지났을 뿐인데."

"그런데?"

"무작정 따라가고 싶어지니 말야."

"……"

"하지만 그럴 일은 없지. 나 수영 못하거든."

그렇게 말하며 그녀가 까르르 웃음을 터뜨렸고, 그 모습을 본 나도 따라 웃음이 나왔다. 문을 닫기 위해 부산스럽게 정리를 하는 동안, 그녀와 함께 이곳저곳을 돌아다니며 이곳에 사는 물고기들에 관해 설명해줬다. 그녀는 신기한 듯 눈을 동그랗게 뜨고 수족관 내부를 응시하기도 했고, 가끔은 진지한 얼굴이 되어 고개를 끄덕이기도 했다. 잠시 후 배가 고파진 그녀와 나는 무엇을 먹을까 잠시 고민하다 내 아파트에서 피자를 주문해 맥주와 함께 먹기로 하고 함께 지상으로 올라와 차를 탔다.

"왜 혼자 살아?"

"응?"

식탁에 마주 앉아 피자와 함께 맥주를 마시던 그녀가 문득 내게 물었다.

"이번엔 당신 얘기 들어주기로 했잖아."

"아, 그랬지."

어디서부터 얘기를 해야 하나. 내가 무슨 대답이든 선뜻 하질 못하고 생각에 잠기는 듯하자 그녀는 미안한 표정이 되더니 화제를 돌리려고 그러는 듯 실내를 빙 둘러봤다. 그러다 시선이 멈춘 곳은 한쪽 벽에 걸려 있는 커다란 확대 사진이었다. 파란 상어 수족관 속을 손을 흔들며 지나가는 다이버의 모습이었다.

"누가 아쿠아리움 사람 아니랄까 봐."

"……"

"그런데 누구야, 저 사람?"

"아내야."

"……"

"지금은 없어."

"그랬구나. 실은 아까 수족관 앞에 있는 당신을 옆에서 한참 쳐다보고 있었어."

"……"

"내가 다가가도 모르더라. 물속을 바라보던 눈빛이 좀 슬퍼 보이길래 한참을 기다렸지 뭐야."

"괜찮아. 아무렇지도 않아 이젠."

"괜찮긴. 지금 눈빛이 또 그때처럼 돼버렸는데."

그녀는 내게 괜한 걸 물어봐서 미안하다며 얘기하고 싶지 않으면 하지 않아도 된다고 했다. 하지만 나는 딱히 다른 할 얘기도 없는 데다 지난번 그녀가 '그 사람'에 관해 내게 말해준 것도 있고 해서 아내에 관해 얘기해줬다. 이 도시에 아쿠아리움이 생기면서 직장을 얻은 나는 살던 도시를 떠나 이곳으로 왔고, 다이버로 일하는 아내를 만났다는 얘기. 여섯 달 동안 함께 저녁 먹고 함께 술 마시고 함께 자다가 결혼해 함께 살게 됐고, 일 년이 지나 다른 사랑하는 사람이 생겼다며 아내가 날 떠났다는 얘기. 그러고 보니 누군가에게 아내에 관한 얘기를 한 건 참으로 오랜만이었다.

남은 피자 조각은 식은 지 오래였고, 그사이 그녀와 나는 캔맥주 서너 개씩을 마셨다. 얼마간 침묵이 흘렀다. 혼자 있을 때 침묵은 오히려 당연하고 자연스러운 일이지만, 누군가와 함께 있을 땐 잠깐의 침묵도 길게만 느껴진다. 그래서 딱히 할 말이 없는 것일 뿐인데도 관심이 식었거나 대화를 싫어한다는 오해를 불러일으키곤 한다. 말없이 그녀와 마주 앉아 맥주만 홀짝이면서, 몇 번인가 나의 침묵에 관해 불평을 토로하던 아내가 떠올랐다.

"알 것 같아. 어떤 사람이었을지."

"……"

"당신 아내가 새로 사랑하게 됐다는 남자."

"……"

"아마 당신이랑 많이 다른 사람이었겠지. 체구가 당당하고, 유창하게 말 잘하고, 자신감이 넘치고……"

"그렇겠지. 보진 못했지만."

"아직 기다리고 있구나."

"……"

"돌아올 걸로 믿는 거야?"

"글쎄."

그러는 동안 식탁 위엔 빈 맥주 캔들만 남게 되었고, 그러자 그녀는 잠시만 기다리라고 말하고는 집을 나갔다. 텅 빈 집 안이 새삼스레 고즈넉하게 느껴졌다. 아내가 떠난 후 이 년이 넘도록 혼자서 저녁 먹고 혼자서 술 마시고 혼자서 잤는데 아직도 문득문득 이 작은 실내가 넓게만 느껴지는 때가 있다.

수족관 안에서 밖을 보면 어떤 줄 알아요? 처음엔 갇혀 있는 내 모습을 사람들이 구경하고 있는 것 같다가, 나중엔 거꾸로 생각될 때가 있어요. 끝도 없이 넓은 바다 속의 작은 유리 집 속에 사람들이 들어 있고, 난 그 밖에서 상어들과 유유히 헤엄치고 있다는 생각. 그런 생각이 들기 시작하면 밖으로 나오기가 싫어지곤 해요.

처음 내게 말을 걸어오던 날 아내가 말했다. 그렇게 넓디넓은 바다 위 손바닥만 한 크기의 섬에 발을 딛고 서 있는 내게 아내는 상어를 타고 다가와 말을 걸어왔다. 벽에 붙은 커다란 사진 속에선 변함없이 아내가 날 향해 손을 흔들고 있다. 하지만 아내는 사진 속에서 나오려 하지 않는다.

"자, 한잔 더 해야지."

어느새 캔 맥주와 안줏거리를 더 사 온 그녀가 식탁 위에 그것들을 풀어놓고 있었다. 밖은 비가 내리는 듯 그녀는 머리며 옷에서 물을 뚝뚝 흘리고 있었다. 그 모습을 쳐다보는 내게 그녀는 우산을 가지러 돌아오려 하다가 그냥 좀 덥기도 하고 해서 비를 맞기로 했던 것이라며 수건으로 긴 머리를 닦았다. 물에 젖은 그녀의 모습이 바다 속에서 막 나온 사람 같아 보였다. 혹은 비 오는 모래사장에서 바다를 바라보다 들어온 사람 같기도 했다.

"그땐 왜 그런 거야?"

"응?"

"비 오는 날 바닷가에서."

"아. 그날. 그냥 추억에 좀 잠겼던 거야."

"그 사람과의 추억?"

"응. 예전에 같이 앉아서 바다를 바라보곤 했거든."

"그랬구나."

"한데 이제 좀 지긋지긋해졌지 뭐야."

"……"

"그 사람이 너무 바보 같아서 말야. 오지 않을 사람을 잊지도 못하고. 칫."

그렇게 말하는 동안 그녀의 눈이 조금 발개지는 듯하더니 물기가 고이기 시작했다. 하지만 눈물은 그녀의 볼을 따라 흘러내리는 대신 눈에만 송글송글 맺혀 있다가 조금씩 잦아들었다. 나는 화제를 돌릴 겸해서 그녀에게 TV를 보자고 했고, 그렇게 해서 그녀와 나는 소파에 나란히 앉아 맥주를 마시며 TV 토크 쇼를 보게 됐다. 그녀는 화면 속에서 우스갯소리가 나오면 까르르 웃기도 하고, 그러다가 맥주를 들어 내 것에 부딪히며 함께 마시자는 몸짓을 하기도 했다.

토크 쇼가 끝나갈 무렵, 그녀가 스르르 내 볼에 입을 갖다 댔다. 잠시 그러고 있던 그녀는 곧 몸을 일으켜 내 얼굴을 향한 채로 무릎 위에 앉았다. 그런 자세로 꽤 오랜 시간 입을 맞추는 동안, 마치 아이가 젖을 빨듯 내 혀를 입속에 넣고 있던 그녀의 숨소리가 조금씩 가빠지는 것이 느껴졌다. 한참 후에 내게서 입을 뗀 그녀가 물었다.

"내가……, 싫어?"

"아니."

"그럼?"

"그 사람은."

"나 곧 떠날 거라고 했잖아."

"……"

"착한 사람이야, 당신은."

그녀는 가볍게 한 번 미소 지은 뒤 내게서 몸을 떼고 식탁으로 가서 앉으며 술이나 더 마시자고 했다. 나는 음반첩을 뒤져 마마스 앤드 파파스를 찾아내 턴테이블을 돌린 후 그녀와 마주 앉았다. 바에서 들었던 노래가 흐를 때 그녀는 아마도 아내가 나를 떠난 것이 여름이 아니었냐며, 바다가 있는 도시에서 사는 연인들에게 여름은 정말 조심해야 되는 시기라고 했다. 한여름 바닷가는 "사내 녀석 모두 여자애 하나씩 붙잡고" 거리에서 춤을 출 정도로 쉽게 들뜨는 곳이기 때문이라는 얘기였다.

몇 시쯤 되었을까. 취기가 많이 오른 그녀가 식탁에 엎드려 잠이 들었다. 늘어진 그녀를 들어다 침대에 눕히고, 소파에 누워 잠시 TV에 눈을 두다가 나도 곧 잠들었다.

*

"자, 한잔씩들 들자구."

왁자지껄한 사람들의 이야기 소리 속에서 누군가 외쳤다. 사람들은 핫팬츠에 소매 없는 셔츠를 입고 과일과 해산물 요리가 차려진 몇 개의 테이블들을 돌아다니며 술잔을 기울였고, 한쪽에선 빙글빙글 바비큐가 익고 있었다.

일 년에 한 번 한여름에 직장 사람들 모두가 모이는 회식 자리. 실내가 아닌 바닷가에서, 그것도 회사가 면해 있는 모래사장에서 하는 이런 식의 파티가 처음엔 낯설었지만 이제 어느 정도 익숙해졌다. 저녁나절의 바닷가엔 많은 사람들이 있었다. 한여름의 바닷가라는 곳은 새벽이 될 때까지 사람들이 좀처럼 줄어들지 않다가 훤하게 날이 밝아올 때에야 조용해지곤 한다. 만약 누군가 한가로운 바닷가의 저녁 정취를 느끼고 싶었다면 분명 짜증을 냈겠지만, 이곳에 사는 사람이라면 이 계절에 그런 기대는 아예 갖지 않는다.

사람들의 얼굴에 조금씩 취기가 오르고, 삼삼오오 모여 나누는 이야기들은 끝날 줄을 몰랐다. 조용한 음악이 흐르자 몇몇의 남녀가 서로를 가볍게 안고 춤을 추었는데, 그 파급력은 대단한 것이어서 얼마 지나지 않아 여기저기서 빙글빙글 춤을 추는 분위기가 되었다. 누군가 내게 춤을 추자고 하면 대번에 그러고 싶지 않다고 대답하게 될 것만 같아 술잔을 들고 파티장을 빠져나왔다.

어두운 바다를 바라보며 한참 동안 입을 맞추는 연인들, 둘러앉아 술을 마시다 지나가는 여자들에게 함께 마시자고 농을 던지는 사내들, 무엇이 그렇게 재미있는지 쉴 새 없이 깔깔거리며 모래 위를 뛰어다니는 여학생들. 술을 홀짝거리며 그들 사이를 걸어 어느새 방파제가 있는 곳까지 왔다. 저 멀리 회사 사람들이 춤추고 있는 모래 위의 파티장을 포함해 그 뒤로 줄지어 늘어선 휘황한 불빛들이 보였다. 고개를 돌려 칠흑 같은 방파제 주변을 둘러보기 위해선 얼마간 어둠에 눈을 적응하는 시간이 필요할 정도였다.

철썩거리는 파도 소리를 들으며 몇 번을 더 홀짝거리자 이내 술잔이 다 비었다. 조금 더 마시고 싶었지만 그러려면 다시 사람들 사이로 가서 섞여야 했기에 그냥 참기로 하고 담배를 피워 물었다. 거대한 Y자 모양의 콘크리트 방파제들이 얽히고설킨 사이의 공간에 들어앉아 시간을 보내본 적이 있는 사람은 그곳이 얼마나 은밀하고 편안한 느낌을 주는지 안다. 저 아래 발밑으로 파도가 그르렁거리며 지나다니는 모습에 처음엔 좀 겁을 먹긴 하지만 그것도 얼마 지나지 않으면 익숙해진다.

신기한 느낌이네. 저 위로는 하늘이 보이고, 저 아래로는 파도가 넘나들고. 망망대해에 배를 타고 누워 있는 것 같아. 만약 넓디넓은 바다 위에 당신과 내가 작은 집을 만들어 띄워놓고 산다면 어떨까? 그런데 내가 물고기를 잡으러 바닷속으로 잠수하고 나면 당신 혼자 너무 심심하겠네. 혼자서 기다려야 되니 말야. 하지만 사람이 우리 둘밖에 없으니 바람날 일도 없고 좋잖아?

아내를 만나고 나서 첫 바닷가 파티가 있던 날, 이곳에 둘이 누워 입을 맞추고 난 뒤 아내는 그렇게 말했다. 아내는 그렇게 물속에 혼자 붙박여 이리저리 흔들리고만 있는 해초를 나풀나풀 간질이는 나비물고기처럼 내게 다가왔다. 하지만 나비물고기가 얼마간 해초 곁에 머물다 또 어디론가 나풀나풀 날아가고 나면 해초는 다시 그 자리에서 혼자 이리저리 흔들릴 수밖에 없는 것이다.

얼마나 시간이 흘렀을까. 다시 파티장으로 돌아가야겠다고 생각하며 몸을 일으키려는데 방파제 틈새로 무슨 소리가 새어

나왔다. 단속적인 흐느낌과도 같은, 혹은 낮은 기합 소리의 반복과도 같은 그 소리는 시간이 갈수록 주기가 짧아지며 조금씩 커지고 있었다. 흡, 흡, 헉, 헉, 헉, 흡…… 아마도 내가 있는 곳으로부터 얼마 떨어지지 않은 곳에서 두 남녀가 사랑을 나누고 있는 모양이었다. 한 번씩 남자가 여자의 입을 손으로 막는 듯 여자의 신음 소리는 가끔 무엇인가에 막혀 끊어지곤 했다. 얼마 안 있어 절정을 알리는 남자의 탄식 소리가 들리는가 싶더니 이내 잠잠해졌다.

마치 그들의 사랑을 방해하면 안 된다는 듯 숨을 죽이고 있다 천천히 자리에서 일어나는 내 귀에 잠시 후 휴대 전화 벨소리가 들렸고, 곧 여자의 목소리가 이어졌다.

"여보세요."

"……"

"응. 친구들이랑 바닷가에 놀러 나왔어."

"……"

"아니. 이제 들어가려고."

"……"

"알았어. 나도 사랑해."

"……"

"글쎄 알았다니까. 끊어."

거대한 콘크리트 구조물들의 틈에서 나와, 다시금 사람들이 복작거리는 모래사장으로 돌아왔다. 밤이 이슥해졌지만 여진히 많은 사람들이 한여름밤 바닷가를 떠날 줄 모르고 있었다. 파티는 아직 계속되고 있었고 이미 많이 취한 몇몇은 모래사장에 웅크리고 앉아 잠이 들어 있기도 했다.

*

어둡다. 나는 지금 심해 야광 생물 수족관들이 양쪽 벽면으로 줄지어 늘어서 있는 어두운 복도를 지나고 있다. 이 녀석들에겐 낮이 없다. 환한 낮이 있어서도 안 된다. 행복할까, 아니면 불행할까. 밤낮의 주기가 없이 온통 깜깜한 어둠 속에서 일생을 사는 저 생물들에겐 혹 그리움 같은 것이 존재하지 않을지도 모른다. 밤낮의 바뀜과 같은 아무런 시간의 표식이 없으니, 그러니까 시간의 흐름이 없는 삶이니, 무엇 또는 누군가를 기억한다는 일이 가능이나 하겠는가. 기억이 없어 그리움도 없는 저들은 그렇다면 분명 행복하다.

내가 이곳을 걷고 있었던 이유가 생각나질 않는다. 당직을 서고 있었을 수도 있고, 늦게까지 남아 일을 하다 막 나가려고 엘리베이터를 향하고 있었을 수도 있다. 그도 저도 아니면 한밤의 아쿠아리움을 취재하려는 방송 제작팀을 마중하러 가는 길이었을 수도 있다. 머리를 세차게 흔들어봐도 기억이 떠오르지 않는다. 나 또한 시간의 흐름이 없는 삶을 사는 저 생물들처럼 되어버린 것일까. 하지만 기억나지 않아도 상관은 없다. 솔직히 내 머릿속에 들어 있는 모든 기억들 중 팔 할은 없는 것이 더 낫거나 적어도 없어도 상관없는 그런 것들이지 않은가.

좁고 어두운 복도를 돌아 나오자 저 멀리 넓은 실내의 정중앙 쪽으로 거대한 상어 수족관의 투명한 벽면이 보인다. 달빛으로 자동 변환된 조명 아래 상어 수족관의 물빛은 낮보다 두 배는 더 속이 깊어 보인다. 바닥에 붙어 있는 커다란 가오리들, 두둥실 허공에 뜬 비행선처럼 미동도 없이 정지해 있는 자이언트 피쉬, 바위 위에 엎드린 채로 불룩하게 솟아 있는 바다거북들, 그 외 셀 수도 없는 작은 물고기들…… 그들 모두를 나는 검은 실루엣만으로 알아볼 수 있다.

한데 검푸른 물속의 익숙한 실루엣들 사이로 낯선 느낌의 생물체 하나가 천천히 움직이고 있다. 정확한 형체를 알아차리기엔 물이 너무 어둡고 거리가 너무 멀다. 유선형을 닮아 있긴 하지만 완전한 유선형은 아닌 듯하다. 새로운 해양 생물을 넣었나. 하지만 그렇다면 내가 모르고 있을 리가 없다. 잠시 후 속도가 그리 빠르지 않다는 것을 알아챈 나는 삼면이 투명한 유리벽으로 돼 있는 상어 수족관에서 지금 내가 서 있는 벽의 반대편으로 잽싸게 뛰어가서 그것의 정체를 확인하기로 한다. 혹여 놓칠세라 그 움직임에서 눈을 떼지 않은 채로 수중 터널을 통과해 그것과 좀더 가까운 쪽의 유리벽에 다다른다.

보인다, 조금씩. 그것이 내가 있는 쪽으로 다가오고 있다. 인어인가. 바다에 인어가 정말로 살고 있었던 건가. 아니, 사람이다. 사람의 형체를 갖고 있다. 여자인 것 같다. 아니, 분명 여자다. 여자는 어느새 내가 서 있는 유리벽 앞으로 다가와 날 마주 보고 있다.

"당신, 언제 왔어?"

"……"

"거기서 뭐 하고 있는 거야? 왔으면 집으로 오지 않고."

"……"

아내는 아무런 대답 없이 유리벽 너머 물속에서 웃으며 손을 흔들고 있다. 다이버 복장을 입지도 않고 온몸에 아무것도 걸치지 않은 채 하얀 맨살로 물속에 떠 있다. 아내의 긴 머리카락과 겨드랑이 털, 그리고 성기에 솟아 있는 털들이 살랑살랑 춤을 추고 있다. 그렇게 말없이 나를 바라보며 미소를 흘리고만 서 있다. 나를 처음 만났던 날 다이버 옷을 벗고 나타나 해맑게 웃던 그 표정을 한 채 그냥 그렇게 서 있다.

순간 아내의 뒤쪽으로 커다란 그림자가 다가온다. 빅보스다. 아내 몸의 몇 배는 됨직한 녀석이 유연하게, 하지만 빠른 속도로 다가오고 있다. 아내의 눈이 날 똑바로 응시한다. 슬프다. 아닌가. 어쩌면 날 측은하게 여기는 것 같기도 하다. 물속에 있어서 울고 있는지 어쩐지는 알 길이 없다.

이윽고 아내가 천천히 내게서 몸을 돌려 멀어진다. 유리벽을 주먹으로 두드려본다. 두껍디두꺼운 성벽은 작은 흠집조차 나지 않는다. 아내가 멀어진다. 검고 푸른 물속 저 멀리로, 상어의 지느러미를 붙잡고 그렇게 사라져간다. 그래, 다시 저쪽 반대편 벽으로 돌아가면 된다. 한데 몸을 돌려 뛰려던 나는 이내 유리벽에 부딪히고 만다. 어느새 내 둘레로 두꺼운 유리벽이 빙 둘러 나를 가두고 있다. 주위를 둘러보니 온통 끝도 없이 어두운 물이다. 여기가 어딘가. 대체 내가 지금 어디에 서 있는 건가.

*

"어서 오세요."

퇴근길에 바닷가 주유소를 들렀을 때 반갑게 인사하는 건 그녀가 아닌 다른 사람이었다. 주유를 하는 동안 주유소를 둘러봤지만 그녀의 모습은 보이지 않았다. 다른 직원에게 그녀에 관해 물어보려다 혹시나 싶어 차를 돌려 바닷가로 향했다.

투둑투둑 빗방울이 차창을 때리기 시작했다. 그러다 바닷가 모래사장에 도착했을 즈음 쏴아 하는 소리를 내며 빗줄기가 거세졌다. 후다닥 사람들은 비를 피해 흩어지고 모래사장은 곧 텅 비어버렸다. 하지만 그곳에서도 그녀의 모습은 보이지 않았다.

곧 떠날 것이라던 그녀의 말이 생각났다. 자신의 말대로 다시금 이 도시를, 아니 그 사람을 떠난 것인지도 모른다. 한데 난 왜 그녀를 찾아온 것일까. 그녀에게 뭔가 하고 싶은 말이라도 있었던 것일까. 아니면 오랜만에 만난 낯선 말동무와 불현듯 얘기를 나누고 싶어진 것인가. 차를 세워놓고 곰곰 생각해봤지만 결국 나 스스로에게 확실한 대답을 하지 못하고 다시 빗길을 달려 집으로 향했다.

*

딩동.

초인종 소리가 들렸고, 그 소리에 잠에서 깼다. 혹시 꿈속에서 들은 걸까. 침대에 누운 채로 잠시 더 기다려본다. 얼마간 귀를 기울이고 가만히 있어봐도 소리는 다시 들리지 않는다. 정말 꿈속에서 들은 걸까. 실내를 가로질러 문으로 다가간다. 문밖에서 빗소리가 들려온다. 칠흑같이 어두운 비 오는 밤에 누굴까. 천천히 문을 열고 고개를 내민다. 어두운 문밖엔 커다란 트렁크를 든 주유소의 그녀가 서 있었다.

"놀랐어?"

"아니. ……실은 조금."

우산을 썼지만 비가 거센 터라 그녀는 군데군데 물을 뚝뚝 흘리고 있었다. 소파에 앉히고 잘 마른 수건을 건네주자 그녀는 혹시 냉장고에 캔 맥주 같은 것이 있느냐고 물었다. 비에 젖은 그녀와 자다가 일어난 나는 소파에 나란히 앉아 맥주를 마시게 되었다. 그녀는 떠나는 길에 잠시 인사라도 해야 할 것 같아서 들렀다고 했고, 나는 잘 왔다고 대답했다.

"실망한 거 아니야? 나라서."

“그렇지 않아.”

“누군가를 기다리는 건 정말 힘든 일인데.”

“조금씩 익숙해져가고 있어.”

“그렇다면 다행이고.”

“실은 오늘 주유소로 찾아갔었어. 바닷가에도.”

“그랬구나.”

그녀의 표정은 어떻게 보면 조금 슬픈 듯도 보였지만, 그저 담담하다고 표현해도 별 상관은 없는 쪽이었다. 나는 그녀에게 그 사람을 다시 떠나는 것이냐고 했고, 그녀는 그렇긴 하지만 어차피 그 사람은 기다리는 사람이 따로 있으니 크게 걱정할 것 없다고 말했다. 거기까지 얘기한 뒤 한동안 맥주만 홀짝거리며 말이 없던 그녀가 천천히 입을 열었다.

“그 사람, 우리 아빠야.”

“……”

“기다리는 건 우리 엄마고.”

“그렇구나.”

“엄마는 이제 돌아오지 않는다고 아무리 얘기해도 되질 않아. 내가 어릴 때 아빠보다 훨씬 돈 많고 키도 크고 말도 잘하는 사람에게 가버렸거든. 난 처음엔 엄마를 따라가서 좀 살다가 나중엔 아빠에게 와서 얼마간 살았고, 그러다 답답해져서 이젠 다른 도시에서 혼자 살아. 이제 그만 좀 자기 삶을 찾으라고, 그건 사랑도 순애보도 아니고 스스로를 올가미로 묶어놓고 괴롭히는

248

일일 뿐이라고 말을 해도 요지부동이야. 엄만 얄밉도록 행복하
게 살고 있는데 말야."

"누군가를 잊는 일에는 각자의 시계가 있는 것 같아."

"각자의 시계?"

"응. 누구는 일 년이 걸리고 누구는 십 년이 걸리고 그러잖아."

"그런 건가. 정말 못 말릴 정도로 불쌍한 사람이야."

그녀의 눈가에 스르르 눈물이 고였다.

"그러고 보니 나도 누굴 위로해줄 처지는 아닌걸 뭐."

다행히 내가 던진 말에 그녀가 엷은 미소를 지었다.

"당신을 보면서 아빠랑 비슷하다는 생각을 했어."

"그런가."

"두 사람, 꼭 바다 위에 주유소를 지어놓고 살고 있는 사람들
같아."

"바다 위의 주유소?"

"응. 망망대해에 주유소를 지어놓고는 어느 날 배를 타고 떠
난 사람이 다시 돌아오기를 기다리는 것 말야. 아주 가끔 다른
배를 탄 사람이 와서 잠시 주유를 하기도 하지만, 외로움에 치
를 떨면서도 기다리던 사람 때문에 잡지 못하고 언제나 그냥 떠
나보내는……"

거기까지 얘기하고 나서 그녀는 잠시 내 표정을 살피더니 미
안하다고 말했다. 나는 딱 들어맞는 얘긴데 미안할 게 뭐 있느
냐고 말하며 웃어주었다. 그러자 그녀는 지그시 눈을 감으며 내

얼굴로 다가왔다. 그녀와 나는 오랫동안 입을 맞췄고, 이내 누가 먼저랄 것도 없이 서로의 몸을 어루만지며 소파 아래로 한꺼풀씩 옷을 벗어 내려놓기 시작했다. 또다시 오랫동안 빗속에서 바다를 바라본 것인지 그녀의 몸은 아직도 차가운 기운이 감돌고 있었고, 내 몸의 따스함을 남김없이 받아들이기라도 하려는 듯 한 뼘도 떨어지지 않고 나를 껴안았다. 그렇게 둘의 움직임으로 푹신한 소파에 땀방울이 배어들기 시작할 무렵, 그녀가 내 귀에 대고 속삭였다.

"그런데 아까 왜 날 찾았던 거야?"

"……"

"당신, 나 좋아하는구나?"

"……"

"다음번엔 당신이 내가 사는 도시로 찾아와. 하지만 조건이 있어."

"……"

"바다 위 당신의 주유소에 폐점이라는 간판을 내걸게 되면…… 당신의 시계가 다 가고 나면……"

홍콩발 이메일

"홍콩에 와서 놓쳐서는 안 될 세 가지의 보물이 있습니다. 첫째는 굳이 말로 설명하지 않아도 될 백만 불짜리 야경, 둘째는 평생 먹어도 다 맛보지 못한다는 다양한 요리, 셋째는 전 세계 명품들이 한자리에 모여 관광객을 유혹하는 쇼핑이에요."

그녀는 낭랑한 목소리를 지녔다. 직업이 직업인 탓에 연일 사람들을 몰고 다니며 이곳이 좋고 저곳이 아름답고 하다 보니 약간의 쉰 소리가 섞여 있는 듯도 했지만, 그런 후천적인 목의 상태가 그녀의 선천적인 목소리의 경쾌함을 어떻게 할 수는 없는 노릇이었다.

세계 비즈니스의 교차로라는 홍콩에 지사를 만드는 일이 그리 만만치는 않아 보였다. 하지만 해외 출장이라는 것이 늘 그렇듯 목표를 이루기 위해 열심히 일하는 시간보다 하릴없이 보내는 시간이 족히 다섯 배는 되는 법이다.

더욱이 내가 지사 설립을 직접 추진하는 것도 아니고 이미 파견돼 일을 진행하는 사람들의 진척 상황을 감시하고 독려하는 인베스티게이터의 자격으로 온 바에야, 밤낮 없이 뛰어다니며 무엇인가를 해야 할 임무 같은 것은 애초부터 없다 해도 과언이 아닌 것이다.

아니나 다를까 이곳에 먼저 와 일을 진행해오던 사람들은 홍콩에 도착한 내게 본사로 보낼 첫 보고서를 위해 만들어놓은 두툼한 자료와 함께, 우선 일주일가량 홍콩 이곳저곳을 돌아볼 수 있도록 관광청에 의뢰해 작성한 투어 일정을 건네줬다.

나만을 위한 투어 하나를 따로 만들 수는 없는 까닭에 나는 매일 오후 두세 시께 한국에서 온 이런저런 관광객들 틈에 끼어 함께 돌아다니게 되어 있었다. 홍콩 관광청에서 가이드로 일한다는 서른 살가량의 그녀는 날렵한 까만색 아르마니 정장에 잠자리 날개 모양의 선글라스를 끼고 어제 처음 내 앞에 나타났고, 오늘은 한국에서 온 아주머니들과 그 속에 덜렁 하나 끼어 있는 남자인 나를 인솔하고 있었다.

"지금 우리가 탄 버스가 들어서는 곳이 홍콩 섬과 주룽 반도 동부를 연결해주는 이스턴 하버 터널입니다. 1986년에 착공해 89년에 준공한 2.2킬로미터 길이의 해저 터널이지요. 하루에 약 6만7천 대의 차량이 지나다니는 바다 속의 터널, 놀랍지 않으세요?"

그녀는 자주 놀란다. 솔직히 매일 홍콩을 소개하는 그녀에게 뭐가 그리 놀라운 것이 있으랴만은 마치 잘 짜여진 대본을 완벽하게 소화하는 배우처럼 그녀는 매번 스스로도 놀라는 듯한 말투와 몸짓을 훌륭하게 연기해가며 아주머니 관광객들의 시선을 잡아끌고 있었다.

금요일 저녁에 도로 한가득 차가 밀리기는 홍콩도 매한가지였다. 파도에 떠밀리듯 조금씩 밀려가다 상어의 아가리처럼 생긴 터널의 입구로 들어서는 순간 스르르 졸음이 밀려왔다. 운전석 옆에 서서 읊조리는 그녀의 낭랑한 목소리가 터널 안을 울리듯 웅웅거리는가 싶더니 이내 나는 깊은 잠에 빠져들었다.

"저, 선생님."

눈을 뜨자 어찌 된 일인지 버스 안에는 그녀와 나, 그리고 운전기사밖에 없었고, 창밖으로는 내가 묵는 호텔이 보였다. 한참을 잔 모양이다.

"내가 몇 시간을 잔 거죠?"

"터널 이후 한 번도 안 깨어난 셈이에요."

어리둥절해하는 날 보며 그녀가 대답했다. 나는 왜 깨워주지 않았느냐고 물었고, 그러자 그녀는 터널 이후 첫 도착지에서 깨워보려 했지만 잠깐 눈을 뜬 내가 손사래를 치더니 이내 다시 잠들어버려 어쩔 수가 없었다고 했다.

"미안합니다."

내가 대뜸 그렇게 말하자 그녀는 무엇이 그렇다는 것인지 이해할 수 없다는 표정을 지었지만, 날 위한 수고를 무용지물로 만들어버렸잖아요, 하고 내가 말해주자 그제야 웃음을 지었다.

"미안하시면 내일 일정 끝나고 시원한 맥주 한잔 사세요."

자리에서 일어나는 내게 그녀가 말했고, 나는 그렇게 하겠노라는 의미로 고개를 끄덕인 뒤 버스에서 내려 호텔로 들어섰다. 딱히 이유를 설명할 순 없었지만, 나는 어쩌면 그녀가 대단히 외로운 사람일지도 모른다고 생각했다.

*

그곳엔 별일 없는지.

오전에 잠시 사람들과 회의를 진행한 뒤, 어제에 이어 주룽 반도에서 홍콩 섬으로 건너갔어.

한데 뭘 봤는지 하나도 기억이 나질 않는 것이, 홍콩 섬으로 건너가는 해저 터널을 들어설 즈음 버스 안에서 깊이 잠들어버렸지 뭐야. 몇 시간을 잤는지, 깨어보니 투어가 모두 끝나버렸더군.

덕분에 오늘은 당신에게 들려줄 애기가 하나도 없네.

참, 관광청에 소속된 가이드가 내게 내일 맥주를 한잔하자고 하네. 서른다섯 정도 돼 보이니 당신 나이와 비슷할 것 같아.

물론 여자지만, 걱정 안 해도 돼. 여러 사람들 틈에 섞여 다니는 것이 너무 피곤하게 느껴져서, 가이드에게 홍콩에 관해 한

꺼번에 자세히 안내받고 모레부턴 나 혼자 다녀보려는 거니까.

버스 안에서 한참을 잤더니 잠이 안 오네. 내가 묵은 호텔이 괜찮은 축에 끼는 곳이어서 창밖으로 검은 물 건너 저 멀리 홍콩 섬의 야경이 다 보여.

간간이 창밖을 봐가며 보고서를 써보려 해. 그럼, 당신 먼저 자.

*

"정말로 맥주를 사달라는 얘기는 아니었는데."

그녀는 두번째로 그렇게 말했다. 한 번은 오늘 일정을 모두 마치고 난 뒤 호텔에 도착한 버스 안에서 내가 어제의 약속을 상기시켰을 때 그 말을 했고, 또 한 번은 지금 막 맥주 한 모금을 마신 뒤에 그랬다. 나는 두 번 다 굳이 대답하지 않아도 될 듯싶어 그냥 조금 웃어주기만 했다.

내가 묵는 호텔 건물의 외부, 바다 쪽으로 마련된 오픈 바에 그녀와 앉아 홍콩의 날씨, 음식, 물가 등에 관한 얘기를 나누다 문득 나는 오늘 오후에 생겼던 의문 하나가 다시금 떠올랐다. 오후 늦게 한 무리의 관광객 틈에 끼어 간 곳은 홍콩 섬의 해양 공원이었는데, 다섯 자리가 마련된, 홍등처럼 둥글고 조그만 케이블카를 타고 바다를 낀 산을 한참 돌아가야 나오는 곳이었다. 한데 해양 공원에 만들어져 있는 수족관을 설명하면서 그녀는 분명 '동양에서 제일 큰 규모'라고 말했다. 물론 가오리, 상어,

거북이를 포함한 각종 해양 생물들이 유유히 헤엄치는 그 수족관의 규모가 그리 작은 것은 아니었지만, 아무리 봐도 동양에서 제일 클 리는 없는데 말이다.

"아까 그 수족관 말인데요. 동양에서 제일 큰 것이 사실인가요?"

"……"

"분명 거기보다 큰 곳이 많을 텐데."

"아, 네."

"……"

"아까 제가 '수족관'이 동양에서 제일 크다고 했었나요?"

"네."

"제 얘기는 수족관이 제일 큰 것이 아니라, 해양 공원 전체의 크기가 단일 테마 공원으로는 동양 최대라는 얘기였는데……"

"그랬군요."

그렇게 말하는 그녀에게 분명 '수족관'이라고 지칭했었다는 얘기를 다시 꺼내자니 꼭 말꼬투리를 잡으려는 것처럼 느껴져 그쯤에서 그만두기로 했다. 잠시 후 약간 어색한 생각이 든 나는 그녀에게 건배를 한 번 제의한 뒤 혼자서 홍콩을 돌아보고 싶은데 가볼 만한 곳을 좀 소개해달라고 부탁했다.

그녀는 잠시 생각에 잠기는 듯하더니 곧 주룽 반도와 홍콩섬, 그리고 신계로 나뉜 홍콩의 모양새를 탁자 위에 손으로 그려가면서 이곳저곳을 설명해주기 시작했다. 홍콩 최고의 재벌이 연인들을 위해 만들어줬다는 바다를 낀 산책로서부터 밤새 불야성을 이루는 천막 가게의 천국, 홍콩 야시장까지. 그녀는 어느 부분에서는 대단히 빠른 말투로, 또 어느 부분에서는 시를 읊듯 천천히, 하지만 전체적으로 친절함과 자상함을 잃지 않으며 설명을 이어나갔다. 나는 행여 놓칠세라 조그만 노트에 그녀의 말을 받아 적어가며 얘기를 들었다.

잠시 후 새로운 맥주가 나왔다. 그녀는 말을 많이 해서 목이 마른 듯 반병가량을 시원하게 비웠고, 나도 말을 많이 듣는 동안 목이 마른 상태가 되어 역시 반병가량을 한 번에 비웠다. 잠시 침묵이 흘렀다. 그녀는 고개를 돌려 검은 바다 저 멀리로 선실에 불을 켠 거대한 선박이 천천히 움직이는 것을 물끄러미 바라보고 있었다.

"미안해요. 나 때문에."

"네?"

갑작스러운 내 말에 그녀는 놀라는 눈치였다.

"설명 중간 중간에 누군가와의 추억이 떠오르는 듯 보이더군요."

"……"

"내가 잘못 본 거라면 오히려 다행이고요."

"반은 맞고 반은 틀렸어요. 이곳에서의 기억이 아니거든요."

"……"

"괜찮아요. 오래전 일인데요 뭘."

그녀와 나는 빈부의 격차가 극히 심한 축에 속하는 홍콩 사람들의 생활에 관해 얘기하며 몇 병의 맥주를 더 비웠다. 밤이 깊어지자 야외에 차려진 열 개 남짓한 테이블들은 두세 곳을 빼고는 자리가 비어 있었다. 헤어지면서 나는 그녀에게 고맙다고 인사한 뒤, 한 달가량 체류하는 동안 간간이 혼자서 돌아다니다 보면 마주칠 수도 있을 테니 반갑게 인사하자고 말했다. 그녀는 홍콩은 너무 작은 데다 가볼 만한 곳도 한정돼 있어 아마도 조만간 다시 만나게 될 거라고 했다.

*

선상에서 바라보는 홍콩의 야경은 마치 전 세계 대기업들이 벌이는 전광판의 향연장과도 같았다. 내가 묵는 호텔이 있는 침사추이로부터 얼마 떨어지지 않은 선착장에서 관광용 유람선을 타면 이른바 백만 불짜리 야경으로 불리는 홍콩 섬의 야경을 물 위에서 한눈에 볼 수 있다. 지사 설립에 관한 지루한 회의를 끝내고 난 뒤 그들과 저녁을 먹고 호텔로 들어갔다가, 이내 답답해진 나는 혼자서 선착장으로 나가 유람선에 몸을 실었다.

주룽 반도와 홍콩 섬을 사이에 두고 물 위에 떠서 바라본 빅토리아 항구는 풍요롭고 현란했다. 거대한 컨테이너선에서부터 레저용 요트, 정크선 등이 제각기 검은 바다 위를 돌아다니며 야경과 어우러지고 있었다. 난간을 붙잡고 뱃머리에 서 있는 내

얼굴을 바닷바람이 마치 누군가의 손길인 양 어루만지고 지나
갔다. 문득, 아내의 얼굴이 떠올랐지만 이내 세차게 바뀐 변덕
스러운 바람에 그 생각마저 휩쓸려 날아가버렸다.

유람선은 그리 큰 편이 아니어서 너울너울 흔들림이 심했다.
흔들리는 배 위에서 난간을 붙잡고 눈앞에 펼쳐진 고층빌딩들
의 현란한 불빛을 올려다보니 어질어질 멀미가 느껴졌다. 디지
털 카메라와 휴대 전화를 찰칵거리며 사진을 찍는 사람들 틈새
를 헤치고 테이블과 의자 들이 놓여 있는 유람선 실내로 들어와
앉았다.

우두커니 앉아 어지러운 머리를 진정시키고 있는 사이, 나와
같은 말로 대화를 나누는 소리가 옆 테이블에서 들려왔다. 이십
대 후반가량 돼 보이는 남자와 서너 살 아래 정도로 보이는 여
자가 음료수를 마시며 얘기를 나누고 있었다.

"우리, 언제 다시 오게 될까?"

여자가 엷은 웃음을 머금은 얼굴로 물었다.

"여기?"

"응, 홍콩에 말야."

"오고 싶으면 또 오면 되지 뭐."

"다음번에도 둘이 함께 오는 거지?"

"그럼. 그걸 말이라고 해."

"무슨 일이 있어도……?"

"일? 무슨 일?"

“아니, 그냥.”

“당연하지. 왜 그런 소릴 해.”

“맞아. 혼자서 오면 좀 쓸쓸할 거야.”

“그렇고말고.”

“아, 돌아가기 참 싫다. 우리 그냥 여기서 살아버릴까?”

거기까지 얘기하고 나서 두 사람은 까르르 한 번 웃음을 터뜨린 뒤 유리창 밖을 내다봤다. 고층 빌딩의 불빛들이 만들어내는 휘황한 야경 사이로 레이저 빔이 하늘을 가르고 있었다. 가이드가 내게 홍콩의 야경을 설명할 때 얘기해준 적이 있는 레이저 쇼인 듯했다. 선상의 사람들 사이에서 탄성이 터져 나왔다. 옆 테이블의 두 사람은 난간으로 달려나가 빛으로 가득 찬 밤을 배경으로 사진을 찍다 잠시 후 길게 입을 맞췄다.

*

이곳의 일은 그럭저럭 진척되고 있어. 해외 출장이 언제나 그런 것처럼 여기도 낯선 느낌이 어느 정도 가실 때쯤이면 모든 일이 마무리되고 다시금 트렁크에 짐을 챙기게 되겠지.

홍콩이라는 곳, 꼭 두 개의 얼굴을 가지고 있는 것 같아. 낮에는 도시 어느 곳을 둘러봐도 별반 특별한 매력을 찾을 수가 없다가, 밤이 되면 전혀 다른 도시에 온 것처럼 빛을 발하기 시작하거든.

만약 불빛으로 이루어진 이 거대한 도시에 어느 날 심각한 정전 사태라도 빚어져 온통 암흑 속에 잠겨버린다면 이곳을 찾은 모든 관광객들이 시 당국이나 여행사를 대상으로 손해 배상을 청구하지 않을까. 쳇, 나도 참 분위기 없는 사람이야. 환상적인 야경 앞에서 기껏 이런 생각이나 하고 있다니.

언젠가 홍콩의 야경을 사진으로 본 당신이 꼭 한번 함께 와 보자고 했었는데, 나 혼자 오게 돼서 미안해.

잘 자고. 또 메일 보낼게.

*

홍콩에선 회의를 할 때도 바다를 보며 한다. 물론 이곳에 먼저 와 있었던 회사 사람들이야 이제 습관이 돼서 그런 사실을 의식조차 못 하는 것 같았지만, 나로선 까만 밤바다가 빌딩들의 알록달록한 불빛으로 번뜩이는 침사추이의 산책로 카페에서 진행되는 회의가 다소 낭만적으로 느껴질 수밖에 없었다. 문서들을 넘겨가며 애기를 진행하다 잠시 휴지기가 찾아와 고개를 돌리면 밤바다의 풍경이 한눈에 들어찼고, 그럴 땐 이상하게도 마치 영화를 보거나 꿈을 꾸고 있는 듯 비현실적인 느낌마저 들곤 하는 것이었다.

일정에 맞춰 일이 진행되고 있는지 점검하고 그렇지 못한 부분에 대해 해결책을 찾는 것이 명목상 회의의 목적이었지만, 실상 그들은 시원한 맥주가, 나는 이국적인 밤바다가 내심 그곳에 앉아 있는 감춰진 목적인 듯했다. 두 시간쯤 흐른 뒤 회의를 끝내고 카페를 나왔다. 그들은 내게 어딘가로 가서 한잔 더 하자고 권유했지만, 난 문득 마냥 혼자서 걷고 싶은 생각이 들기에 몸이 좀 피곤해 먼저 들어가겠다고 말하고 그들과 헤어졌다.

한밤, 바다를 끼고 길게 뻗은 영화의 거리에는 생기가 넘치고 있었다. 머리색과 피부색, 또 눈동자의 색깔이 제각각인 젊은 남녀들이 시원한 바람을 맞으며 거리를 활보하고 있었다. 이런저런 영화 속 조형물들 옆에 서서 사진을 찍는 남녀, 거리 바닥에 새겨진 배우들의 손도장에 자신의 손바닥을 맞춰보는 남녀…… 그렇게 웃음소리와 카메라 플래시가 넘쳐나는 사람들의 사이를 나는 특별히 응시하는 곳도 없이, 특별히 생각하는 것도 없이 천천히 걷고 있었다.

잠시 아내의 얼굴과 목소리가 떠오르기도 했지만 몹시도 그립다거나 하는 정도는 아니었다. 다만 아내가 함께 왔다면 이곳 바다를 낀 거리에서 대략 스무 번쯤은 까르르 하고 경쾌한 웃음소리를 냈을 것이라는 생각이 들었다.

다시금 발길을 돌려 호텔로 돌아가는 길에 낯익은 얼굴을 봤다. 길가로 테이블들을 내놓고 불을 밝히고 있는 한 카페에 그녀가 어떤 남자와 함께 마주 앉아 있었다. 이미 투어는 끝났을 시간, 그녀는 말쑥한 양복을 차려입은 남자와 칵테일을 마시고 있었다. 남편인지 남자 친구인지 모르지만 어쨌든 그녀의 오붓

한 시간을 방해하기 싫어 얼른 가던 길을 재촉하는데 거리 쪽을
향해 돌아본 그녀의 눈이 나와 마주쳤다.

"여기예요. 잠시만 기다려요. 금방 나갈게요."

순간 그녀는 나를 향해 그렇게 외쳤고, 내가 무슨 소린지 몰
라 머뭇거리고 있는 사이 마주 앉아 있던 남자에게 다소 미안하
다는 듯 양해를 구하는 표정으로 몇 마디 말을 건네고는 서둘러
일어서서 내게로 다가왔다.

"그냥 내가 하자는 대로만 해줘요. 미안해요."

"……"

뭐라고 이유를 물을 사이도 없이 그녀는 내 팔짱을 끼고 걸음
을 재촉했고, 그렇게 몇십 미터를 걸어 그 카페와 얼마간 멀어
진 후에야 머쓱해진 얼굴로 입을 열었다.

"미안해요."

"괜찮아요. 무슨 일인지 알 것 같아요."

"……"

"여행객 중의 한 명인데, 당신에게 무리한 요구를 했군요."

"……"

"그럴 법도 해요. 당신은 낯선 남자들이 호기심을 가질 만큼
매력적이니까."

"아니요. 낯선 곳으로의 여행은 사람들에게, 특히 남자들에
게 평소에는 없던 과도한 용기를 북돋아주곤 해요."

그 말을 듣고 나는 피식, 하고 웃음을 흘렸고, 그러자 그녀도

따라서 한번 웃어주었다.

"그래서 그 남자에겐 나를 누구라고 했어요?"

"남편이 데리러 왔다고 했죠, 뭐."

"……"

그녀가 왜 대답이 없느냐는 표정이 되어 나를 쳐다봤다. 어쩌면 그녀는 내가 뜬금없이 남의 남편으로 불리게 된 것이 기분 나빠진 것이라고 생각했는지도 모를 일이었다.

"많이 힘들죠, 혼자 사는 게."

"……"

"아, 그냥. 남편이 있다면 그런 순간에 진짜 남편을 부르지 않았을까 해서요."

"떠났어요, 그 사람. 아니, 내가 떠나보냈어요."

"그랬군요."

나는 괜한 얘기를 꺼냈다는 후회를 하며 혹시 그녀가 시나브로 눈물을 흘릴 수도 있다는 생각이 들어 가끔 고개를 돌려 그녀의 얼굴을 쳐다보곤 했지만, 그녀는 차분한 표정을 잃지 않고 있었다. 얘기를 나누며 영화의 거리를 천천히 걸어온 그녀와 내 앞에 어느새 선착장이 모습을 드러냈다. 그녀는 가이드들의 모임이 있어 배를 타야 한다고 했다.

그사이 그녀는 조금 장난스러운 얼굴이 되어, 아까 그 남자가 술에 취해 자기에게 많은 돈을 줄 수도 있다고 말했을 때 확 그 남자랑 자버릴까 하는 생각이 들기도 했다고 말했다. 나는 그녀에게, 당신은 아무리 봐도 그럴 수 없는 사람인걸요, 하고 말해 줬다. 그러자 그녀는 한번 웃음을 지은 뒤, 자기를 도와줘서 정말 고맙다며 언제든 다시 한 번 만나게 되면 자기가 직접 저녁을 만들어 대접하고 싶다고 말한 뒤 선착장 안으로 걸음을 옮겨 사라졌다.

*

어젯밤엔 메일도 못 쓰고 그냥 잠들었네. 조금 피곤했나 봐, 호텔로 들어오자마자 샤워도 못 하고 잠들어버렸지 뭐야.

당신에게 미안한 마음 때문인지 아침에 일찍 눈을 떴고, 커튼을 활짝 열어놓고 이렇게 자판을 두드리고 있어. 누군가 들어와서 날 본다면 밤낮없이 열심히 일하는 사람이라고 생각할 수도 있겠지.

홍콩의 아침은 바다에서부터 시작돼. 육지도 바다도 모두 잠에서 깨어나기 전, 희뿌옇게 동이 트기 시작할 기미가 보일라치면 맨 먼저 깨어나 조용히 물 위를 돌아다니며 쓰레기를 걷어내는 정크선이 홍콩에 아침이 왔다는 걸 알리지.

이렇게 정크선들의 아침 청소가 끝날 때쯤이면 여기저기에 사람들이 옹기종기 모여드는가 싶다가 천천히 팔다리를 움직이며 기체조를 시작해. 바다와 면해 있는 이곳 호텔의 야외 공간에도 아침마다 족히 삼사십 명은 돼 보이는 사람들이 똑같은 동작으로 기체조를 하곤 하거든.

오늘 아침엔 십이 층에 있는 내 방에서 창을 통해 내려다보다가, 운동복으로 갈아입고 내려가서 한번 따라해봤지 뭐야. 생각보다 쉽진 않다는 걸 깨달았지만, 바로 옆 바다에서 상쾌하게 불어오는 바람을 맞으며 그렇게 팔다리를 움직이고 나니 날아갈 듯이 몸이 가벼워지더라고.

문득 그런 생각이 들었어. 이곳에서 한번 살아보는 건 어떨까 하는……

실은 어제 본사와 통화를 하다가 새로운 소식 하나를 들었어. 이곳에 지사가 설립되고 나면 한 명을 파견해 상주하게끔 할 계획인데, 내 경우에는 지원만 하면 충분히 선정될 가능성이 있다고 하더라고. 우선은 좀 생각해보고 결정하겠다고 얘기해놓았어.

당신 생각은 어떤지. 낯선 사람들과 낯선 거리, 낯선 바다 냄새 속에서 살아보는 것 말이야.

여기도 사람 사는 곳인데 뭐가 다를까 싶으면서도, 사실 자꾸만 걱정이 돼. 이렇게 새롭고 낯선 것들이 많아지면 그것들에 떠밀려서 잊으면 안 되는 것들까지 잊혀버리지 않을까. 그렇진 않을까……

*

홍콩의 아파트들은 정말이지 너무 작다. 창문들 밖으로 주렁

주렁 빨래를 널어놓은 모습을 밖에서 올려다볼 때까지만 해도 그저 실내보다는 잘 마르니까 그럴 테지 하고 생각했다. 하지만 실내로 들어서는 순간 그것이 오로지 집이 너무 좁아서 빨래를 널어 말릴 장소가 없기 때문이라는 사실을 깨닫고 만다.

가족 단위로 서너 명, 많게는 다섯 명까지도 사는 아파트가 분명하지만, 혼자서 살기에 그럭저럭 들어맞을 열 평 정도의 크기에 불과하다. 그렇다고 극빈층이 사는 지역도 아닌 걸 보면 아마도 홍콩 사람들은 좁은 땅덩어리를 효과적으로 나누어 사는 것에 진작부터 익숙해져 있는 것이 틀림없다. 테라스가 없어 창을 열자 곧바로 바다 냄새가 섞인 바깥바람이 실내로 들어온다.

"배고프죠? 조금만 기다려요. 이제 다 돼가요."

집 한쪽에 마련된 주방에 서서 저녁을 만드느라 부산하게 손을 놀리면서 그녀가 소리쳤다. 괜찮으니 서두르지 말고 천천히 하라고 말해주고는 담배 한 개비를 피워 물었다. 담배 연기가 바깥으로 빠져나가는 듯싶더니 다시금 바람을 타고 안으로 들어와 사르르 흩어졌다. 이렇게 실내를 휘돌며 흩어지는 담배 연기 사이로 조그마한 액자에 넣어진 사진들이 보였다. 그녀와 한 남자, 그리고 사내아이 하나가 사진들 속의 주인공이었다. 때론 셋이서 함께, 때론 그녀와 아이가, 때론 아이 혼자서 밝게 웃는 모습들이 담겨 있었다.

칼로 써는 소리, 냉장고 문 여닫는 소리, 지글지글 볶는 소리, 물이 끓는 소리가 몇 차례 반복된 뒤 그녀와 나는 주방 바

로 옆 작은 식탁에 마주 앉았다. 다리가 없는 식탁은 한쪽 면이
벽과 연결돼 있어서, 식사를 하지 않을 때는 위로 접어 올려서
벽에 붙여놓을 수 있도록 만들어져 있었다.

"맛있네요."

그녀가 만들어온 베트남 식 국수를 한 젓가락 먹고 난 뒤 그
렇게 말해주자 그녀는 상당히 쑥스러운 듯한 얼굴이 되어 많이
먹으라고 답했다. 실상 함께 식사를 하는 사람에게서 음식이 맛
있다는 얘기를 듣는 것은 의례적인 일에 속하는 것인데, 그녀는
아마도 자신이 만든 음식을 누군가와 함께 먹어본 것이 매우 오
래된 일인 듯했다.

저녁을 먹으면서 그녀와 나는 홍콩의 야시장에 관해 이런저
런 얘기를 나눴다. 오후에 나는 사람들과 몇 가지 법적인 문제
의 해결 방법에 대해 상의를 한 뒤, 해 질 무렵 홍콩의 가장 유
명한 노천 시장이라는 야시장을 구경하기 위해 혼자서 템플 스
트리트로 향했는데, 그곳 큰길가에서 어디로 갈지를 몰라 헤매
다 한 무리의 사람들을 이끌고 도착한 그녀를 만났던 것이다.

"내가 여러 번 마주칠 거라고 했죠?"

그녀는 내가 야시장 얘기를 꺼내자 자신의 말대로 된 것이 자
랑스럽기라도 하다는 듯 어린아이 같은 천진한 얼굴이 되어 말
했다.

그녀는 자신과 내가 마주친 곳, 그러니까 의류, 전자 제품,
시계 등으로 유명한 템플 스트리트 야시장뿐만 아니라 몽콕의

통초이 스트리트에 있는 레이디스 마켓에 대해서도 설명해줬다. 레이디스 마켓은 저렴한 의류, 액세서리와 가정용품 등 주로 여자들에게 인기 있는 물건들이 즐비한 곳이라고 했다.

나는 그녀에게 관광객들이 초고층 빌딩들이 만들어내는 야경과 사람들로 북적거리는 헐값의 노천 시장 중 어느 곳을 더 좋아하는지 물었고, 그러자 그녀는 '보러' 온 사람인지 '사러' 온 사람인지에 따라 다르다고 대답했다.

식사를 마친 뒤 그녀는 냉장고에서 맥주를 꺼내 왔고, 그녀와 나는 가끔 담배를 피워가며 맥주를 마셨다. 나는 그녀에게 언제나 냉장고에 맥주를 채워놓느냐고 물었고, 그녀는 꼭 그런 건 아니지만 오늘은 두 사람이 충분히 마실 만큼은 들어 있다고 했다. 별다른 얘기 없이 그녀가 몇 차례 냉장고와 식탁을 오갔고, 식탁 위엔 마치 야시장 진열대처럼 빈 맥주 캔 네댓 개가 늘어섰다.

"혼자 사는 것이 힘들지 않으냐고 물었죠?"

누군가 둘 사이의 침묵을 깨야만 한다는 생각이 들 때쯤, 그녀가 물었다. 그러곤 내가 특별한 답을 하지 않자 다시금 말을 이었다.

"다 내가 자초한 일인데요 뭘."

"아이가 있었나 봐요."

"……"

"……"

“남편과 아들이에요. 죽었어요, 우리 아이. 내 잘못이에요. 그때 어서 오라고 손짓하지만 않았어도, 달려오는 차를 보기만 했어도……”

순식간에 그녀의 눈에 눈물이 고였다. 아마도 자동차 사고인 듯했지만, 그녀는 그 순간을 떠올리는 것만으로도 그때로 되돌아간 듯 얼굴이 창백해지고 있었다. 나는 그녀에게 미안하다는 말만 되풀이하며 그녀의 눈물이 그치길 기다렸다. 얼마간 계속되던 흐느낌이 어느 정도 진정되자 그녀는 담배를 한 개비 피워 물었고, 나도 그녀를 따라 담배를 피웠다.

“큰일이에요. 아직도 이러니.”

그녀는 허탈한 웃음을 지으며 다시 말문을 열었다.

“아이가 죽고 나서 일 년쯤 뒤에 남편도 떠났어요. 아이가 없어지고 난 뒤 난 말을 할 수가 없게 돼버렸어요. 어찌해볼 도리도 없이 그렇게 돼버렸어요.”

“그랬군요.”

나는 다시금 그녀의 감정이 복받칠 것 같아 그만 얘기하는 것이 좋겠다고 생각했지만, 그녀의 말을 끊을 수는 없었다.

“말하고 싶었어요. 내 잘못이니 용서해달라고. 이제 내게 남은 건 당신뿐이라고. 하지만 목에 커다란 돌멩이가 걸린 것처럼 말을 할 수가 없었어요. 그렇게 일 년이 지나버렸어요. 참 괜찮은 사람이죠. 남편은 말 한마디 않는 나에게, 꼭 식물인간이 된 아내가 정신을 놓지 않게 하기 위해 옆에 앉아 끊임없이 얘기를 나눠주는 사람처럼, 그렇게 일 년을 살았어요. 한데 그러다 어느 날 저녁 남편이 돌아오지 않았어요. 며칠 동안을, 몇 달 동안을 기다려봤지만 돌아오지 않았어요."

그녀는 잠시 얘기를 멈추고 맥주를 몇 모금 마신 뒤, 남편이 떠나고 얼마 지나지 않아 자신이 다시금 말을 하기 시작했고 불현듯 낯선 곳에서 살고 싶은 생각이 들어 이 년 전에 혼자서 홍콩으로 떠나왔다고 말했다.

"그래도 무엇인가를 잊기 위해 낯선 곳으로 떠나는 사람이 무엇인가가 잊힐까 봐 낯선 곳으로 떠나지 못하는 사람보다는 더 용기 있잖아요."

그녀는 나의 말이 갑작스러웠는지 내 얼굴만 빤히 쳐다보다가 천천히 입을 열었다.

"낯설던 이곳이 이제 손바닥 보듯 훤하고 익숙해졌는데도 아직 이 모양인걸요 뭐. 어떨 땐 홍콩은 꼭 거대한 주유소 같다는 생각이 들어요."

"주유소……라고요?"

"사람들을 태운 차들이 끊임없이 주유소로 밀려들어와 주유를 하고 떠나가듯, 이곳에 붙박여 살기보다는 낯설고 새로운 기억들로 무엇인가를 잊으려 애쓰다 다시 떠나가곤 하거든요. 일주일이든 한 달이든, 일 년이든. 하기야 어차피 주유소는 길 위에 있으니, 영원히 목적지가 될 수는 없을지도 모르지만."

"그럼, 언젠가 홍콩을 떠날 건가요?"

“뭐 그럴 수도 있겠지만, 언제 주유가 끝날지 아직은 모르겠
어요.”

그녀의 말에 나는 피식 웃음을 터뜨렸고, 그러자 그녀도 가볍
게 따라 웃었다.

그렇게 얘기를 나누는 사이 그녀와 나의 맥주 캔이 다시 비었
고, 그녀는 냉장고에서 캔 맥주 두 개를 더 가져오며 이제 마지
막이니 아껴 마셔야 한다고 말했다.

“그럼 이제 당신이 혼자 사는 이유, 말해줄래요?”

“……”

“한 달이나 머무는 일정인데 챙겨온 옷들이 몇 벌 되지도 않
아 보이고, 넥타이나 커프스 버튼도 여자가 골라준 것 같진 않
고. 무엇보다 오늘처럼 야시장을 들렀을 때도 아내가 있는 남자
들은 레이디스 마켓으로 가서 여자 물건들을 사게 돼 있거든요.”

“날카로운 추리이긴 한데, 잘못 짚은걸요.”

“……”

“괜찮아요. 나같이 무심한 남자, 혼자 사는 사람인 줄 아는
것이 당연하죠 뭐.”

내가 그렇게 대답하자 그녀는 샐쭉한 웃음을 지어 보였는데,
그 웃음의 의미가 무엇인지는 잘 알 수 없었다. 다만 그녀는 남
은 맥주를 다 마신 뒤 나에게 좋은 사람인 것 같다고 말했고, 나
는 그녀에게 이제 누구의 잘못도 아닌 사고에 대해 자책하는 일
은 그만두라고 말해줬다.

창밖으로 후둑후둑 빗소리가 들려왔다. 그녀는 비도 오는 데다 호텔까지 거리가 머니 자고 가는 것이 좋겠다고 했다. 잠시 후 접이식 문으로 된 작은 욕실로 들어간 그녀가 샤워를 끝내고 나왔을 때 나는 소파를 잠자리 삼아 누워 있었고, 그녀는 내 쪽을 향해 무언가 얘기를 시작하려는 듯하다가 그냥 잘 자라고만 말하고는 침대로 갔다.

새벽녘 빗소리에 눈을 떴다. 그녀가 내 옆으로 와 있었다. 그녀는 내가 누운 소파에 나란히 누워 내 팔에 머리를 기대고 곤히 잠들어 있었다. 그녀의 쌔근거리는 숨소리를 들으며 다시 잠을 청하려는데, 그녀의 얼굴이 가까이 다가오는 듯싶더니 내게 입을 맞췄다.

어둠 속에서 그녀의 입술이 파르르 떨리고 있었는데, 그건 그녀가 몹시도 긴장한 때문일 수도 있었지만 어쩌면 그때 그녀가 울고 있었는지도 모를 일이다. 한동안 침묵이 흐르다 다시금 그녀의 아이 같은 숨소리가 들려오기 시작했다.

나는 좁은 소파 밖으로 그녀가 떨어지지 않도록 그녀의 몸을 꼭 끌어안고 다시 잠을 청했다.

*

한 달이라는 시간은 그리 빨리 가지도, 더디 가지도 않았다. 내가 홍콩의 간판들과 음식들, 그리고 버스 노선에 어느 정도 익숙해질 때쯤 한 달이라는 시간은 소진을 눈앞에 두고 있었고, 홍콩에서 내가 완수해야 할 업무 또한 별다른 문제 없이 마무리되고 있었다.

홍콩을 떠나기 하루 전날 사람들은 내게 환송회를 열어준다며 늦게까지 술자리를 함께했고, 다음 날 공항에서 보자는 인사를 건넨 뒤 밤늦게 헤어졌다. 검은 바다, 빌딩의 야경, 그리고 야시장의 밤 풍경…… 호텔로 들어간 나는 노트북을 켜고 얼마간 자판을 두드려 메일을 한 통 보낸 뒤 테라스로 나가, 아침마다 사람들이 기체조를 하는 널찍한 야외 산책로를 내려다보며 이곳에 와서 내가 보고 들은 것들을 하나하나 떠올렸다.

그렇게 바닷바람을 맞으며 한참을 서 있던 나는 이내 전화기를 붙잡고 그녀의 번호를 눌렀다.

*

잘 있는지. 술이 좀 취했나 봐, 자꾸 자판을 잘못 눌러 오타가 생기네.

사람들과 작별 인사를 나눴어. 솔직히 자기들 일 잘하나 감시하러 온 내가 뭐 그리 떠나보내기 아쉬운 사람일까마는, 그래도 이렇게 송별회 자리까지 만들어주는 걸 보면 내가 그동안 그리 밉게 굴지는 않았나 봐.

당신이 내게 그랬지. 난 순해빠진 데다 겁도 많아서 낯선 곳에 혼자 떨어뜨려놓으면 며칠을 못 갈 거라고. 그런데 이곳에서 지낸 것이 벌써 한 달이나 됐네.

이제 내일이면 돌아가. 그래 봐야 당신은 없지만.

그러고 보니 내가 당신에게 매일 저녁 이렇게 메일을 보낸 것도 일 년이 다 돼가네. 힘들었지, 당신은 답장도 할 수 없는데 하루도 안 빠지고 내 편지 읽느라고.

이제 하늘로 메일 보내는 일 그만하려고. 그렇게 허망하게 먼저 갔어도 내가 당신을 미워하지 않은 것처럼, 더 이상 편지 안 해도 날 미워하진 마. 내가 당신을 천천히 잊어간다 해도 날 미워하진 마.

*

"미안해요, 거짓말해서."

"아니에요. 느낌으로 알고 있었어요. 당신도 혼자라는 거."

"……"

"내일 돌아간다고요?"

"다시 오려고요."

"……"

"주유소 말인데요."

"……"

"어차피 목적지가 어딘지 모른다면, 길 위에서 살 수도 있지 않을까요?"

"……"

"거기서 누군가를 만난다면, 길 위의 주유소가 집이 될 수도
있지 않을까요……"

일상의 에크리튀르

강동호

1

최대환의 소설집 『바다 위의 주유소』는 사건 없음의 사태가 하나의 사건적 층위로 격상되고 있다,고 표현할 수 있을 정도로 삶의 일상성만이 성운처럼 그득히 미만해 있는 소설 공간을 열어놓는다. 이 공간에서 서사의 사건성은 이른바 기체에 가까운 상태까지 엷어져 있다. 독자가 내용적 층위만을 되짚으며 따라갔을 때에 결국 귀착되는 지점이, 일종의 서사적 공허에 불과한 이유가 그러하며, 마찬가지로 그의 소설을 충실하게 읽은 독자의 내부로부터 어떤 감각적 소요 사태가 발생하여도 공감의 근원이 쉽게 조망되지 않는 까닭 역시 그와 연관된다. 가령 이런 식이다.

잠 못 드는 그녀. 결혼을 며칠 앞둔 여자가 도대체 잠을 이루질 못한다. 벌써 며칠째인지 모른다. 그러던 어느 날 밤, 역시 잠드는 데에 실패한 그녀는 일 년 전 혼자서 여행하던 중에 딱 한 번 들렀던 적이 있는 도시를 향해 무작정 떠난다. 그 도시에는 일 년 전 그날 그녀가 혼자 술을 마시러 들어갔던 클럽 정크라는 바가 있었는데, 그녀는 그 바에서 옆자리에 앉아 애기를 나누다 결국 그 도시에서 함께 밤을 지샜던 한 낯선 남자와의 기억 때문에 그렇듯 무작정 클럽 정크를 찾은 거였다. (「한밤, 편의점의 고양이」, p. 44)

위는 「잠 못 드는 그녀」의 전반부에 대한 요약이다. 'Y'의 말처럼 "어쨌든 거기까진 좋았"(p. 44)을지 모르나, 문제는 그 이후에 발생한다. 이것이 유의미한 사건이 되기 위해서는 어떤 일이 발생해야 하는가? 삶의 궤적 자체를 완전하게 뒤흔들어버릴 만한 비일상적 사건이 벼락과 같은 우연과 함께 도래하거나 일상의 안쪽에 응어리지고 있던 파국의 계기가 마침내 발아하여, 삶 그 자체로 하여금 한순간 파열음을 내도록 만들어야 했을 것이다. Y의 논평대로, 평범한 두 인물의 만남 그 자체가 일상에 어떤 화학적 변화를 일으켜 안온하기만 한 삶의 좌표가 흔들려야 하지 않는가? 문제는 최대환의 소설에서는 그와 같은 일상으로부터의 일탈이 발생할 기미가 좀처럼 감지되지 않는다는 것이다. 한마디로, 문제가 발생하지 않는 것이 문제다.

물론 1년 전, 처음 만난 '그녀'와 '그' 사이에 어떤 정서적 교감이 발생하고 편의점 앞에서 함께 밤을 지새우며 입을 맞추기도 하지만 그것에 그칠 뿐, 실상 소설을 지켜보는 독자의 감각적 지형도 자체를 뒤흔들 만한 일들은 존재하지 않는다. 그리하여 인물들이 지니고 있던 감정적 층위들이 사건과 만나 풍성해지는 것이 아니라, 도리어 의미의 층위가 메마를 정도로 건조해지는 현상이 발생하는 것이다. "익숙한 일상은 사람을 고루하게 만들고, 그런 사람이 쓰는 소설 또한 고루할 수밖에 없"(pp. 41~42)다는 Y의 말처럼, 최대환의 소설은 일견 무의미해 보이는 일상으로 충만해 있는 것이다.

간간이 출몰하는 환상 역시 사정은 그리 다르지 않다. 간혹 욕실에서 펭귄이 출몰하거나(「샤워하다 뒤돌아보면」) 갑자기 나의 벽장 속에서 묘령의 여인이 나타나기도 하지만(「붙박이장」), 이러한 환상적 사건조차도 "엎질러진 우유가 식탁보에 스며들듯"(「샤워하다 뒤돌아보면」, p. 99) 어느새 일상과 일체화된 형국을 보일 뿐이다. 환상과 일상이 일체화되다니? 그것이 가능한가? 이를 가능케 하기 위해서는 두 가지 길이 제시될 수 있을 것이다. 하나는 양적인 방법. '악화가 양화를 구축한다'는 경제학의 오래된 가르침처럼 환상적인 사건과 장면이 등장하는 빈도수가 가증하면서, 마침내 환상이 일상을 쓸어내는 경우가 발생할 수 있다. 그럴 때 세계는 오로지 환상의 독주만이 펼쳐지는 무대로 변모하여, 환상 그 자체가 일상을 덮어버리는 사태가 발생하는 것이다. 다른 하나는 최대환의 소설이 따르는 것처럼 환상이 출현하는 구조적 경로가 다른 경우이다. 이때 환상은 장기 이식이 이루어지는 과정처럼, 사건 그 자체가 일상의 지평 위에 꺾꽂이되어 그 지대와 완전하게 한 몸이 되는 것이다. 그러니까 환상을 받아들이는 주체의 태도로부터 어떤 항체가 형성되지 않을 때, 이러한 일체화는 가능한 것이다. 이를테면 욕실에 펭귄이 나타났다는 사실에 다소 당황하면서도 펭귄의 "우스꽝스럽고 귀여운 모습"에 "풋, 하고 웃어버리고"(「샤워하다 뒤돌아보면」, p. 110) 펭귄에 이름을 붙여주는 나의 행동처럼, 환상은 어느새 일상의 한 축으로 거리낌 없이 전치된다. "한 달 전에 죽었어요, 우리 엄마, 하고 말하는 여자의 말투가 마치, 완전히 망쳐버렸어요, 이번 기말고사, 하고 말하는 것과 다르지 않게 들리기 때문이다"(「한밤, 편의점의 고양이」, p. 60)라는 여자의 태도에서 알 수 있듯이, 일탈적 사건이나 비현실적 환상에 대한 거부 반응이 없는 인물들에 의해, 사건은 일상을 변화시킬 수 있는 강렬한 효력을 잃은 채 어느새 일상 안으로 편입되어버리는 것이다.

2

　결국 최대환의 소설은 서사의 미니멀리즘이라고 부를 수 있을 정도로 이야기의 기능적 측면이 약화된 상태에서 진행된다. 이는 이야기의 줄거리만을 따라갈 때 독자의 내면에 일었던 감상적 파문에 대한 해명은 거의 불가능함을 뜻한다. 그렇다면 독자의 내부로부터 일었던 그 공감의 사태, "이상하리만치 편안하고 나른하게 느껴지는 그런 일"(「Blackbird Fly」, p. 186)로 요약할 수 있는 이 느낌은 어찌된 영문인가? 데카르트가 상상하였던 그 유명한 『성찰』의 악마가 의도적으로 독자의 머릿속에 정념의 씨앗을 심어놓은 것이 아닐 바에야, 최대환의 소설집 『바다 위의 주유소』를 읽은 독자의 내부로부터 모종의 느낌이 일렁였다는 사실은 분명, 텍스트와 결부된 인식론적 사연이 매개되어 있음을 의미한다. 감정적 실타래가 엉키기 시작했다는 사실 그 자체로서, 독자의 주관적 통각의 회로와 소설의 내적 구조 사이에서 어떤 감각적 화학 반응이 일어났다는 것을 가리키기 때문이다. 대상이 존재하지 않는 상태에서 응어리지는 자발적 정념이란 일개 몽유병이나 정신병을 앓고 있는 이들의 것에 불과하지 않은가? 그런데, 이 당연한 현상이 작가에게는 그리 당연하지 않은 모양이다.

광장이 까만 어둠 속으로 스르르 잠겨가는 것과 동시에 사람들의 모습이 검은 실루엣으로 바뀌며 그 수가 줄어들기 시작하면, 내 마음속에서는 그제야 한낮의 부산함에 눌려 묻혀 있던 감정들이 조금씩 고개를 들기 시작한다. 예를 들면 그리움 같은 감정들은 한낮엔 거의 느껴본 적이 없었던 것 같다. 그래서 어스름한 저녁 무렵 광장의 한쪽에서 어쩌다 사르르 그리움이 느껴지면, 이런 종류의 감정이 내게 있었던가 할 정도로 묘한 신선함을 느끼곤 하는 것이다. 어떤 때는 내가 누구를 그리워하는지 알 수 없는데도 애틋한 감정에 휩싸이는 걸 보면, <u>그리움에 꼭 대상이 있어야만 하는 건 아닌가 보다.</u> (「풍선을 찾아 떠나는 여행」, pp. 155~56. 밑줄은 인용자)

쉽게 지나칠 수 있는 흔한 장면처럼 보이지만 이는 텍스트의 전반부를 아우르는 기조 감정, 즉 그리움이나 외로움과 관련된 매우 흥미로운 점을 시사하고 있다. 아울러 이는 최대환의 소설에서 인물들이 놓여 있는 심리적 시공간의 독특한 발생학적 구조, 즉 특정한 사건들이 일어나지 않음에도 불구하고 나타나는 '대상 없는 정념'을 집약적으로 드러내주는 부분이다. 예컨대 특정한 이유 없이 "도대체 잠을 이루지 못"해 불면증에 시달리는 그녀가 등장하고(「잠 못 드는 그녀」), 어느 날 갑작스레 "왜 나는 샤워를 할 때 뒤를 돌아보지 않는가"(「샤워하다 뒤돌아보면」, p. 98) 같은 의문을 떠올리며, 특정한 목적과 계획 없이 무작정 여행을 떠나는 그녀들(「풍선을 찾아 떠나는 여행」)이 소설의 전 부분에 걸쳐 등장하거나 "그래서인지 어두컴컴한 교외의 도로를 달리다 주유소로 들어오는 자동차는 어딘지 모르게 쓸쓸해 보인다"(「어느 날 갑자기」, p. 189)라고 고백하는 것이다. 이 불수의한 감정과 사태의 발생 원인은 감정의 소유자 스스로에게도 좀처럼 밝혀지지 않은 것인데, 이들이 "어떤 때는 내가 누구를 그리워하는지 알 수 없는데도 애틋한 감정에 휩싸"인 것처럼 느껴진다고 고백하는 것은 바로 그와 같은 맥락에서 읽힐 수 있을 것이다. 물론 이러한 설명만으로는 충분하지 않다. 왜냐하면 그러한 말과 행동 들의 이면에는 밝혀지지 않은 원인이 실은, 은근한 방식으로 도사리고 있기 때문이다. 그 어떤 환경과 조건의 변화 없이 순수하게 주관의 정념만이 생산될 수는 없는 법 아닌가?

> 밤낮의 바뀜과 같은 아무런 시간의 표식이 없으니, 그러니까 시간의 흐름이 없는 삶이니, 무엇 또는 누군가를 기억한다는 일이 가능이나 하겠는가. 기억이 없어 그리움도 없는 저들은 그렇다면 분명 행복하다. (「바다 위의 주유소」, p. 243)

그러니, 다시 정리하자. 우리는 언제 그리움을 느끼는가? 욕망하는 대상이 부재하는 때이다. 그러나 이는 온전한 부재라 할 수 없는 것이, 그리움이란 대상이 일종의 현존의 형태로 우리의 기억 속에 남는 것을 의미하기 때문이다. 다시 말해 대상이 시간 안에 기거하며 부재로서 현존할 때, 그들은 비로소 그리움에 적격인 존재로 간주된다. 부재하는 대상이 타자의 기억 속에서 완전한 형태로 복원되는 순간, 말하자면 대상의 상실이라는 사건이 대상의 또 다른 존재태를 낳는 경우에, 그간 순수하게 소모되던 시간은 마침내 공간으로 침습하고, 심리적 공간 자체의 판도에 변화를 일으키는 감정적 소요 사태는 한층 격화되는 것이다. 그러한 맥락에서, "광장이 까만 어둠 속으로 스르르 잠겨 가는" 풍경으로 인해 "사람들의 모습이 검은 실루엣으로 바뀌"어버리는 일은, 일종의 환유적 관계망을 경유하면서 이 '부재'라는 사태를 환기한다.

그렇다면 '대상 없는 그리움'은 어떻게 가능한가? 이는 대상이 부재하지만 이 부재라는 사실 자체가 망각된 상태, 그러니까 부재에 대한 기억이 부재하는 상태를 일컫는다. 그것은 부재에 대한 징표가 무의식의 영역에 날인되어 있다는 뜻이며, 아울러 소설 공간에서는 부재의 근원적 내막이 밝혀지지 않은 채 일종의 그림자와 같은 전조(前兆)로 드리워졌다는 의미이기도 하다. 최대환의 텍스트에 서사의 기축을 담당하는 기능 단위가 약화된 반면 징조 단위가 그 역할을 대신한다는 것은 바로 이 같은 특질, 즉 부재하는 것들에 대한 흔적이 하나의 징후처럼 일상적 서사가 열어놓은 텍스트의 여백에 미만하면서, 이 흔적으로 인해 사실상 텍스트가 생산되고 있음을 뜻한다(데리다). 과연, 이

'대상 없는 정념'으로 충만한 인물은 텍스트의 말미에 다음과
같이 고백한다.

> "맞아. 실은 나도 오늘 결혼식장에서 오래전의 기억을 떠올렸
> 어."
> "……"
> "결혼하기로 했던 여자가 있었어, 예전에."
> "그 여자……, 떠났구나."
> "응. 그런데 난 아직도 그 여자가 떠난 이유를 잘 몰라."
> "……"
> "결혼하기 한 달쯤 전에, 아무런 말도 없이 떠났어."
> "그랬구나." (「풍선을 찾아 떠나는 여행」, pp. 170~71)

순탄히 흘러가던 이야기가 매듭지어질 무렵에 이르면, 위 경
우같이 결혼을 약속한 여자가 식을 올리기 한 달 전에 떠났다는
사실 따위가 밝혀진다. 아니, 밝혀진다고 말하는 것은 다소 오
해를 동반할 여지가 있다. 추리소설의 그것처럼 사건상에 비밀
의 단서가 놓여 있고 그것을 찾아가는 일반적인 탐색담의 절차
가 개진되는 것이 아니라, 단지 낯선 여자와의 만남 과정에서
은폐되었던 기억이 자연스럽게 도드라지기 때문이다. 여기서
제기될 수 있는 또 하나의 문제는 그 여자가 "아무런 말도 없이
떠났"다는 데로부터 기인한다. 이는 부재에 대한 사실을 환기하

는 것에 그치지 않고 여전히 이 부재의 원인이 장막에 가려져 있음을 뜻한다. 대상이 부재하면서, 그 대상이 부재하는 원인마저도 부재하는 사태. 그러니 "이젠 다 잊은걸 뭐"(p. 171)라고 남자는 말하지만, 이 발언으로부터 생산되는 어떤 느낌은 그것을 진정으로 잊었다는 말, 혹은 앞으로 잊겠다는 강렬한 다짐과도 무관해 보이는 것이다. 왜? 부재하는 공간을 틀어막을 수 있는 방법이 없기 때문이다. 단순히 대상이 부재하는 것이라면, 다른 욕망의 대상을 그 공간으로 환치시키면 그만이다. 그러나 이 이중 부재의 상황은 소설의 모든 인물들이 결국 그 부재로부터 벗어나지 못할 것임을 말해준다. 가령, "어느 날 갑자기, 낯선 남자의 차를 타고"(「어느 날 갑자기」, p. 211) 떠난 그녀, 아이의 죽음에 방황을 하는 아내 곁을 1년 가까이 지키다 홀연히 돌아오지 않게 된 남편(「홍콩발 이메일」), 이유 없이 자살한 애인을 잊지 못하는 남자(「잠 못 드는 그녀」) 등, 이들이 처해 있는 외로움은 결국 근원을 알 수 없는 외로움인 것이다.

한 가지 짚고 넘어가야 할 사실이 있을 것이다. 여기서 기억이 '은폐'되었다는 말은 주체의 의지에 의해 그 기억이 의도적으로 망각되었거나 왜곡되었다는 뜻이 아니다. 그러니까 그리움은 "오랫동안 꼭꼭 숨겨뒀던 말"(「어느 날 갑자기」, p. 217)처럼 그리움을 느끼는 주체와 대상에게도, 아울러 그/그녀를 바라보는 독자의 눈에도 명시적으로 드러나지 않은 채 숨겨져 있다. 요컨대 최대환의 텍스트에 그려져 있는 평범하고도 일상적인 삶의 이면에는 이처럼 부재하는 원인이 부재로서 배태되어 있다. 앞서 지적한 것처럼, 그 부재에 대한 사실이 숨어 있기 때문에 이 숨어 있음이 하나의 징조 단위로서 텍스트에 미만해 있는 것이다. 즉, 부재 자체가 징조 단위의 존재태인 것이다.

그렇다면 무엇에 대한 징조인가? 내 안의 욕망을 불러일으키는 일종의 기억의 잔영, 즉 과거에 대한 징조이다. 과거에 대한 징조라니? 이는 과거의 기억이 미래의 지평에서 다시금 실현될 것이라는 예감을 뜻한다. 과거를 실현한다? 다시 말해 부재하는 과거가 돌연 미래에 재경험될 것이 암시된다.

"뭐, 아직은 괜찮아. 하지만……"
"하지만?"
"오래 더 살다 보면 참지 못할 정도로 보고 싶을 때가 올 것 같기도 해."
"그런 문제가 그렇게 예측이 되는 건가?"
"설명은 못하겠지만, 어쨌든 그런 느낌이 드는걸." (「버터플라이」, pp. 133~34)

매우 묘한 상황이다. 느낌에 대한 느낌이 발현되는 상황이기 때문이다. 그리움이라는 정념이 하나 있다면, 이 그리움이 발발할 것을 예감하는 감각이 하나 더 있는 것이다. 물론, 그 무슨 메타-감각의 차원을 논하려는 것이 아니다. 이는 대상에 대한 그리움이 부재하다는 사실이 인식론적으로는 정확히 인지되지 못하는 상황에서도, 무의식에 가까운 영역에서는 감지되고 있(었)음을 뜻한다. 텍스트의 차원에서 보자면 부재의 흔적은 사건의 층위에 놓여 있는 것이 아니라, 보다 미시적인 영역, 이를테면 이미지와 문체의 층위에서 발현됨을 뜻한다.

1) 이미지의 구조 층위: 이 징후적 이미지는 독자에게는 물론이거니와, 그 대상 인물 자신으로부터도 은폐되어 있기에 숨겨진 이미지일 것이다. 그러한 이미지는 검고도 어둡다. 그러나 완전한 숨겨짐이 아니라, 숨겨짐을 암시적인 방식으로 알리는 것이기에 차라리 은폐로서의 이미지, 이미지의 은폐가 하나의 이미지를 구축하는 형국이다. 이른바 감춤으로써 드러나는 이미지이기에 검긴 검되, 검음으로 무엇을 가리고 동시에 드러내는 것, 그러니까 어둠과 어둠이 이중적으로 겹쳐 있는 구조인 것이다. 가령,

그사이 여자는 어느새인가 다시 검은 하늘을 올려다보고 있었다. 여자가 올려다보는 하늘 위로 검은 새 한 마리가 날아가고 있었다. 검은 하늘을 날아가는 검은 새가 어떻게 그토록 뚜렷이 보였는지는 나도 알 수 없다. 검은 새는 천천히, 아주 천천히 날아서 시야를 벗어나고 있었다. (「Blackbird Fly」, p. 185)

와 같은 장면은 텍스트의 이미지 구조의 핵자에 해당한다. '검은 하늘'에 '검은' 새가 날아가는 이 장면은, 뚜렷한 색조의 대비 없이 다만 명도 차에서 발생하는 존재와 존재 사이의 일렁임을 나타낸다. 현재와 과거의 일렁임이라고 볼 수 있을 이와 같은 모호하면서도 동적인 이미지는 무엇인가 있다는 예감을 가능케 하지만, "어스름한 저녁 무렵 벤치에 앉아서 바라보는 광장의 풍경은 참으로 비현실적이어서, 그 안에 자리 잡고 있는 사물들뿐만 아니라 이리저리 움직이는 사람들까지 합세해 꼭 오래된 필름을 돌리며 영화를 보고 있는 것 같은 느낌을 준다"(「풍선을 찾아 떠나는 여행」, p. 155)는 말처럼, "오래된" 무엇인가를 상기시키기까지 한다. 이러한 이미지들이 기묘하게 엇갈리는 장면을 구성하면서 어둠으로부터 어떤 조짐이 '게슴츠레'하게 발생할 것임을 암시하기 때문이다. 이러한 이미지의 구조가 단순히 소설의 한 장면에 그치지 않고 넓고 아득하게, 이른바 소설의 전 국면에 범발할 때 텍스트 전체의 분위기와 공기가 결정되는 것이다.

a. (어둑어둑한) 텅 빈 운동장에 어둠이 스멀스멀 기어다닌다. (「한밤, 편의점의 고양이」, p. 57. 괄호는 인용자)

b. 물어본 적이 없어서 이유는 모르지만, 어쩌면 그는 눈을 감고 수영을 하는지도 모른다. (「버터플라이」, p. 132)

c. 잠시 후 칠흑 같은 어둠과 사방에서 휘몰아치는 물보라 때문에 앞이 거의 보이지 않는 상황 속에서 실눈을 뜨고 견디던 나는 곧 눈을 의심해야만 했다. 지금껏 나를 쥐고 흔들어대던 그 파도들을 모두 합쳐도 안 될 만큼 거대한 파도가 마치 <u>어둠 속에서 검은 산</u>이 고고하게 움직이는 양 저 멀리서 나를 덮쳐오고 있었기 때문이다. (「버터플라이」, pp. 148~49. 밑줄은 인용자)

한데 <u>검푸른 물속의 익숙한 실루엣들</u> 사이로 낯선 느낌의 생물체 하나가 천천히 움직이고 있다. 정확한 형체를 알아차리기엔 물이 너무 어둡고 거리가 너무 멀다. 유선형을 닮아 있긴 하지만 완전한 유선형은 아닌 듯하다. (「바다 위의 주유소」, p. 244. 밑줄은 인용자)

위는 바로 이와 같이 어둠과 어둠이 포개져 있는 이미지가 현실적 배경(a)은 물론이거니와 소설 속 인물의 능동적 상상(b)에도 개입하고, 심지어는 인물이 수동적으로 경험하는 환상의 장면(c)에도 넓게 드리워져 있다는 것을 보여준다. 텍스트가 처해 있는, 혹은 만들어내는 시간적 배경은 실로 모든 부분에 걸쳐(현실로부터 환상까지) 짙은 어둠으로 흥건하다. 같은 맥락에서 공간적 배경 역시 '비 내리는 광장'(「풍선을 찾아 떠나는 여행」), '비 내리는 날의 수영장'(「버터플라이」), '비 내리는 바

다'(「바다 위의 주유소」), '어둑어둑하면서도 비실제적인 바'
(「잠 못 드는 그녀」), "비현실적이리만치 바다같이 꾸며놓은 수
족관"(「바다 위의 주유소」, p. 221) 등이 주를 이루고 있는데, 이
렇게 텍스트의 시공간을 아우르는 어둠은 "까만 어둠" "컴컴한
어둠" "게슴츠레한 어둠"으로 나타나면서 다소 모호하고도 비
현실적인 소설 공간을 축조한다.

　　술값을 치르고 천천히 문을 나서 계단을 막 다 올라서는 순간,
그녀의 머리 위에서 탁, 하는 소리가 들린다. 소리는 지금 그녀
의 머리 위에 있는 클럽 정크의 간판 불이 꺼지면서 난 것인데,
그녀가 움찔 놀라 고개를 들어 올려다보자 환하게 빛을 발하던
간판의 네온 글씨들은 이미 그 빛을 거두고

Club Junk
클럽 정크

로 바뀌어 있다.

　　그곳에서 나온 그녀는 불 꺼진 간판 아래에서 무엇인가 생각
하는 듯한 얼굴로 얼마간 서 있다가, 이윽고 천천히 걷기 시작한
다. 거리는 까만 어둠으로 완전히 뒤덮여 있고, 인적 또한 더욱
드물어져 조용하기만 하다. 잊을 만하면 한 대씩 차가 지나가고,
그럴 때마다 카메라의 플래시가 터지듯 강렬한 헤드라이트 불빛

이 스친 뒤에 더욱더 까만 어둠이 그 자리를 메운다. 드문드문 아직도 불이 켜진 간판들이 있어서 그나마 가로등도 없는 이면 도로의 윤곽을 잡아준다. (「잠 못 드는 그녀」, pp. 23~24. 밑줄 은 인용자)

묘한 풍경이라 할 수 있다. 여기서 이미지는 분명 넘쳐흐르지 만, 이 이미지들은 장면들마다에 있는 어떠한 상황들을 정확하 게 혹은 세밀하게 인식할 수 있도록 독자들을 이끌어주지 못한 다. 오히려 빛과 어둠의 경계를 흐릿하게 만드는 이미지가 제시 됨으로써, 독자는 낯선 감각을 느끼게 된다. 마치 비현실과 현 실 사이를 나누는 격자가 제거된 상태에서 비현실의 어둠과 현 실의 빛이 서로에게 스며들어가고 있는 듯한 이미지이다. 가령, **Club Junk** 라는 몽환적 이미지는 공간에 대한 비현실적 성 격을 규정짓고, 나아가 이 시공간성이 클럽 정크라는 특정 공간 에 국한되지 않은 채 묘하게도 현실의 세계와 중첩된다는 효과 를 낳는다.

2) 문체의 층위: 앞서 말한 그 모호한 기체와 같은 이미지들 이 유발해내는 효과는 그 장면을 제시하는 과정, 작가가 구사하 는 독특한 문체에서도 유사한 방식으로 일어난다.

그러다가 다시 한 번 침대 위로 튕겨져 오르듯 일어나더니, 이번에는 방바닥으로 내려가 우뚝 선다. 열려진 창밖으로부터 나풀거리는 실크 커튼을 통과해 스며드는 희끄무레한 빛이 아무것도 입고 있지 않은 그녀의 몸 윤곽을 그려내고 있다. 허리 조금 위까지 기다랗게 늘어지는 생머리, 잘록한 허리, 약간 통통해 보이는 듯하지만 그리 짧은 감을 주지는 않는 두 다리. 그러고 있으니 그녀는 꼭 누군가가 방 안에 덩그러니 놓고 간 마네킹처럼 보인다. 하지만 그녀는 진짜 마네킹처럼 완전히 굳어 있지만은 않다. 그렇게 우두커니 선 채로 몇 번인가 몸을 움찔거리며 무엇인가 망설이는 듯한 기색을 드러내고 있는 것이다. (「잠 못 드는 그녀」, p. 12)

가끔 핸들을 잡은 채로 담배를 피우거나 이것저것 CD를 뒤적여 음악을 바꿔 트는 행동 외에, 그녀는 다만 앞만 보고 달릴 뿐이다. 얼마간 달리다 그녀가 차창을 활짝 열어버리자 휘몰아 들이치는 거센 바람이 그녀의 긴 머리를 팔락팔락 춤추게 한다. 핸들을 붙잡고 있는 그녀의 표정은 눈을 조금 가늘게 뜨고 입을 꽉 다문 것이 어딘지 결연해 보이는 듯도 하지만, 그것은 다만 굉장한 속도로 인해 맞부딪혀야 하는 바람 때문인지도 모를 일이다. (「잠 못 드는 그녀」, pp. 14~15)

이는 최대환 식 문체를 가늠해볼 수 있게끔 해준다. 위 장면은 다소 과잉된 묘사와 비경제적 묘사 들로 지탱되고 있다. 단지 두세 문장으로 간단하게 끝낼 수 있을 대목을 저토록 길게 나열하는 것은 서사의 흐름상 일견 불필요해 보이기까지 하다. 특히 "그녀는 진짜 마네킹처럼 완전히 굳어 있지만은 않다. 그렇게 우두커니 선 채로 몇 번인가 몸을 움찔거리며 무엇인가 망설이는 듯한 기색을 드러내고 있는 것이다"라는 마지막 대목은 독자로 하여금 일면 어색함을 감지하게 할 정도로 세세하지 않은가. 여기서 한 가지 눈여겨보아야 할 것은 어떤 '기이함,' 즉 앞서의 '어둠과 어둠'의 대위가 주조해내는 비현실성과 같은 역설적 상황의 발생이다. 위 장면은 정밀한 묘사로 충만함에도 불구하고, 독자는 이 장면으로부터 뚜렷함이 아닌, 흐릿한 인상만을 건지게 된다. 환언하면, 앞서 서술한 문장의 의미를 지연시키는 듯한 문장이 뒤따르면서 독자로 하여금 텍스트의 의미를 지우는 효과를 유발한다.

이는 끝내 잠을 이루지 못한 '그녀'가 차를 타고 낯선 도시로 가는 장면을 묘사하는 데에서도 마찬가지이다. "입을 꽉 다문 것이 어딘지 결연해 보이는 듯도 하지만, 다만 굉장한 속도로 인해 맞부딪혀야 하는 바람 때문인지도 모를 일이다"라는 문장에서 명시적으로 드러나는 것처럼, 최대환은 의미의 확정 자체를 거부하는 형태, 즉 가설을 설정하는 방식으로 문체를 구사한다. 그러니까, 그의 문체로부터 고정되는 의미는 매우 최소화된다. 마치 소리 없는 흑백영화의 영상처럼 최대환의 문체는 일종의 카메라 같은 시선으로 특정한 상황을 매우 건조하고도 차가운 방식으로 텍스트 위에 영사시킨다.

최대환의 텍스트에서는 언어가 일종의 카메라로 기능함으로써 객관적 주관성의 지평을 열어놓는다. 그것은 기존의 소설과 달리 소설의 화자가 1인칭이냐 3인칭이냐와 무관하게, 화자가 그간 지니고 있던 전지적 권위를 포기함을 뜻한다. 나아가 이를 통해 텍스트 내에 의미론적 여백을 열어놓으면서, 이 열린 공백을 다른 것이 채우기 시작한다. 소설은 현상 텍스트(pheno-text: 크리스테바)로는 존립하기 어려운 대신 이른바, 생성 텍스트 geno-text로서 살아가게 되는 것이다. 혹은 롤랑 바르트의 말을 빌리자면, 소설은 차라리 "'인간'으로서의 타자가 아니라, 하나의 공간"에 가깝게 다가선다. 실체로서의 소설이라는 닫힌 체계를 지양하고 타자인 독자가 자유롭게 출입할 수 있는 열린 텍스트를 지향한다는 점에서, 비일상적 특징이 탈각되어 있는 이 사건성의 영도(零度) 층위에는 인물과 독자를 제약하는 이야기 자체의 욕망이 사라진 반면, 그 사그라진 욕망의 빈 지대를 흥미롭게도 텍스트를 읽는 독자의 '자유'가 채운다. 소설의 분위기가 다소 모호하고 불확실해지는 것과 반비례적으로, 부유하는 듯한 소설 공간이 그 자체로서 어떤 소설적 추동력을 지니는 것, 아울러 공감의 부면을 넓힐 수 있는 것은 바로 그 때문이다. 그러니까, 소설이 생산하는 이 모호한 분위기 자체가 끊임없이 미시적인 방식으로 소설의 주제를 실연(實演)하면서, 독자에게 무엇인가를 환기하는 것이다.

3

무엇을 환기하는가? 상술한 바대로, 과거의 실현을 환기한
다. 그리하여 과거에 대한 징조의 이미지로 가득한 이 텍스트
공간에서, 소설의 인물들은 자신의 감정을 일깨우는 부유하는
무중력의 공간을 찾아 헤매거나, 타인과의 만남 속에서 그 예감
을 현실화하는 모습을 보여준다. (물론 그러한 방식의 현실화는
앞서 지적했듯이 어떤 갑작스러운 사건에 의해 발생한다기보다, 서
사가 진행되는 과정에서 문체와 이미지에 의해 자연스럽게 돋아난
다.) 그것은 이들이 이 어둑어둑한 시공간에서 끊임없이 부재하
는 원인을 다시금 실현한다는 것, 그러니까 부재 그 자체를 다
시 경험함을 의미한다. 물론, 이는 부재의 원인을 찾아낸다는 뜻
과는 다를 것이다. 오히려 그것은 부재에 대한 원인이 끝끝내 부
재할 수밖에 없다는 사실을 재확인하는 과정에 가까워 보인다.

최대환의 소설이 서사적 구성에 있어 순환적 구조를 취하거
나 이야기가 연대기적 순서로 흘러가다가도 돌연 심리적 시간
이 뒤바뀌는 이유는 그 때문이다. 예컨대, 「어느 날 갑자기」의
경우에서 마지막 부분에 이르러 1년 전의 영상이 펼쳐짐으로써
어머니에 대한 가시지 않는 그리움이 드러나거나, 「홍콩발 이메
일」에서 남자가 실은 홀로 남겨진 존재이며 아내는 이미 세상을
떠났다는 사실이 밝혀지는 것은, 이른바 소설 속의 인물들이 모

두 무의식/자발적 망각 속에 얽어져 있는 기억의 공백, 즉 부재하는 부재의 빈틈과 맞닥뜨린다는 점을 암시한다.

소설 속 인물들이 특별한 이유가 있지 않음에도, 세계를 여행하려 하거나 혹은 그 일을 수행함을 망설이는 것 역시 같은 맥락에서 이해할 수 있을 것이다. 그들은 누군가에 대한 기억과 그리움으로 인해 여행을 떠나거나(「잠 못 드는 그녀」「풍선을 찾아 떠나는 여행」「어느 날 갑자기」), 혹은 여행을 떠나려 해도 "일단 가서 바다에 뛰어들면 깊은 실망 비슷한 것을 느낄 것 같은 두려움"(「버터플라이」, p. 141) 때문에 섣불리 떠나는 것을 주저하는 모습을 보인다(「버터플라이」「바다 위의 주유소」「홍콩발 이메일」). 이들이 우회하는 경로는 상이할 수 있으나 이들이 매 순간 귀일하는 지대는 결과적으로 동일하다.

나 자신에게조차 아닌 척해왔지만 실은 내가 본 적도 없는 그 사람을 참말 그리워하며 살아왔다는 것을, 그런데 그 사람을 만나 얼굴을 마주하자 그 그리움이 덜어지기는커녕 오히려 더욱 깊어지기만 했다는 것을, 다시 말해 이미 내가 그리워하던 그 사람은 그곳에 없었다는 것을, 그래서 앞으로 또다시 그 사람을 볼 이유가 없어진 것은 애초의 내 생각대로 된 셈이지만 오히려 더욱 깊어진 그 이상한 그리움만은 앞으로도 내내 간직하고 살 수밖에 없겠다는 체념을 안은 채 돌아왔다는 것을…… (「버터플라이」, p. 153)

저 깊어져만 가는 그리움의 모래 구덩이를 향하여 그들은 끊임없이 "찾아 헤매고, 괴로워하고……그렇게 힘든 네 몫을"(「어느 날 갑자기」, p. 212) 살려고 한다. 거듭 말하건대, 이것이 과거의 징조, 즉 과거의 실현에 대한 예감에 해당한다는 것은, 이들이 앓고 있는 그리움은 어떤 대상을 소유한다고 해서 가시는 그리움이 아니라 보다 근원적 차원의 그리움, 즉 그 부재의 원인을 확인할수록 더욱 진해지는 그리움임을 뜻한다. 그러니 과거를 재확인하는 행위는 더 나은 미래를 향해 나아갈 수 있도록 돕는 삶의 새로운 발판이 되기보다, 차라리 대상의 부재와 대상이 부재하는 원인의 부재가 같이 한데 뒤엉킨 채 일어나는 경험과 닮았다. 그러한 사연을 밑바탕으로 하고 있기에, 이들은 그저 알 수 없는 부재에 대한 의식으로 끊임없이 쓸쓸한 것이다. "교외의 도로를 달리다 주유소로 들어오는 자동차"가 "어딘지 모르게 쓸쓸해 보"(「어느 날 갑자기」, p. 189)이는 것이 아니라, 쓸쓸한 것은 그 대상에 쓸쓸함이라는 감정을 투사하는 나 자신이다. 저 부재의 근원을 어떤 애도의 감정으로 전치시키는 것도 불가능하기에, 떠나간 여자가 돌아오거나 오랫동안 만나지 못했던 아버지를 만나 회포를 풀었다고 해서 그 갈증이 해결되지는 않는 것이다.

사실 부재하는 대상을 대체하는 일은 얼마나 쉬운가? 보다 두렵고도 난해한 것은, 그 공간 자체가 채워질 수 없음을, 즉

부재에 대한 근원 자체가 부재하고 있다는 자의식을 끊임없이
의식하는 일이다. 그리하여 근원적 부재에 대한 수락은 부재를
마주한 인물들로 하여금 삶에 대한 독특한 자세를 낳게 한다.

　　"그 사람을 찾을 수가 없어."

　　"……"

　　"꼭 만나야 하는데."

　　"그래서 울었구나."

　　"이 도시를 떠났나 봐. 집도 이사했고, 휴대 전화 번호도 다른

사람이더라고."

　　"정말 보고 싶은 모양이구나, 그 사람."

　　"아니."

　　"……"

　　"미안하단 얘기를 꼭 해줘야만 되거든." (「어느 날 갑자기」,
pp. 201~02)

　　이들이 부재를 확인하려는 까닭은 잃어버린 그 사람이 "정말
보고 싶"어서가 아니다. "그 사람을 만나 얼굴을 마주하자 그
그리움이 덜어지기는커녕 오히려 더욱 깊어지기만" 한다는 것
을 그 자신 역시 모르지 않는 이상, 그저 메울 수 없는 부재의
존재적 층위를 수락하고("미안하단 얘기") "힘든 자기 몫을 다
하"(「어느 날 갑자기」, p. 213)는 길을 택할 뿐이다. 이처럼 그들

의 그리움은 당신을 소유하고자 하는 욕망으로 달뜬 그리움이
아닌, 그리움 그 자체로 충만해 있다.

　　……당신은 지금 어디 계십니까? 혹 어두운 바닷가에 홀로 앉
아서 떠나간 어떤 사람를 하염없이 그리워하고 있진 않으십니까?
그렇다면 잘 한번 생각해보십시오. 어쩌면 떠나간 건 그 사람이
아니라 당신일 수도 있거든요. 사람 사이에 만나고 헤어지는 데에
아무리 생각해도 '순전히 일방적인 사건'이란 없지 않겠습니까.
(「바다 위의 주유소」, p. 223)

　　그러니 라디오에서 흘러나오는 DJ의 말은 작가의 전언을 압
축적으로 제시한다고 볼 수 있다. "떠나간 건 그 사람이 아니라
당신일 수도 있"다. 이 말은 당신 역시 은연중에 이별의 원인을
제공했다는 식의 일반적인 의미로도 해석될 수 있지만, 우리는
이를 조금 달리 읽으려 한다. 당신은 누구를 그토록 그리워하는
가? 당신에게 이 제거할 길 없는 그리움을 안긴 사람, 지금 당
신 곁을 떠나간/떠나가는 그 사람은, 혹 당신 자신일 수 있지
않은가. 어쩌면 작가의 전언처럼, 당신을 떠난 이는 바로 당신
일지도 모른다. 왜 그토록 소설 속 인물들은 한없이 엇갈리기만
하는 것인가. 그 공허의 내적 원인이 떠나간 타인에게 있는 것
이 아니라, 보다 근원적으로는 그리움의 주체인 내 안에 있기
때문이다. 그러니, 그것은 타인과의 만남을 통해서 촉발되는 것

300

일 터이지만, 궁극적으로는 자신 안에 있는 그 공허, 다시 말해
이 게워지지 않는 부재 의식에 대한 재확인인 것이다. 소설에
나오는 인물들의 그리움이 '대상 없는 그리움'에 가깝다는 앞서
의 명제는 이렇게 되살아난다.

4

음악이 흐르고, 시간도 흐른다.
—「잠 못 드는 그녀」에서

이 되살아나는 명제를 되살기 위해, 작가는 그토록 무의미성
으로 충만한 사건들을 되풀이하여 읊고 있는지도 모른다. 텍스
트가 미시적인 수준(문체)에서부터 거시적인 차원(서사의 층위)
에 이르기까지 돌림노래처럼 끊임없는 반복을 보여주는 이유
역시, 일상과 일상이 지속적으로 겹쳐지고 포개지고 엇갈리는
과정에서 발생하는 틈, 그 근원적 공허를 실연하기 위해서이다.
그리하여 보다 자세히 톺아본 독자라면, 각각의 소설이 일종의
연작 소설 분위기를 형성하는 데에는 그 주제 의식을 반복해서
감내하기 위한 글쓴이의 의지가 작용하고 있음을, 아울러 작품
의 인물들이 처해 있는 근원적 허기 같은 외로움의 사태가 일종
의 동형적 관계에 놓임으로써 서로의 외로움을 거울상처럼 계

속해서 되비추고 있음을 깨닫게 되는 것이다.

　최대환의 소설이 지니고 있는 건강성 역시, 바로 그 부재를 되살려는 의지에서 기인하는 것인지도 모른다. 이는 최대환의 허무주의가 미묘하게 비관주의로부터 벗어나는 계기를 마련해 준다. 말하자면 이 가시지 않는 허무의 일상이 권태로운 세계에 대한 부정으로 이어지지 않고, 도리어 그 허무 안에서 적극적으로 살아감을 가능케 하는 동력이 되는 것이다. 그러므로 그 반복은 단순히 과거지향적이라기보다는, 과거를 현재화하고 현재를 과거화하는 길, 즉, 현재진행형적 삶에 해당한다. "길 위의 주유소가 집이 될 수도 있"(「홍콩발 이메일」, p. 276)다는 말처럼, 그들은 바로 그 완성되지 않는 진행형의 삶에 가치를 부여하고, 텍스트를 통해서 그것을 살아낸다.

　이것이 독자가 소설에 공감하게 된 사연일 것이다. 그러니 소설에 그 무슨 대단한 사건이 벌어지지 않아도 상관이 없다. 왜냐하면 삶의 근원적 비밀은 천지가 요동치는 엄청난 사건 뒤에 있는 것이 아니라, 일상적 마음의 역사 속에 침투해 있는 타인과의 무한한 교직 속에서 빚어지니까 말이다. 그리하여 텍스트를 쓰는 자는 여전히 일상 안으로 깊이 침잠하면서 또다시 그 무미건조한 일상을 살아갈 뿐이다. 살아감을 살아내는 것. 이것이 텍스트의 저자가 그토록 감당하고 싶은 것의 요체인지도 모른다. 그러한 텍스트―삶은 조화롭고도 화려한 화성학과는 거리가 있을지도 모르지만 '어둠 안의 어둠'이라는, 일상적 멜로디들의 무궁(無窮)한 대위법적 교차를 통해 직조되는 음악을 낳는 것이다. 이와 같은 엇갈림을 사는 동안, 그 목적 없는 멜로디들의 허허공공한 삶은 조금씩, "검은 하늘을 날아가는 검은 새"(「Blackbird Fly」, p. 185)처럼 아주 미세한 방식으로 타인을 헤아리고 스스로의 삶과 반향하면서, 그렇게 계속 이어질 것이다. "일생을/자유로워지는 이 순간을 기다려왔잖아/날아라 블랙버드 날아라 블랙버드/어둡고 까만 밤의 빛 속으로"(The Beatles,「Blackbird」). 자유로운 순간은 영원히 도래하지 않으니, 그가 들려주는 비틀스의 음악 역시 끝나지 않는다. 시간이 흐르는 한, 그리하여 기억이라는 것이 존재하는 한, 음악은 계속되어야 할 것이다. 그러니 독자는 이렇게 외친다. 작가여, 우리에게 좀더 많은 음악을!

작가의 말

다시 한 권의 책을 묶어내기까지 참 오랜 시간이 걸렸다.

그렇게 된 것이 한 줄 한 줄을 쓰기 위해 오래도록 애쓰고 애달파 했기 때문이라면 모르겠으되, 아무리 생각해봐도 나 스스로의 나태함 때문인지라 뿌듯하기보다 부끄럽기만 하다.

내게는 참으로 도시적인 이름들인 고양이와 시멘트 광장, 주유소를 열쇠말로 느슨한 연작을 구성하리라 마음먹었던 것은 이미 여러 해 전의 일이다.

하루하루 일에 치이며 그걸 핑계로 시간이 나면 안온한 휴식 속으로 기어들어가려고만 했던 내게, '내가 작가였지' 하고 자각할 수 있게끔 계절에 한 번씩은 원고를 청해준 몇몇 출판사에

감사할 따름이다.

내가 쓰고 싶었던 이야기는 도시를 배경으로 한, 어른들이 주인공으로 나오는 동화 같은 것이었다.

어른들이 주인공이기에 꼭 착한 사람이 잘되는 것도 아니고, 요정이라고 해서 굳이 새하얀 날개를 달고 있지도 않으며, 도무지 설명할 수 없는 존재를 봤더라도 술을 많이 먹어서 그랬거니 하고 잊어버리고 마는 그런 이야기들 말이다.

현실과 환상 사이에 울타리가 없는 이야기를 동화라고 부를 수 있다면, 나를 포함해 도시에 사는 모든 사람들은 실상 동화의 주인공이 아닐까.

혼자서 바에 앉아 술을 마시다 혹 말을 걸어올지도 모를 누군가에게 들려주면 과연 어떻게 생각할까 궁금해지는, 아무리 생각해도 현실이 아니었던 것 같은 감춰둔 이야기 하나쯤은 다들 갖고 있지 않은가.

그렇게 각자의 동화 같은 이야기를 호주머니 깊숙이 넣고 살아가는 사람들 사이에서, 나는 또 언제쯤 그들의 이야기를 다시 묶어내게 될까.

2009년 9월
최대환

수록 작품 발표 지면

잠 못 드는 그녀 『문학동네』 1999년 가을호

한밤, 편의점의 고양이 『문학과사회』 1999년 가을호

붙박이장 『현대문학』 2002년 9월호

샤워하다 뒤돌아보면 『이상한 기억 반응』 (문학과지성사, 2000년)

버터플라이 『문학과사회』 2002년 봄호

풍선을 찾아 떠나는 여행 『문학동네』 2002년 가을호

Blackbird Fly 이인성 홈페이지 '낯선 소설의 집' (2008년 8월)

어느 날 갑자기 『문학·판』 2003년 봄호

바다 위의 주유소 『문학과사회』 2004년 가을호

홍콩발 이메일 『문장 웹진』 2006년 6월